乌利茨卡娅作品集

Людмила Улицкая

〔俄〕柳德米拉·乌利茨卡娅 著　李英男 尹城 连星 译

美狄亚和她的孩子们

Медея и ее дети

湖南文艺出版社

图书在版编目（CIP）数据

美狄亚和她的孩子们 / (俄罗斯) 柳德米拉·乌利茨卡娅著 ; 李英男, 尹城, 连星译. -- 长沙 : 湖南文艺出版社, 2024.5

ISBN 978-7-5726-1123-0

Ⅰ. ①美… Ⅱ. ①柳… ②李… ③尹… ④连… Ⅲ. ①长篇小说—俄罗斯—现代 Ⅳ. ①I512.45

中国国家版本馆CIP数据核字(2023)第083857号

著作权合同登记号：图字 18-2023-060

美狄亚和她的孩子们

MEIDIYA HE TA DE HAIZIMEN

著　　者：〔俄〕柳德米拉·乌利茨卡娅
译　　者：李英男　尹　城　连　星
出 版 人：陈新文
责任编辑：吴　健　陈　辞
装帧设计：yieln
内文排版：玉书美书

出版发行：湖南文艺出版社
（长沙市雨花区东二环一段 508 号　邮编：410014）
印　　刷：湖南省众鑫印务有限公司
开　　本：880 mm×1230 mm　1/32
印　　张：10.125
字　　数：211千字
版　　次：2024 年 5 月第 1 版
印　　次：2024 年 5 月第 1 次印刷
书　　号：ISBN 978-7-5726-1123-0
定　　价：68.00 元

（如有印装质量问题，请直接与本社出版科联系调换）

目录

第一章

美狄亚·门德斯的娘家姓是西诺普里。早在远古时代，这个希腊家族就移民到与古希腊有亲密关系的塔夫里达[1]海岸来。现在除了她的亲妹妹亚历山德拉之外，美狄亚是这个家族中最后一个纯血统的希腊人，也是家族中最后一个懂得一点希腊语的人了。这种希腊语实属中世纪黑海地区的本都希腊语，唯独在塔夫里达的希腊移民当中才得以保存至今，它和现代希腊语有一千年之差，和古希腊语也有同样的巨大差别。

这个古老、响亮的语言曾经产生了大量的哲学、宗教用语，至今保留着令人吃惊的词汇本貌及原始含义，如把洗衣店称为“净衣房”，把搬家称为“迁居”，把桌子叫作“餐台”。不过，美狄亚早就找不到能用希腊语和她说话的人了。

塔夫里达的希腊族中，美狄亚的同龄人不是离开人世，就是被赶到外地，她则有幸继续住在克里米亚。她认为这是上帝的恩准，但部分原因是她的已故丈夫叫她改姓，继承了他的西班牙姓氏。她丈夫是一位快活的犹太牙医，具有十分突出的小缺点和隐藏得

1　克里米亚的旧称，来源于古希腊语。

很深的大优点。

美狄亚已经守寡多年，没有改嫁，一直保持着和她非常相配的黑衣寡妇形象。

头十年，她上上下下穿的全是黑色衣裳，后来放宽了一些，允许有一些小白花或白点，但依然以黑色做底。头上裹的是黑色头巾，式样不像俄罗斯族，也不像农村妇女，是系着两个大结，其中一个紧紧地贴在右边的太阳穴上。长长的一角仿照古希腊的式样，折成细褶一直垂到肩上，盖住了她已经起皱的脖颈。她那棕色的眼睛清澈、干燥，黝黑的脸上布满了细细的皱纹。

她到镇上的小医院挂号处，穿上背后系扣的外科白大褂，坐在窗框上涂了油漆的窗口里，活像出自戈雅[1]笔下的一幅无人知晓的画像。

她在医院做记录时，字迹潇洒、大方；出门走路，也是飞快、大步向前的。星期天，她天不亮就起床，步行到二十俄里[2]以外的费奥多西亚城，在教堂里站着做完礼拜，傍晚才回家，也不觉得累。

对于本地人来说，美狄亚·门德斯早已成为当地风光的一部分。她若不是坐在挂号处的白色窗口里，那就肯定是在东山岭，要不就在小镇以西的石山上徘徊着，显出她那黑色的身影。

她来回走动，不是没有事干，而是在采集鼠尾草、百里香、山薄荷、小檗果、蘑菇和蔷薇果，也不放过红玛瑙和结构严谨、成片状的水晶石，有时还有黑乎乎的古钱币。这个地区曾是世界历史的一个小小的舞台，灰色无光的土地里处处能碰到古币。

1 西班牙著名画家。

2 一俄里等于一点零六千米。

美狄亚对四周无论远近，一概了如指掌，如同了解自家碗柜里存放着什么东西一样。她不仅知道应在何时何地去采集她所需要的药材，也把几十年来山坡植被的变化默默地记在心里：吉阳山的东坡上，山薄荷顺着春雨留下的水沟慢慢地向下蔓延；难以对付的病害使小檗树的低枝枯烂、渐渐死去；菊苣则恰恰相反，发动了地下攻势，用自己的粗根扼杀着细小的春花。

克里米亚的大地对美狄亚向来是慷慨款待的，把自己的稀有财宝统统拿出来赠送给她。美狄亚又懂得感恩，牢记着她每次收获的时间、地点及当时自己的内心感受。这些收获是从一九〇六年七月一日开始的，当时她还是一个小姑娘，在白色清真寺市[1]附近一条荒凉的小路上发现了由十九个大小完全一样的青白蘑菇（那是白蘑的一个品种）组成的“妖环”。在没有食用价值的收获中最值得珍惜的则是一个扁扁的金戒指，上面还镶有浑浊的海蓝宝石。那是一九一六年八月二十日她十六岁生日那一天，在科克捷别利[2]附近的一个小沙滩上，大雨过后渐渐平息的大海送到她脚下的。这个戒指她一直戴在手指上，最后和她的皮肉长在一起，已有三十多年无法摘下了。

美狄亚用脚心都能感受到大地对自己的厚爱。尽管这个地区越来越衰落，她也不愿搬迁到其他任何地方去。她一生中只有两次离开过克里米亚，加起来总共有六个星期。

她出生在费奥多西亚城里，更确切地说，在早已和城外郊区连成一片的希腊族村镇上一栋曾经十分整齐的大房子里。待到她出

1 克里米亚首府辛菲罗波尔市在克里米亚鞑靼语中的称呼。

2 克里米亚的一处度假小镇。

生的时候，这栋房子的结构已面目全非，反复扩建增修了许多小屋、平台和玻璃阳台，以适应在皆大欢喜的气氛中进入二十世纪后家庭人口急剧增长的需要。

随着家庭人口的膨胀，美狄亚的祖父哈拉兰博斯·西诺普里慢慢破产了。他当初是个富商，拥有四艘商船，停靠在新建的费奥多西亚港口，但步入老年后，失去了往年贪得无厌的本性。祖父长期受命运的玩弄，先后两次结婚，一直盼望得子，妻子们有过六次生育，竟然全是死婴，又流产过无数次。三十年来辛辛苦苦耕耘下种，最后存活的只有一个儿子格奥尔基。现在，命运又反过来让格奥尔基子女满堂，真叫老哈拉兰博斯惊叹不已。或许，这是他第二个妻子安东尼达积德而来的。那位贤妻曾经向上帝许愿，步行去基辅朝圣，其后果真得子，为了感谢上帝，她又坚持吃斋直到谢世为止。也可能，儿子多子多福应归功于干瘦的红头发儿媳玛蒂尔达。儿子是从巴统[1]把她娶来的，过门时已有孕在身，让人丢尽了脸，但是，从此以后，每过两年到夏末，她都要非常准时地生下一个圆头圆脑的孩子来，真叫人摸不着头脑！

老哈拉兰博斯的孙儿孙女越来越多，他的身体则越来越虚弱，心地也变得善良起来，到了晚年，不但丧失了钱财，连原来那个专横、强硬、精干的商人的影子也丢光了。然而，他的血统有强大的遗传力，没有被其他血缘融合，他的子孙后代中没有被残忍的年代所吞食的那些人，统统继承了他的坚强性格和才干。他那众所周知的贪婪，在男性后代身上转为蓬勃的干劲及对建设事业的热爱，在

1　格鲁吉亚港口城市。

女性后代身上则演变为勤俭节约、对待事物仔细慎重、生活中既灵巧又讲究实际，如同美狄亚那样。

靠上帝之恩，家中人丁兴旺，给研究遗传基因分配问题的遗传学家提供了极好的研究对象。有这种兴趣的遗传学家没有找到，但是，美狄亚生来就喜欢把各种事物都弄得井井有条，从地上的茶碗到天上的白云都要排成队、搞出系统来，于是她经常以头发颜色的深浅为序，把兄弟姊妹排成一排，暗中开心。这当然只有在她的想象中才能做到，因为她从不记得有全家大团圆的事情，每每聚会总有一个哥哥缺席——母亲的红头发在不同程度上遗传给所有的孩子们，但只有美狄亚本人和她最小的弟弟季米特里是彻头彻尾的红发。妹妹亚历山德拉（小名山德拉）的头发则呈现出红木般的复合色，带有闪闪的红光。

祖父有一个小指头偏短，这个特点也被一些后代继承，不知为何都是些男孩子；还有祖母的小耳垂和夜视的特异功能，那是美狄亚继承的。像这类家族特点及其他一些不大突出的特点在哈拉兰博斯的后代中放有五光十色的光辉。

连家传的生育特点也走出两个极端：有人像哈拉兰博斯那样，再小的孩子也生不出来，另有些人则毫不在乎地把红头发的小不点儿们大把大把地撒向人间。哈拉兰博斯本人自一九一〇年起就躺在费奥多西亚希腊公墓的最高处，面向海湾，他最后的两艘船一直属于费奥多西亚港口，在第二次世界大战之前，还啪嗒啪嗒地在港湾行驶。

多年之后，无儿无女的美狄亚经常把人数众多的侄子、外甥及侄孙女等召集到位于克里米亚的自己家里，默默地进行非科学的观察。大家认为，她是非常喜欢这些后代的。无子女的女人对孩子们究竟有什么感情，实在难说，但她对孩子们的确有兴趣，到了老年，这种兴趣就更加深厚了。

美狄亚既不讨厌亲戚们季节性的来访高潮，也不厌恶秋冬时的孤单。二月的雨季和三月的大风刚过，克里米亚的春天就从地下露头，紫色的紫藤、粉红色的柽柳和艳黄色的染料木争先开花，真可谓群芳争妍。第一批后代恰在四月底露面。第一次来访的时间一般不长，限在五一节前后的几天，个别人住到五月九日[1]。经过短暂的间隔之后，五月下旬就有女孩子们，即带学龄前儿童的年轻母亲开始纷纷到来。

第二代共有三十多人，四间屋的小房子最多只能容下二十人，所以来访时间表要在冬季早早地安排下来。

费奥多西亚和辛菲罗波尔的司机都会私人拉客去度假村，他们对美狄亚的房子很熟悉，有时会给她来访的亲戚们打点折扣，不过事先定好下雨的时候不送他们上山，到下镇就停。

美狄亚不相信偶然性，虽然她的一生充满了意义深远的萍水相逢、奇异的巧合和极为巧妙的意外事件。萍水相逢的人多年后定要再次出面，改变她的命运。命运的长丝弯弯曲曲，绵绵不断，互相交错，随着岁月的流逝呈现出一幅越来越清晰的图案。

四月中旬已是春光明媚，突然又有一天变得阴冷，下起灰蒙蒙的阴雨，眼看会飘起雪花来。美狄亚拉紧窗帘，早早就点上灯，把两块木头和一些劈柴扔进自己那个聪明的小炉子里（这个炉子既

1 五月九日是俄罗斯胜利节。

省柴又很暖和），然后在桌上铺开一块旧床单，正琢磨着是把它剪成擦碗巾，还是把中间破了的那一块铰出来缝成儿童床单好。

这时有人咚咚地敲门。她打开一看，门外站的是一个年轻人，身上披着湿漉漉的雨衣，头上顶着大皮帽子。美狄亚误以为是不常露面的哪个外甥，把他引进门来。

"您是美狄亚·格奥尔基耶夫娜·西诺普里吗？"年轻人开口问道，美狄亚这时才意识到他是外人。

"是，是我。不过我在四十年前就改姓了，"美狄亚微笑着答道，"你脱衣服吧。"这位年轻人的外貌让人喜欢：淡色的眼睛，还有两条黑色的八字小胡须。

"请原谅我这样突然来访。我叫拉维尔·尤苏波夫，是从卡拉干达[1]来的。"

对那天晚上以及连夜所发生的一切，美狄亚在一封信中做了概述。这封信看来是第二天写的，却一直没有发出去。

许多年后，这封信落到她侄子格奥尔基手里，使他揭破了美狄亚为何会立下出人意料的遗嘱。这份遗嘱也是在同一摞信件中找到的，落款是一九七六年四月十一日。信件内容是这样的：

亲爱的叶莲娜！一个星期前刚给你写了一封信，但现在又发生了一件确实不同寻常的事情，想给你讲一讲。这是很久很久以前就有了开头的一个故事。你恐怕记得一九一八年十二月把你和阿尔米克·季格拉诺夫娜送到费奥多西亚来的那个

1　哈萨克斯坦工业城市。

马车夫尤西姆吧？没想到，现在他的孙子通过费奥多西亚的朋友居然会找到我。奇怪的是，时至今日，不靠通讯录仍能在大城市里找到一个人。他们的经历很一般：战后，尤西姆已去世，全家被迫迁出阿卢什塔[1]。尽管拉维尔的父亲是在战场上牺牲的烈士，他的妈妈连同四个孩子还是被强行移到卡拉干达。拉维尔这个年轻人从小就知道这件事（我指的是你们二人转移的故事），甚至还记得你为了报答尤西姆曾经送给他一个蓝宝石戒指。许多年来，拉维尔的母亲一直把它戴在手上，到了饥荒最严重的时候才用它换来了一普特[2]白面。这是我们谈话的第一部分，坦率地说，使我十分感动。我们不大喜欢回忆的过去的那些艰辛，在我脑海里油然浮现。接着，拉维尔向我透露，他参加了争取鞑靼人返回克里米亚家园的运动，他们早已开始采取官方和非官方的行动了。

他向我询问起鞑靼时期克里米亚的旧事，真是如饥似渴，还拿出录音机来录音，想让远在哈萨克斯坦和乌兹别克斯坦的鞑靼同胞们也能听到我讲的故事。我把自己能记起的一切都讲给他听。谈到镇上原来的邻居们：加利娅，穆斯塔法，水沟管理员艾哈迈德爷爷，他总是从早到晚不停地清理这里的水沟，只要有一点脏物，就像是眼睛里进了沙子似的，一定要把它掏出来才罢休。也讲到当地鞑靼人被迫迁移的时候，只给了两个小时的准备时间，连行李都没有办法收拾。党组织书记舒拉·戈罗多维科娃亲自赶他们走，满脸泪痕地帮忙收拾

1 克里米亚城市。此处指一九四四年克里米亚鞑靼人被强行迁移到中亚之事。

2 一普特等于十六点三八千克。

东西，第二天就因脑溢血而瘫痪。从此她再也不当书记了，但还活了十来年。她歪着脸，话也说不清楚，只能在院子里踉跄着走来走去。我们这个地区就是在德寇占领时期（虽然驻扎在我们这儿的是罗马尼亚部队），也从未见到过这种惨境。我听说，犹太人是被抓过，但不是在我们这儿。我还告诉他说，一九四七年八月中旬下达指示，要把鞑靼人种的核桃树统统砍掉。尽管我们再三哀求，还是来了些傻瓜，把这些美丽的大树全都砍掉了，连树上的核桃也不让摘。被活活砍死的大树一排排地躺在路边，树枝上满是青核桃。接着，又下令把树烧掉。刻赤[1]来的塔莎·拉温斯卡娅和她的丈夫，那时正住在我家，我们坐在一起，眼巴巴地望着这堆野蛮的篝火，痛哭流涕。

上帝保佑，我的记性还算是好，都能记得起来。我们就这样一直谈到半夜，还喝了点酒。原来的鞑靼人是不喝酒的，你应当记得。我们说好，第二天我就要领他在当地转转，让他看看一切。这时，他说出了自己的秘密心愿，他想在克里米亚买一栋房子，求我以我的名义帮助买下，因为斯大林时期的专门规定至今还有效——不准把房子卖给鞑靼人。

叶莲娜，你记得鞑靼人在这里的时候，克里米亚的东部有多好呀！克里米亚内地更是美丽！巴赫奇萨赖[2]一带遍地是果园，可现在那里的路边连一棵树也没有，全部被砍被毁……那天，我在萨穆伊尔的房间刚给拉维尔铺好床，突然听见门外有汽车过来。一分钟后，果然有人敲门。拉维尔忧伤地看了我一

1 克里米亚东部城市。

2 克里米亚中部城市，曾是克里米亚汗国的都城。

眼："这是找我来的，美狄亚·格奥尔基耶夫娜。"

他神态顿时变得很疲惫，我发现他并不怎么年轻，恐怕已有三十好几啦。他马上把录音带从机子里拽了出来，扔进火里说："可能会找您麻烦，请您原谅。我要说，我是来过夜的，没有别的事……"记录着我那席长长谈话的录音带刹那间挥发消失了。

我去开门，门外有两个人，其中一个是彼得·舍夫丘克，他是当地渔民伊万·加夫里洛维奇的儿子。他恬不知耻地对我说："现在查户口，你家是不是有外人租住？"

我破口大骂了他一顿："你胆敢深更半夜闯进我家来！我家没有什么外人租住，但是，我现在有客人，你叫那些家伙滚蛋，清早前不许来打扰。"这个兔崽子竟敢到我家来！你还记得战争时期，我一个人管这儿的医院，除我以外，再也没有半个医生啦。我给这个彼得治好了多少疖子，有一个疖子长在耳朵里，不得不开刀，把我吓得半死。一个五岁的孩子，还出现了大脑感染的症状，而我只不过是个医士！责任太大了……

他们转身走开，但没有把汽车开走，继续停在附近山坡上，只是把马达关掉罢了。

我那个鞑靼人孩子拉维尔泰然自若，向我笑着说："谢谢您，美狄亚·格奥尔基耶夫娜，您的胆量非凡，实在难得。可惜，明天不能领我去看看河谷和东山岭了。不过，我会回来的，世道会变的，我很有信心。"

我又拿出一瓶酒，我们决定不睡觉，继续谈下去。接着，又喝咖啡。等到天亮，他洗好脸，我给他烙了一块大饼，还想让他带上夏天从莫斯科捎来的罐头，他硬是不肯，说罐头定会被没收的。我把他一直送到山坡上的小门。雨后天气很好。彼得就在车边等着，跟他来的那个人也在那里。我和拉维尔告了别，一看，他们已经把车门打开了。你瞧，叶莲娜，竟会闹出这种事来。还有，他把皮帽子忘在我家里了。我想，也好。或许，将来还会出现大转弯，鞑靼人会回来的，我就要把帽子还给他。说真的，这样才算公道。当然，全靠上帝安排。我这次急急忙忙给你写信，还有这么一个原因：我这一辈子从来没有过什么政治问题，萨穆伊尔他倒是这方面的专家，现在气氛比较宽松，我又到了晚年，但也难说，万一要找我这个老太婆子的碴儿呢？我是想让你知道，到哪里去找我。上封信还忘了问你，新换上的那台助听器，你是否觉得合适？虽然说老实话，我觉得人们谈论的大部分事情，真不值得去听它，你即便耳聋，也损失不大。

吻你。

美狄亚

时至四月底，美狄亚的葡萄园已收拾停当，菜园子里已到处鼓起菜畦，冰箱里也备好了一条切成块儿的大比目鱼，是渔民朋友送来的。

首批到访的是侄子格奥尔基及侄孙阿尔乔姆。格奥尔基放下背包站在院内，面对直射的强烈的光线眯起了双眼，呼吸着浓郁的芳香。

“真想把它切了吃掉。”他对儿子说了一句，但孩子没有听明白。

“美狄亚在那儿晾衣服呢。”阿尔乔姆指着说。

美狄亚的房子位于小镇的最高处，院子是阶梯式的，水井在最下面的一个阶梯上。一棵大核桃树和一棵老樗树之间拉着一条绳子，通常利用午休时间做家务的美狄亚正在那里晾出漂白过的床单。深蓝色的影子在打过补丁的蓝白色床单上来回晃动，床单像船帆似的慢慢鼓起，仿佛要驶向青蓝色的天空。

“抛开一切，在这里买栋房子，该多好啊！”格奥尔基一边想着，一边往下走，去找他这个尚未发现他们的姑姑，“卓娅嘛，就随她去，我把阿尔乔姆和萨沙带上，就行啦……”

近十年来，他每到克里米亚的美狄亚家里，首先想到的就是这件事。

美狄亚终于发现了他们，把紧紧挤成辫子式的最后一张床单扔进空盆里，直起腰来说：

“啊，你们来啦……我已经等了两天啦……我马上，马上就来，乔治乌。”

只有美狄亚一个人才用希腊族的方式这样称呼他。他吻了一下老太太，她伸出手摸了摸亲人黑红色的头发，又抚摩着孩子说：

“长高了。”

“咱们到门口去比一比，好吗？”孩子说。

门框两边全是一道道的划痕，是孙儿孙女们量个子做的记号。

美狄亚挂上最后一张床单，让它高高飞起，遮住了晴空中偶然出现的半片小云彩。

格奥尔基拿起空脸盆，于是身着黑衣的美狄亚、穿着皱巴巴的白褂子的格奥尔基和穿红汗衫的阿尔乔姆三人一起向上面走去。

邻近院子和他们家之间有国营农场种的一排歪歪扭扭、半死不活的葡萄。葡萄后面有阿达·克拉夫丘克和丈夫米哈伊尔，还有列宁格勒[1]来的住户——长相像小白鼠的诺拉，在密切地注视着他们。

“这家来的人特别多！全是门德斯老太婆的亲戚们。现在这个叫格奥尔基，他总是第一个来。”阿达向女住户解释道，口气不知是赞美，还是反感。

格奥尔基比阿达小几岁，儿童时期他们在一起玩耍过。现在阿达却有些讨厌他，因为自己未老先衰、身体变得肥胖，他则青春常在，连一根白头发都没有长出来。

诺拉目不转睛地朝着那个方向瞭望：在山谷和山坡的交接点上，地面形成长褶，逶迤向下，隐秘处有一座瓦房敞开透亮的玻璃窗来迎接这红白黑三个秀美的人影……诺拉心怀一种高雅的忧伤感观赏着这个景色，她想：“能画下这幅画有多好——不，我是没有这个能力的……”

诺拉是画家，在美术学校学习时，成绩不算优良，但也能画好一些东西，比如用水彩画一些飞扬的花朵：福禄考、丁香花、淡雅的小野花等等。现在，她刚来这里休养，就注意到紫藤花，高高兴兴地想象着，把不要叶子的几枝花插进玻璃罐，摆在粉色的台布上，等到女儿睡午觉时，就可以在阿达阿姨的后院里坐下来写生……然而，眼前这个曲折的空间、逶迤的山谷刺激了她，把她推向她自己感到无力承担的创作活动。这三人顺着山坡走到房前，

1 即今圣彼得堡，俄罗斯第二大城市。

从她的视野中消失了……

房前台阶和夏季厨房之间正好有个小平台。格奥尔基正在那里打开他带来的两个纸箱，美狄亚一一指示，东西应该放到何处。这是一个传统仪式。凡是来访的人，都要带些东西来，美狄亚在接受这些礼品时，所代表的仿佛不是她自己，而是一个大家族。

四个枕头套、两瓶进口洗涤液，以及去年买不着、今年刚上市的洗衣肥皂、罐头、咖啡，等等，都叫老太太乐不可支。她把东西分门别类放进柜橱后，下令要等她回来再开第二个箱子，便连忙上班去了。午休已经结束，晚到是她从来不能容忍的。

格奥尔基爬上院子的最顶点——已故的门德斯曾经亲手在那里筑起了一个木板厕所，像一座瞭望台高高地耸立着。格奥尔基并不想解手，进去坐在刮得干干净净的木制马桶上，环顾四周。一桶木灰上挂着一个破瓢，墙上贴着年久失色的硬纸板，上面还是已故的门德斯编写的厕所使用规则，字里行间看得出他那俏皮、天真的特性。最后一句是：临走回首反省，良心是否干净……

格奥尔基若有所思地面对矮矮的、只能挡住半截厕所的门板，目光射向门上的小方口，瞭望着前面的两排山脉。悬崖陡壁直线向下，向着远处的一片碧海，向着只有晴天时靠敏锐的视力才能看清楚的古堡遗址。他欣赏着这块大地，她那饱受风化的老山和平平整整的山麓。这块大地历史上先后属于斯基泰人[1]、希腊人、鞑靼人，现在又属于国营农场，因为得不到人的爱护而早就充满了忧愁，甚至因经营不善而慢慢死去。但是，历史的神灵不愿离她

1　公元前居住在黑海北岸的部落。

而去，在春色满园的景物中依然常在，让每一块石头、每一棵树都去触动人们的记忆……美狄亚的侄儿们早已判定，世界上最好的风光就在她的厕所外。

阿尔乔姆犹豫不决地站在门外，他想向父亲提出一个他自己知道是不合时宜的问题，等到父亲走出厕所，他还是开口问了一句：

“爸，咱们什么时候下海呢？”

海滨离这里较远，度假的人一般都不肯住在下镇，更不住上镇。这里想下海，就要乘公共汽车去苏达克[1]市区浴场，要不就步行到十二公里以外遥远的海湾去，相当于一次远征，有时还要带上帐篷在那里露宿几天。

“你怎么跟小孩子似的！”格奥尔基生气地说，“现在能下海吗？赶快收拾吧，咱们要上坟去……”

阿尔乔姆不愿上坟，但无可奈何，只好去换帆布鞋了。格奥尔基则拿起布包，装进德国工程兵用的小铁锹，又思索着想带上一桶银色油漆，但因上漆需要时间，决定下一次再搞。他拽下木棚挂钩上中亚兵团褪了色的大檐帽（是他本人曾经戴过的），往膝盖上敲了敲，敲出一团灰尘来，然后把门锁上，把钥匙塞在熟悉的石头之下。他从小就记得这块有一个角裂成两块的三角形石头，现在又见到它，心中的欢喜飘然掠过。

格奥尔基原来是搞地质勘探工作的。他迈着熟练的、矫捷的步伐向前走，阿尔乔姆用细碎的小步跟在后面。格奥尔基无须回头，用后背就能感到阿尔乔姆急忙把小步变成小跑。

1　克里米亚海滨城市。

“老不长个儿，将来准像卓娅。”往常的不满在格奥尔基的心里再次升起。他更喜欢的是小儿子萨沙，喜欢他像小牛犊一样的大无畏的精神和坚不可摧的固执，相信他将来肯定更像个男子汉，比这个缺乏自信心又和女孩子一样多嘴多舌的哥哥好得多。阿尔乔姆对父亲则是五体投地，为他那显著的男性特点感到自豪，他已意识到自己永远不会像父亲这样强壮、稳重和自信，所以他对父亲的爱在甜蜜之中又加了几分苦涩的味道。

但眼前阿尔乔姆的情绪很好，犹如他已说服父亲下海似的。他自己还没有弄明白，他所追求的不是下海，而是和父亲一起上路的机会，愿意在这条尚无粉尘、空气清爽、春意盎然的道路上和父亲一起行走，去哪里都行，哪怕去墓地也可以。

墓地在马路上面的山坡上。山顶上是被破坏的鞑靼坟墓和颓垣断壁的清真寺，东山坡上自古以来是基督徒的墓地，在鞑靼人迁走以后，这里的坟墓开始顺坡而上，好像死人也在排挤着异族，继续从事这种非正义的事业。

回过头来说，西诺普里家的老祖宗全都安息在费奥多西亚的希腊公墓，但是，这座公墓早已被封，而且部分被拆毁，所以美狄亚毫不犹豫，把自己的犹太丈夫掩埋在这里，离她母亲远一些的地方。她的母亲——红头发的玛蒂尔达生前是虔诚的基督徒，对东正教坚信不疑，不喜欢穆斯林，又害怕犹太人，对天主教徒更是见了就跑。她对其他信徒，比如佛教徒和道教徒的看法也不得而知，如果她听说过这两种宗教的话。

美狄亚在丈夫的坟上立起了一座方尖碑，顶上带五角星，碑词是："特种任务部队[1]战士萨穆伊尔·门德斯，一九一四年入党，一八九〇——一九五二。"碑词是根据死者的遗愿刻的；五角星嘛，美狄亚对它做了些变动，把下面的尖端也漆成银灰色，使五角星长出了倒装的第六个角来，特别像旧时贺年片上的圣诞之星，同时也让人产生其他一些联想[2]。

方尖碑旁立着一个小墓碑，上面有一张椭圆形的照片，照片上是一个有圆圆的脸、机灵的细眼、笑眯眯的小孩子。那是格奥尔基的外甥帕夫利克·金，他是于一九五四年在苏达克市区浴场上，当着他父母和外祖父，也就是美狄亚的哥哥费奥多尔的面被活活淹死的。

爱挑剔的格奥尔基在这里找不到任何不周到的地方。美狄亚又像往常那样赶在他的前面，栏杆上漆上了油漆，花坛上刨土种上了从东山挖来的野红花。格奥尔基照规矩还是整了整花坛的边沿，然后擦好铁锹，把它扔进布包里。父子二人在小矮凳上默默地坐了片刻，格奥尔基抽着烟，阿尔乔姆不去打断他的沉默，格奥尔基会心地把手搭在他的肩上，以示感谢。

夕阳向西山倾斜着，像台球滚向球囊一样，瞄准了两座名叫双胞胎的圆顶山之间的山谷。四月的太阳总要在双胞胎山谷落下，九月的太阳要蹭着吉阳山的尖顶，划破肚子下山。年复一年，水源越来越枯竭，葡萄园渐渐死去，农田变成荒野，唯独四周的老山仍然支撑着这块大地。所以格奥尔基对这些山充满了深爱，犹如一个人爱母亲的脸、爱妻子的身体一样，闭着眼也能活生生地把她

1　一九一八年至一九二五年间为打击反革命而建立的特殊武装编队。

2　六角星是犹太族的标志。

想象出来，永生永世也不会对她变心。

“走吧。”他对儿子说了一句，便找捷径下山走向马路，不在意脚下踩上刻有阿拉伯字母的碎墓碑。

阿尔乔姆往下看，发现灰溜溜的马路像地铁的自动电梯似的向前移动着。他愣住喊了一声：“爸！”又马上笑起来，意识到那是棕灰色的羊群挤满了路面，甚至扩张到路边来，“我还以为那是马路在移动呢。”

格奥尔基也会心地笑了笑……

望着羊群像河流一样慢慢流动的他们并不是唯一观察马路的人。五十米以外的小坡上坐着两个小姑娘，一个是少女，另一个是儿童。

“咱们绕开羊群走吧。”阿尔乔姆建议说。

格奥尔基点了点头。他们从小姑娘们的身边走过时，发现她们注视的不是马路，而是地上的什么东西。阿尔乔姆伸出脖子，看见刺山柑两枝干枯的树枝上挂着半透明的蛇皮，颜色像老人的指甲盖，部分已卷成团，部分张裂。小姑娘不敢用手抓，战战兢兢地用小棍子去捅它。第二个小姑娘其实是大人，那就是诺拉。母女二人都是黄头发，披着小头巾，穿着长花裙和同一式样的带口袋的衬衣。

阿尔乔姆也挨着蛇皮蹲了下来。

“爸爸，这是毒蛇吗？”

“是游蛇，”格奥尔基细看了一下说，“这里的游蛇很多。”

“我们是从来没见过蛇的。”诺拉微笑了一下。她认出这是她早上见到的那个穿白衬衣的人。

“小时候，我还见到过一个蛇窝。”格奥尔基拿起唰唰响的蛇皮，把它撑开说，“是刚刚蜕掉的。”

“这个玩意儿真叫人不舒服。”诺拉耸了一下肩膀。

“我害怕。”小姑娘轻声说。格奥尔基注意到这母女二人都是圆圆的眼、尖尖的下巴，样子怪像小猫的。

“两个小家伙挺可爱的。”格奥尔基心想，把她们找到的这个可怕的东西放在地上。

“你们住在谁家？”

“在阿达阿姨家里。”孩子般的女人回答说，眼睛仍盯着蛇皮。

“哦，”他点了点头说，“那我们还会见面的。来串门吧，我们家就在那里。”他挥手指向美狄亚的院子，拔腿跑下山，连头也不回，阿尔乔姆也连蹦带跳地跟在后面。

羊群此时已过，只有打后阵的一只狼狗在满是羊粪的路上慢跑着，对过路的人毫无兴趣。

“他的腿真粗，像一头大象。”小姑娘评头品足地说。

“他根本不像大象。”诺拉反驳道。

“我说的不是他，是他的大腿。”小姑娘坚持己见说。

“我告诉你，他像古罗马军团的战士。”诺拉果断地踩上蛇皮说。

“像谁？”

诺拉意识到自己不顾孩子的年龄，把五岁的女儿当作大人那样说话，确实是个愚蠢的习惯，连忙笑起来改口说：

“我说傻话啦！古罗马人是剃胡子的，他呢，还留着长胡子呢！”

“大腿很像大象……”

当天晚上，当诺拉和塔尼娅已在安排给她们的小屋子里进入梦乡，阿尔乔姆也像小猫似的在故去的门德斯的屋里蜷成团睡觉的时候，美狄亚和格奥尔基仍坐在夏季厨房熬夜。平时美狄亚是在五月初才进这里的，但今年春来早，四月底已经很暖和了，所以她在第一批客人到访之前，就把厨房打开，收拾干净了。然而，晚上还有点寒气，美狄亚披上了平绒面旧皮坎肩，格奥尔基穿上了多年来所有的亲戚们都轮流穿过的鞑靼大袍。

厨房是用山石砌成的，样子像高加索山民的石屋，一面墙顶在被削直的陡壁上，另外两面开出了形状不规则的几个小窗口。屋顶上的煤油吊灯把昏暗的光线投向桌面，光圈当中摆着美狄亚专为此事珍藏的最后一瓶家制葡萄酒和她常爱喝的、已经打开盖的半升苹果伏特加。

这一家很久以前就立下一个奇怪的规矩：全家晚上七八点钟和孩子们一起吃饭，让小孩早早上床，到了深夜，大人又聚集在一起吃夜宵。这种吃法对消化系统有害无益，却让人心旷神怡。现在，时至深夜，美狄亚和格奥尔基已忙完家务，一起坐在煤油灯下，感到十分惬意。他们二人有很多共同之处，都是那样灵巧、好动，珍惜生活中种种可爱的细节，又拒绝他人干预自己的内心世界。

美狄亚把一盘煎好的比目鱼摆在桌上。可笑的是，她一方面非常大方，另一方面则不乏小气，每份菜总要比人家期待的分量少一些，她又经常毫不惭愧地拒绝给孩子们加菜说：

“足够啦。没有吃饱，就拿一块面包垫补垫补。”

对饭桌上这种严格的平均主义，孩子们很快就能适应。不喜欢她这种规矩的人，就根本不到她家来。

美狄亚用手撑着头，注视着格奥尔基，他正往炉子里添火，把一段小木头放进类似简易壁炉的炉灶里。

上面的马路上，有一辆汽车开来停住，按了两次嘶哑的喇叭。夜间邮递，送电报来的。格奥尔基走上去，看见他认识的女邮递员，司机是新来的年轻人。互相问候之后，邮递员把电报交给他说：

“是家里有人要来吧？”

“是，到时候啦。你家科斯佳怎么样呢？”

“他能怎么样？不是喝酒，就是生病。这种日子能好吗？”

在汽车的大灯下，他看了一眼电报：“三十日到。妮卡、玛莎及孩子们。”

他把电报放到美狄亚跟前。她看完点了点头。

“怎么样，姑姑，咱们喝一杯吧？”格奥尔基拿起已打开过的那瓶酒，倒进杯子里，心里想着：“真遗憾，她们来得太早啦。能和美狄亚单独在这里住一段，该多好。”

所有的侄子外甥们都喜欢和美狄亚单独在一起。

“明天我就要把户外电线拉过来。”格奥尔基说。

“什么？”美狄亚没有听明白。

“要往厨房拉电灯。”他解释道。

“是呀，你早就有这个想法了。”美狄亚想起来说。

“母亲叫我和你谈一谈。”格奥尔基刚想开口，美狄亚却回避了她心里清楚的话题，举起杯来说：

“欢迎你，乔治乌。”然后端起酒杯一饮而尽。

“只有这里，我才有在家的感觉。”他仿佛想发一通牢骚了。

“所以你每年都要和我纠缠，反复提这个愚蠢的话题。”美狄亚不以为然地哼了一声说。

“是母亲这样要求的……”

“我已经收到信了。当然很愚蠢。冬天已经过去，夏天就在眼前。无论是冬是夏，我都不愿意去塔什干[1]，也不叫叶莲娜过来。我们这个岁数是不该换地方了。”

“我是二月份去的。母亲真的显老了，耳朵听不见，没有办法和她通电话了。看书还是看得很多，连报纸都要看，也爱看电视。”

“你的曾祖父原来也爱看报纸，不过，那时还没有那么多报纸可看。”说罢，他们二人便久久地沉默不语。

格奥尔基又往灶里扔了几根柴火，随即是噼里啪啦的一阵响声，厨房里顿时变得亮堂起来。

假如他能搬到克里米亚来，有多好！只要下定决心，不去在乎反正已经损失的十年时间，也不去顾及没有做出的发明、没有写完的博士论文，就行了。这篇论文像一个险恶的泥潭，把他吸进去，叫他不可自拔，但是，只要离开科学城，离开这一堆破纸，论文就会失去对他的吸引力，缩成一个小纸团，从记忆中消失。在这里盖一栋房子吧——费奥多西亚市领导都是熟人，是美狄亚好友的孩子——可以盖在阿图兹或者在通往新世界[2]的那条路上，那里隐隐约约能看见一座被废弃的别墅，要问一下美狄亚，那是谁

1 今乌兹别克斯坦首都。

2 克里米亚海滨城镇。

家的……

美狄亚心里想的也是这件事。她希望格奥尔基能回来，让西诺普里家族的人又能重新生活在这个地方……

他们慢慢地饮酒，老太太开始发困，格奥尔基则琢磨着怎样打好一口自流井，最好能找到一台工业用的钻机……

第二章

格奥尔基的母亲叶莲娜·斯捷潘尼扬出身在文化修养极高的亚美尼亚名门家族，从来没想过会嫁给费奥多西亚市郊一个朴朴实实的希腊人，她最要好的中学同学的哥哥。

在女中学习时，美狄亚·西诺普里一直是一颗永不陨落的明星，她的作业本被当作样板，经常展示给几代同学看。这两个女生的友谊是以激烈的暗中竞争为起点的。一九一二年，斯捷潘尼扬一家没有像往常那样回彼得堡过冬，因为叶莲娜的妹妹阿纳希特染上肺病，一家人留在苏达克的别墅里，叶莲娜则由家庭教师陪伴，在费奥多西亚一家宾馆住了一年。进了当地女中就读后，她和享有头号优等生声誉的美狄亚发生了激烈的竞争。

性格随和的胖胖的小叶莲娜似乎一点也不紧张，也不想参加这种竞争。对她这种态度的解释只有两种：要不她像天使一样和善，要不就像恶魔一样自傲。其实，叶莲娜根本不把成绩放在眼里。斯捷潘尼扬姐妹都受到良好的家庭教育，法语和德语是由家庭教师教的，况且小时候还在瑞士住了几年，当时她们的父亲在那里当外交官。

三年级毕业时，美狄亚和叶莲娜俩人成绩全优，但是获得五分[1]的经过却大相径庭：叶莲娜是轻轻松松获得的，后劲很大；美狄亚则是辛辛苦苦，两手起茧子才拿到的。虽然五分的分量不同，结业典礼上俩人受到的是同样的奖励——涅克拉索夫[2]诗集，那是封面上带有金字的墨绿色单卷本，衬页上还写着漂亮的题词。

结业典礼的第二天下午五点左右，斯捷潘尼扬全家突然来到西诺普里家门。当时家里全体妇女由玛蒂尔达挂帅（她用白色头巾盖住了她那已有所褪色的红头发），围着两棵老桑树下的大桌子，正在动手做果仁蜜饼。用擀面杖在桌面上擀面这一部分最简单的程序已经结束，眼前她们正托起大块面饼，用手背把它轻轻地撑开。美狄亚也和其他姐妹一起参加这个工作。

斯捷潘尼扬夫人惊讶地挥了挥手，她小时候在梯弗里斯[3]见过家里做果仁蜜饼，做法一模一样。

"这是我奶奶最拿手的！"她高兴地叫起来，马上要一条围裙。

斯捷潘尼扬先生抚摩着灰白的胡须，脸上挂着友善的微笑，在注视着妇女们做这种节日的活计。他喜欢这幅画面：光影交错处，女人油光光的手臂在不停地活动，温柔轻巧地摆弄着面饼。

接着，玛蒂尔达把他们请进家里，喝咖啡、吃果脯，阿尔米克·季格拉诺夫娜又想起了儿童时代吃的果脯，再一次受到感动。这些有土耳其根源的共同的饮食爱好，使这位贵夫人对这样一个勤劳、团结的大家庭增加了好感，对原来认为是很可疑的方案转变了态度。要把一个港务局机械师家庭出身的不大熟悉的女孩子接

1 俄国学制中五分为满分，四分为良好，三分为合格。

2 十九世纪俄罗斯著名诗人。

3 俄语中对格鲁吉亚首都第比利斯的旧称。

到家来给自己的女儿做伴，现在她觉得是个好主意了。

这个建议出乎玛蒂尔达所料，但又让人感到荣幸，于是她答应当天就和丈夫商量一下。这么一个普通的家庭，夫妻之间能相敬如宾，让阿尔米克·季格拉诺夫娜的好感又进一步增长。

四天之后，美狄亚和叶莲娜一起被带到苏达克海滨一座非常漂亮的别墅。这座别墅后来改为休养所，至今还位于离上镇不远的地方，也就是多年之后，阿尔米克·季格拉诺夫娜和眼前正在擀面做果仁蜜饼的红头发的玛蒂尔达的共同后代们经常来避暑的地方……

两个女孩子都认为对方是完美无缺的：美狄亚高度欣赏叶莲娜的天真、高尚和迷人的善良，叶莲娜则崇拜美狄亚的克制、独立性、男子般的胆量和女子特有的手指灵巧，后一个特点部分是遗传的，部分是美狄亚向母亲学来的。

晚上，她们躺在据说对身体有好处的硬邦邦的德国折叠床上，进行着内容丰富的长长的交谈，从此产生了终生不变的深厚的亲密感，虽然后来她们已想不起那年夏天她们有什么隐秘的事情可以谈到天亮。

美狄亚记得比较清楚的是叶莲娜讲的一个故事。有一次她生病时，深夜梦见一个天使，天使背后的墙壁居然变得透明，让她看到了亮堂堂的小树林。叶莲娜则记住美狄亚关于她一生中无数次拾物的故事。顺便说，美狄亚在那年夏天收集了大量的克里米亚粗宝石，充分证实了自己的这种天赋。还有一件能回忆起来的事情，就是有一次深夜，她们开始想象她们的音乐老师——一个忸怩作态的小拐子和中学校长，一个又胖又大，连窗台上的盆花见了都要颤抖的严厉的女士会结婚成亲，于是抑制不住长时间地哈哈大笑。

入秋后，叶莲娜被带到彼得堡，俩人开始通信往来，从此断断续续持续了六十来年。头几年全部用法语写信，当时叶莲娜的法语写作水平要比俄语高得多。美狄亚下了很大的功夫，努力追求叶莲娜在日内瓦湖畔和家庭教师散步时所达到的那种流利程度。女孩们遵照当时的精神时尚互相忏悔，坦率地交代自己的坏思想与坏念头（“……我当时真想敲一下她的脑袋！……墨水瓶的事情我是知道的，但我默不作声，我想，从我来说，这就完全等于撒谎。……妈妈至今相信，钱是费奥多尔拿的，可我真想告诉她这是加利娅的过错。”）。全部是用法语写的！这类动人的自我反省最终因美狄亚一九一六年十月十日的来信而中断。这封信是用俄语写的，内容简短、生硬。信中通报说，十月七日“玛丽亚皇后”号军舰在塞瓦斯托波尔港湾附近爆炸，死难者中有军舰机械师格奥尔基·西诺普里。这次爆炸被认为是有意破坏。由于战争已开始发展为革命，引起克里米亚的内乱，军舰沉海后，未能马上打捞，三年后到了苏维埃时期，才做出专家鉴定，证明确实有炸弹装进轮船发动机造成爆炸。打捞沉船时，格奥尔基的一个儿子尼古拉也参加了潜水员小组。

一九一六年十月，玛蒂尔达正怀着她的第十四个孩子，预产期不像往常在八月，而是在十月中旬。格奥尔基牺牲后的第九天，玛蒂尔达和粉红头发的女婴也跟着离开了人世。

首先得知母亲去世的消息的也是美狄亚。那天早上，她来到医院，迎面出来的熟人、女卫生员法蒂玛却把她拦在楼梯口，操着当时克里米亚许多人都会讲的鞑靼语告诉她说：

“孩子，别去那儿。去找大夫吧，他正等着你……”

列斯尼切夫斯基大夫满脸泪水，走了出来。他是个胖胖的小老头，美狄亚比他整整高一头。可他仍像对着孩子那样叫了一声：“我的宝贝呀！”便举手要摸摸她的头……想当初，他和玛蒂尔达在同一年开始从事各自的事业：玛蒂尔达开始生儿育女，他则担任起妇产科主任的职务，玛蒂尔达所有的孩子都是由他助产诞生的。

玛蒂尔达丢下的遗孤共有十三个，是刚刚失去父亲，还不能相信父亲之死是事实的十三个孩子。参加为阵亡海员所举行的象征性葬礼时，听到军乐队的哀乐和礼炮的隆隆声，最小的几个孩子还以为那是军事检阅之类的节日活动呢。

一九一六年那一阵，死神还不算忙碌，不像一九一八年斑疹伤寒大肆猖獗的时候，人死了，连棺材都没有，赤身裸体埋在土沟里。然而当初，战争虽然早已打响，却还相隔甚远，死亡在克里米亚还是零售货。

给玛蒂尔达穿好寿衣，火红的头发上披上了黑色钩花头巾，没有受过洗礼的死婴也放到她的身边。灵柩由大儿子们先是抬到希腊教堂，而后送到老墓地，葬在哈拉兰博斯墓旁。

给母亲送葬的情景，连最小的弟弟季米特里都牢牢记住了。四年之后，他向美狄亚讲述了当年使他惊愕的两件事。葬礼是在礼拜天举行的，那天上午教堂还要举办婚礼，婚礼车队与送葬行列在通往教堂的狭窄的小路上迎面相遇，搞得双方很尴尬。抬着棺材的人不得不靠边，给敞篷汽车让道。坐在汽车后排座上的身着白云般的雪白婚纱的新娘子吓得魂不附体，活像一只落进奶油里的黑苍蝇，旁边是她那位秃顶的新郎。那大概是全城的第一辆汽车，归穆鲁吉富翁家族所有，车身是绿色的。季米特里把遇到这辆汽车的事情讲给美狄亚听，经他这样一提醒，她也想了起来。的确，车身是墨绿色的……第二件事，更是奥妙：弟弟问她，落在妈妈头边的两只白鸟叫什么名字。

“是海鸥吧？”美狄亚惊奇地反问道。

“不是，一只大一些，另一只小一些。样子也不像海鸥。”季米特里反驳道。

其他细节，他就想不起来了。

那年，美狄亚十六岁。她上面有五个哥哥姐姐，下面有七个弟弟妹妹。送葬时，大哥菲利普、二哥尼基福尔没有参加，他们都在前线，后来先后牺牲，一个死于红军之手，一个死于白军枪下。美狄亚上教堂写追悼字条时，总要把他们俩人的名字并成一行……

玛蒂尔达早已守寡的妹妹索菲娅，从巴统赶来出席葬礼，决定把两个大一点的外甥接到自己身边。丈夫死后，给她丢下较大的家产，她和三个女儿管不过来。十四岁的阿法纳西和十二岁的普拉东眼看要长大成人，她家里又正缺男子。

但是这两个弟弟到底是没有扶持姨妈家业的福分。两年以后，这个精明能干的索菲娅不得不把家产卖掉，拖儿带女，先是流亡保加利亚，后来又转到南斯拉夫。在那里，初出茅庐的阿法纳西到东正教修道院，当上了见习修士，而后，又从南斯拉夫去希腊，多年来杳无音信。姨妈所得到的最后一次消息说，他隐居在无人知晓的迈泰奥拉[1]山上。索菲娅带着女儿和普拉东最后落脚在马赛[2]，

1 位于希腊中部的东正教修道院建筑群。

2 法国南部大城市。

开办了东方甜点零售铺。其中也卖果仁蜜饼，是她那虽丑陋却灵巧的三个姑娘亲手制作的。天长日久，零售铺最终发展成希腊餐厅，成为索菲娅一生的桂冠。普拉东作为家中唯一的男子汉，真不愧为中流砥柱。他给姐姐们一一安排了婚事，二战前夕又给姨妈办妥了后事，等到战后，自己早已过了辞别青春的时候才成家，娶了一个法国媳妇，给他生下两个法国公民，保住了西诺普里这个快活的姓氏。

十岁的弟弟米龙是由西诺普里本家亲戚、最亲切的亚历山大·格里戈里耶维奇领养的。这个亲戚在科克捷别利经营一家名叫“红方块”的咖啡馆，来参加玛蒂尔达葬礼的时候，本不打算给家里再增添一个孩子，但看到如此的惨境，心里实在过意不去，把他接走了。没有几年，孩子患上无名急病，辞别人世。母亲去世后过了一个月，美狄亚的姐姐阿内利娅（一般认为她是姐妹中最幸运的一个）把六岁的妹妹纳斯佳[1]领到第比利斯，那是她和丈夫——一个著名音乐家当时安家的地方。阿内利娅本想把几个小弟弟也一同带走，但因他们放声大哭，只好让美狄亚暂时代管。还有一个八岁的妹妹亚历山德拉，和美狄亚的感情历来很深，在那些日子里更是和她形影不离，最后也留了下来。

阿内利娅心里非常犹豫，怎能让十六岁的美狄亚去抚养三个弟弟妹妹呢？这时，有一个一直在家里当保姆，又是哈拉兰博斯的远房亲戚的独眼老太太佩拉格娅插嘴说了一句话：

“趁我还能动弹，让小不点们留在家里吧。”

---

1 阿纳斯塔西娅的小名。

事情就这样定了下来。

过了一段时间，美狄亚就一下收到来自彼得堡的三封信，分别由叶莲娜、阿尔米克·季格拉诺夫娜和亚历山大·阿拉莫维奇所写。后者的信写得最短："获悉你们的不幸，我们全家深表同情。在患难之际，恳求接受我们能给予的一点资助。"这"一点资助"，在当时可是相当大的一笔金额。美狄亚用其中一半的钱，定做了一个高档的黑色大理石十字架，上面刻上了双亲的姓名。父亲的遗体已永远消失在清澈、浓烈的海水里。那攸克辛海[1]的波涛已经吞没了西诺普里家族中多少个航海之士呀……

一九二六年十月，美狄亚来到墓地，午间坐在哈拉兰博斯墓旁的一棵野橄榄树下，在长凳上打了盹。梦中见到三个人：一个是母亲玛蒂尔达，她那红色的头发不像生前那样拢成一束，而是高高地竖起，形成一个节日般的光环；另一个是光溜溜、头发粉红的小妹妹，由母亲抱在怀里，不知为什么，妹妹已不像是个婴儿，而像是三岁的孩子了；第三个就是父亲，他头发苍白，留着长长的白胡子，比美狄亚记忆中的年龄要大得多，何况父亲是从来没有留过胡子的。

他们三人对美狄亚的态度非常和蔼，却没有开口说话。等到他们消失之后，美狄亚才发现自己根本没有打盹，至少没有从梦中苏醒的感觉，空中却飘逸着一股美妙的古色古香的松香，浸入肺腑，使她激动不已，意识到刚才他们三人轻飘飘地郑重下世，特别是留下这股香气，意思是感谢她把弟弟妹妹们养大成人，同时又

1 古希腊人对黑海的称呼，意为"好客之海"。

好像解除了她多年来自愿承担的义务。

过了一段时间，她才平静下来，给叶莲娜写了一封信来描述这一不同寻常的事件：

“我的叶莲娜，我已有若干星期坐不下来，无法写信描述一件非同一般的神秘事件……”

接着，美狄亚用法文写下去，因为她想用的诸如“梦幻”“显灵”“奇迹”等一类的俄语词汇，都是不妥当的，改用外文去描述，她觉得更容易一些，因为外文似乎没有那么多附加色彩了。

正在她写信的时候，原在墓地上闻到的那股香气，不知从何处，再一次飘了过来。

“Qu’en penses-tu[1]？”她最后写道。用法文书写时，她那一手漂亮的字体显得更加豪放、挺拔。

邮件装入帆布袋后，在邮车里颠簸很长时间，要耽误两三个月才能到达。三个月后，美狄亚才收到了回信。这是叶莲娜所有信件中最长的一封，字体同样是旧时中学里练出来的，和美狄亚的字体非常相似。

信中，叶莲娜对美狄亚的来信表示感谢，说她不禁回忆起那些让人感到走投无路的可怕的年代，泪如泉涌。接着，她也坦白地写道，自己也同样有过这种神秘经历，那是在一九一八年十一月十六日至十七日夜间，全家正准备仓皇出逃的时候。

“在发生这件事情的前三天，妈妈中风，当时的状况真叫人害怕，比起三个星期之后我们来到费奥多西亚，你见到她的时候，要

1　法语，意为“你是怎样想的呢”。

差得多。当时她脸色发青，一只眼睛向上翻，我们担心她随时有断气的危险。市区遭到炮轰，军队各部和平民百姓在港口慌张上船。你知道，爸爸当时是克里米亚政府[1]成员，绝不能留下来。弟弟阿尔西克连续不断地患扁桃腺炎，妹妹阿纳希特平时那么快活，现在却哭个不停。爸爸又整天待在市里，仓促回家时，只是抚摩一下妈妈的头，又急忙离去。这些我都给你讲过，恐怕只有一件最重要的事情没有给你讲。那天晚上，我安排弟弟妹妹上床，自己也躺在妈妈的身边，很快入睡。家里所有房间全部贯通，形成一条穿廊。这是很重要的情况，并非偶然提到。当时我正在梦中，突然听到有人进屋，以为是父亲，并未马上意识到此人是从右边走进来的，通往大街的门口本来是在左边的。我想起床给父亲倒茶，却动不了身，像是被禁锢似的。你还记得吧，父亲个子不高，进来的人却是大个子，好像还穿着长袍。我模模糊糊地看到，这是个老人，脸色雪白，还带些亮光。我心里害怕，非常害怕，但又觉得好奇。我意识到，这是亲人，是家里的人，当即又好像听见一个声音说：这是我曾外祖父什纳拉良。妈妈给你讲过吧，她娘家有几代让人敬佩的老祖宗在亚美尼亚各地修建了许多教堂。这个老祖宗从容不迫地靠近我，用悦耳的声音清晰地说了一句：‘好孩子，让大家走吧，你可得留下来，去费奥多西亚。什么也不要怕。’

“此刻，我才看清这不是完整的人影，他只有上身，下身则是一团薄雾，仿佛魂灵在急忙之中未能完全凝结成人形似的。

“美狄亚，后来的事果然如他所说。那天凌晨，我们全家就泣

1　一九一八年至一九一九年俄国内战期间，克里米亚曾成立地方政府。

不成声，只好各奔东西。别人都乘上末班海轮出走，我陪妈妈留下。第二天，红军就攻入市区。在那些日子里，城里到处开枪处决，我们却得以幸免于难。这一段时间，我们一直住在已故公爵夫人家里，她的车夫尤西姆先是把我们俩藏到城郊他亲戚家里，一个星期之后又叫我们坐上敞篷马车送走。路上走了两个多星期才到费奥多西亚，这个过程你是了解的。我去你那里，心情就好像回家一样，看到你们的家门已被钉死，心里一下子凉了半截，没有想到你们此时走的是侧门。

“梦中我是从未见过爸爸妈妈的，或许是因为睡得很死，什么梦也进不了我的脑袋。你是有福气的，亲爱的美狄亚，能从父母那里得到这种生动的问候。你不必感到不安，也不要反复自问为什么，这是怎么回事，等等。反正我们自己是猜不清楚的。记得吧，有一次你读到《使徒行传》里你最喜欢的一段，讲的是昏暗的玻璃。一切都需要时间，过了一定时间才能看清楚的。小时候在第比利斯，上帝和我们同居一屋，天使在房间里飞来飞去。现在到了中亚，上帝则离我远去，教堂也显得空空荡荡……但我不愿作孽、发牢骚，一切还算好。娜塔莎生过病，现在快要好了，就是有一点咳嗽。费奥多尔又去野外一个星期。还有一个大消息：我又怀孕，快到产期了。我最大的愿望，就是你能过来。也许开春后，你能带上弟弟们一起过来吧？……”

第三章

美狄亚向来起得很早，但是这天第一个起床的是阿尔乔姆。太阳还没有上劲儿，清晨显得很凉爽，四周白蒙蒙，披上了一层耀眼的薄雾。阿尔乔姆正在铜制的洗手池旁洗脸，活动龙头发出当当的响声。这种当当的声音惊醒了格奥尔基，过了几分钟，他也走出门来。这次起得最晚的是美狄亚。

美狄亚素来沉默寡言，早上的话尤其少。大家都了解她这个特点，有什么问题都要等到晚上来提。现在，她也只是点点头，走过去上厕所，然后去厨房烧起了煤油炉。发现没有水了，她就提出空水桶来，放在格奥尔基的脚下。家里有个规矩：太阳落山后，不准去井口打水。凡是住在家里的人，出自对美狄亚的尊敬，都要严格遵守这条及其他几条无法解释的规矩。一般来说，规矩越是说不清楚，就越是叫人信服。

格奥尔基走到井边。那是上世纪末由鞑靼人用石头砌成的一口深深的池子，用来积储从外面拉来的宝贵的水源。眼前水位很低，格奥尔基提上一桶之后，观察了许久。混浊的井水，一看就知道很硬。生在中亚的格奥尔基对克里米亚的缺水现象并不感到惊奇。

“对，一定要打出一口自流井。”这是他从昨天起算第二次想到这件事。他踩着很不方便的小台阶往回走，这些台阶，只有迈着细步、头顶水壶的女人才能适应。

美狄亚把壶放好，走了出去，褪了色的黑长裙在厨房的黏土地上一扫而过。格奥尔基坐在板凳上，端详着整整齐齐挂在房梁上的一把把干药材。墙边高架上摆着各种鞑靼式铜器，角落里堆放着一摞摞大铁锅，筑成一个金字塔，最顶端架着一口带嘴的红铜水罐。这些器皿比起塔什干市场上出售的同一类乌兹别克器皿来说，要简单粗糙一些，但是，格奥尔基眼光敏锐，又爱好简朴，所以和那些做工精细、满是花里胡哨的中亚花纹的东西来比，他更喜欢这些朴实无华的手工艺品。

“爸，要去海边吗？”阿尔乔姆插嘴说。

“难说。”格奥尔基抑制住内心的烦躁简单答道，孩子却马上领会了父亲的口吻，知道今天甭想去海边。从他的本性来讲，他很想哼哼唧唧地纠缠一番，但因生来又有感情细腻的另一面，使他受到清晨时光四处寂静的感染，没有继续说话。

趁煤油炉上的水壶还没有开之际，美狄亚走回去铺床，把枕头和被子收到床脚边的小木箱里，嘴里喃喃地念叨着由陈旧烂熟的祷告词句自编的“清晨规则”。词句虽旧，但仍能神奇般地保佑她，使她如愿以偿。她所求告的就是：要接受新的一天所带来的所有劳累、烦恼、无聊的闲谈和晚间的疲惫，要高高兴兴地从早活到晚，不要发火，不要生气。她深知自己从小就有爱生气的毛病，多年来一直和它做斗争，不知不觉地已经有很长时间再也不生谁的气了。只有很多年前发生的一件旧事依然在她心底里留下暗暗的黑影……“难道要带着这个委屈进坟墓吗？”这种想法在她的脑海中一闪而过。

她嘟嘟囔囔地念完最后一句，便用长期练出的灵巧动作认真地编好长辫，把它盘在头上，再用黑丝巾裹住头，把长长的一角拉出来，垂在脖子上。此刻，她在镶着贝壳的椭圆形镜框里突然注意到自己的脸庞。本来她是每天早上站在镜子前来裹头巾的，但所注意的只有褶子、面颊和衣领。今天，可能是因为格奥尔基的到来，她突然注意到自己的脸庞，并为之感到惊讶。年岁的增长使她的长脸拉得更长了，也可能是因为两条深深的皱纹使面颊缩小，变得更加瘦长。鼻子有家族遗传的特征，不受岁数的影响，形状虽长，但不是过分地向前。鼻尖平整，鼻孔呈圆形。她的面相有些像骏马，特别是在她刚刚结婚的几年里更是这样。当时她居然剪出刘海来，并在一小段时间内去理发馆做发型，代替了那一成不变的经常盘在脑后、让脖子受累的长发。

美狄亚怀着惊讶的心情在严肃认真地端详着自己的脸庞，突然发现她是喜欢自己的形象的。少女时代，她经常为自己的外貌伤心，讨厌自己的红头发、高个子、大嘴巴，还有两只大手以及脚上男人般的大号皮鞋总是叫她脸红……

“我居然长成一个漂亮的老太婆啦。”美狄亚心中一笑，摇了摇头。镜框的左边，在一大群相片当中，有一张黑方框里的年轻夫妻相：女方是长长的脸，留着一个大刘海；男方是高雅的近东人的长相，头发浓密、蓬松，瘦脸上的胡子显得特别大。

美狄亚又摇了摇头，心想：少女时她何必那样难过呢？她的相貌很好，个子也不错，身体强壮，体形健美。这是萨穆伊尔，她亲爱的丈夫萨穆伊尔给她说的……她转眼看了看角落中丈夫的一幅大画像，是他生前最后一张照片放大出来的，边上还有一条服丧的黑丝带。照片上的萨穆伊尔依然是一头蓬松的密发，但前额两边的头发已开始脱落，使本来不算高的额头显得稍高一些，胡须也已萎缩，目光则变得温和起来，整个神态出现了一种不可名状的柔情。

“好啦，一切都过去了。”美狄亚这样想着，驱赶昔日痛苦的影子，然后走出房间，关上了门。她的房间对所有的客人来说，都是神圣的，没有专门邀请是不能进入的。

格奥尔基已经煮好咖啡，做法和美狄亚以及他母亲叶莲娜一模一样，都是向土耳其人学来的那种办法。小小的铜制咖啡壶已经摆在桌上，下面是没有刷亮的托盘。美狄亚虽然酷爱清洁，却不喜欢擦刷铜器，也许是因为她更喜欢铜器上的绿锈。她把咖啡倒进用了十四五年的粗瓷碗里。这个瓷碗又笨又重，是她的外甥女妮卡很久以前的礼物。妮卡一度曾迷恋于雕塑艺术，这正是她第一代的陶瓷作品。这个黑蓝红三色瓷碗的表面粗糙不平，还带有烧制后留下的一道道釉子，对日常用途来说是过于装饰化的，但不知为什么叫美狄亚非常喜欢。妮卡因能如此中姨妈的下怀，至今还感到骄傲。

喝第一口咖啡的时候，美狄亚就想到了妮卡，想到她今天就会和孩子们及玛莎一起到达。玛莎是美狄亚的妹妹亚历山德拉的大孙女，妮卡则是妹妹晚生的小女儿，姑姑和侄女俩人的年龄相差不大。

“她们恐怕要坐早上的航班，中午就会到家的。”美狄亚像是自言自语地说了一句。

格奥尔基没有作声，其实他心里也在想，是否该去一趟农贸集市，买来一瓶葡萄酒和开春后刚上市的小青菜或枇杷之类。

不对，枇杷现在还没有下来，他琢磨了一下，过会儿就问姑妈中午是否回来。她点点头，默默地把咖啡喝完。

她走了，阿尔乔姆便试图向父亲进攻，可父亲让他准备去农贸集市。

“好家伙，一会儿要上坟，一会儿又要去集市。”阿尔乔姆不高兴地说。

“不想去，可以留在家里。”父亲以平和的口气建议说，但是阿尔乔姆已经认识到，去一趟集市也是一件不错的事情。

两个小时之后，俩人已经走在路上了，都背着背包，阿尔乔姆头顶白布太阳帽，格奥尔基戴着军用帆布大檐帽，俨然是一副军人探险家的样子。步行到昨天那个地方，又碰见了原来的母女二人，她们穿的还是一样的衣服，只不过妈妈这次坐在小马扎上，支起儿童画架在画画。

格奥尔基向前行走时发现了她们，招呼了一声，问她们要不要在集市上买点什么。他的声音随风吹到一旁，那女人打手势，示意不清楚。

“跑过去问一下，她们想买点什么？”格奥尔基吩咐儿子说。孩子跑步上坡，踩下的石子儿哗啦啦地往下滚。

格奥尔基怀着喜悦的心情向上望去：山坡上的小草郁郁葱葱，山顶上的三春柳有花无叶，活像一团紫红色的烟云。

那个女人正和阿尔乔姆对话，接着把手一挥，就拔腿向下跑去。

“给我买点土豆，好吗？要两公斤。我这儿没有人看塔尼娅，她又走不了长路，会累坏的。再买一把土茴香吧。不过，我身上没有带钱。”她的话说得很快，略有些大舌，越说，脸上越发红润。

她上坡朝着站在画架旁的小女儿爬去，她的心却像一匹快马向前奔跑，咚咚的声音在喉咙里回响……

“发生了什么事情？究竟发生了什么事情？什么事也没有发生。两公斤土豆外加一把土茴香……”

她爬到顶上，发现在她刚才下山的这短短的几分钟之内，周围的一切都发生了变化：阳光终于穿破了耀眼的白雾，她刚才写生的三春柳不再像蒸腾向上的粉色气团，而是像红莓慕斯似的覆盖着山顶。原先那种充满柔情、模糊不清的自然景象已荡然无存，她所站立的那个地方又似乎变成宇宙、星球、白云、羊群等万物围着运转的固定中心。

但是，这些感受并没有使她急速跳动的心平静下来。她的心依然在奔跑，不断地超前，目光则情不自禁地把周围的景色尽收眼底，不愿放过或忘掉这个世界的点点滴滴。小时候，她喜欢植物学，现在又多么希望把眼前的片刻当作心爱的花朵摘下弄干，留作永远的纪念！她需要这一片刻，也需要周围的一切：歪歪斜斜地摆在宇宙中心的画架、站在旁边的小女儿、鲜花怒放的三春柳、有两个行人连头也不回走在那里的马路，还有前面的这个风光——座座高山、一片遥远的大海、褶皱的山谷和一条早已断流的河沟。还有她背后的景色以及眼界以外的一切：就地衰老的驼峰般的丘陵，还有后面那些像一群驯服的家畜似的整整齐齐拉成一排的平顶山……

从辛菲罗波尔乘公共汽车到美狄亚家里大约需要五个小时，而且度假季开始之前每天只有一趟班车，所以妮卡和玛莎一般都要坐出租车来，虽然车费很高，两个小时的路程比莫斯科到辛菲罗波尔的机票还要贵。

阿尔乔姆从集市上一回来，就拿上旧望远镜，爬到屋顶，用这个有光荣历史的器材把自己装备起来，目不转睛地盯住两座山丘之间的细缝。他知道，凡是来小镇的汽车必定要在那里闪现一下。格奥尔基则在厨房里整理着买来的东西。这次没有赶上集日，市场上冷冷清清，卖货的人也很少。他买了一包小时候最爱吃的家制李子糕，是用土方法在铁板上烤熟的，可惜烤得太干了，还买了一些青菜和一大包羊肉馅饼。这次最叫格奥尔基高兴的还是杂货店，那意料不到的商品之丰富每每使游客们大吃一惊。这次格奥尔基买了一个时髦的小玩意儿——带哨的水壶，还有两打多棱水杯、两打多棱小酒杯以及一斤马蹄钉，这种钉子是他新西伯利亚的朋友、集体农庄主席塔拉索夫梦寐以求的东西。还买上了当时难得的捷克胶和一块相当难看的塑料台布。所有这些东西都摆在桌上，琳琅满目，实在叫他高兴。他喜欢购物，喜欢挑货、寻货、讨价还价等诸如此类的游戏。每次外出他总要买回一大堆无用的东西来，占据了家里和别墅中很多地方，惹得他老婆卓娅老是生气。卓娅是经济师，在市商业局工作，她认为买东西要动脑筋，要斟酌，绝不能没头没脑地去买。

格奥尔基打开一瓶克里米亚波特酒[1]，后悔自己买得少了点。不

1　一种加强型葡萄酒。

过，这种玩意儿倒是到处都有，以后还可以去镇上的商店多买几瓶。

他把东西一一收拾好，端上馅饼和一杯酒坐到门槛上，看见了女画家拉着女儿正在下山。

“见鬼！我把土豆给忘了。”他才想起来，“不过，市场上反正没见到土豆，假如见到，我肯定会想起来的。”

土茴香他是买了不少的。作为一个认真履行诺言的人，他赶快向阿尔乔姆喊了一声，叫他下来，把土茴香给那来疗养的女人送过去。住在美狄亚家里的人从不认为自己也是来疗养的，当地人都把他们看作老乡。

但是，阿尔乔姆断然拒绝，汽车马上就要开过来了，事情极为重大，他是决不能放过的。父子二人正为土茴香的事继续顶牛的时候，黄色的伏尔加牌汽车果然在专门为瞭望而用的细缝里一闪而过。

“来啦！”阿尔乔姆用变调的声音兴奋地喊叫着，从屋顶上滚了下来，冲向门口。

再过几分钟，汽车就开过来停下。四扇车门同时打开，有六个人跳了出来，其中两个还很小。司机从后备箱里往外拿皮箱、纸盒的时候，一家人跑到一起，你亲我抱，不亦乐乎。汽车还没有开走，美狄亚就已经提着一个鼓鼓囊囊的大包悄悄地走了过来，她紧紧地抿着嘴、眯着眼睛在微笑。

“姨妈呀！我的太阳！我多么地想念你呀！你真美，满身是鼠尾草和百里香的香味呀！”高个子、红头发的妮卡边亲边说。

美狄亚轻轻地推开她，嘟囔道：

“傻话！我满身是油漆味，医院里有两个多月一直在刷房，没完没了。”

妮卡的大孩子——十三岁的卡佳站在美狄亚身旁，按次序等候着接吻。只要是有妮卡出现的地方，她似乎就有某种无可争辩的优先权，也的确就没有人去和她争夺。玛莎也在按序排队。她理的是一头男孩式的短发，体格像个十几岁的少女，仿佛她不是一位已步入成年的妇女，而是一个有两条扭来扭去的细腿、尚未长出个子的瘦小孩。但是，玛莎的容貌很清秀，她那潜在的美犹如一幅隐现画，还没有完全显露出来。

格奥尔基抱起玛莎，吻了吻她的头顶。

“算了吧，我才不理你。”玛莎推推搡搡地说，“我知道，你去过莫斯科，连电话都没有给我打。”

玛莎的儿子——五岁的阿利克和妮卡的小女儿丽莎也在拥抱，假装出刚见面时非常激动的样子，其实他们从昨晚起就一直在一起，因为两家人都挤到祖博夫大街妮卡家里过夜。这两个孩子基本同岁，真可谓青梅竹马。让大家捧腹大笑的是，他们经常模仿着大人的行为：女人的调情、嫉妒，男人的公鸡般的好斗性等。

美狄亚面对着这一对儿表亲戚，嘴里不知第几次唠叨说：“Cousinage dangereux voisinage[1]。”

“叫我亲亲你，好比咱们已经到家了。”阿利克拉着小丽莎说。小丽莎不愿意，又想不出什么可以接受的先决条件，设法把话拉长一点说：“不，你还是……你先得……让我看看小狗吧！”

在场的还有两个人，他们见面时，只是简单地相互点了点头。

1 法语格言，意为“表亲是危险的近邻”。

那就是阿尔乔姆和卡佳。想当初，他们之间如同丽莎和阿利克那样，也曾经产生过狂热的爱恋，可是一年前彻底告吹了。卡佳长高了，身体某处出现了毛发（她立即动手把它剃掉），而且还长出小小的但实实在在的乳房来。性成熟期在他们俩之间划出了一道鸿沟。

阿尔乔姆因去年被卡佳平白无故地甩掉，至今耿耿于怀，虽然一昼夜来一直热切地等待着，现在却出于自我保护的意识，把脸扭到一旁，若有所思地用脚尖抠动黄土。

卡佳去年被大剧院芭蕾舞学校以没有培养前途为由勒令退学，然而她仍然保持着职业舞蹈演员的姿态。妮卡经常取笑她说："下巴朝上，肩膀朝下，胸部向前，腹部向后，脚尖成八字。"心中却为女儿有如此漂亮的姿势而感到骄傲。

现在卡佳就以这种姿势挺立着，好让所有的有意者都有机会欣赏她依然所代表的高雅的芭蕾艺术。

"美狄亚，快来看咱们的一对新人！"玛莎碰了碰美狄亚的肩膀说。

此时，阿利克已从狗窝里掏出了美狄亚所养的又长又矮的母狗纽克塔下的小狗崽儿，这只小狗和它母亲长得很像。丽莎把小狗抱在怀里，阿利克又设法推开它，正朝着丽莎答应让他亲的脸蛋儿伸嘴。

大家笑了起来。格奥尔基提上两个皮箱，阿尔乔姆转过脸背对卡佳，抱起了装着食品的纸盒子，卡佳则像个准备谢幕的主角，一跃跑到房前，站立在正房和厨房之间一块有阳光的地方，活像一个公主，那么美丽，那么高不可攀。阿尔乔姆想到这一点，心中产生从未有过的痛苦。那年春天，他成为心灵受到创伤的第一个人。

此时，小塔尼娅正睡午觉，诺拉则再一次扮演了窥视者的角色。这位英俊的男人没有给她买回土豆，也没有买回土茴香来。现在她才明白，他长得不是像古罗马军团士兵，而是像奥德修斯[1]。她正在阿达阿姨的后院刷碗，看到一辆出租车驶过来，一个高个子、红头发的女人抱住了黑衣老太太，一大群孩子围着她们欢欣雀跃。看到别人见面时竟能这样高兴、这样欢乐，她羡慕得喘不过气来。

两个小时之后，又有一辆汽车到小镇，停在克拉夫丘克家门口。诺拉掀起绣花窗帘的一角，看见阿达迎着呼叫主人的声音从夏季厨房里跑出来，她那个当司机的丈夫用黑乎乎的大手忙擦着油光光的嘴巴，紧跟在她的后面。

一个魁梧的男子推开小门站住。他那长长的头发用皮筋绑在脑后，像女人的发型一样，身上穿的是贴身的白色牛仔裤和粉色的文化衫。阿达看见他那种放肆的样子，惊得说不出话来。这个外来人笑着晃了晃手中的白信封，站在原地问了一声：

“是克拉夫丘克一家吗？你们儿子来信，还让我带个好。我昨天刚刚见到他。”

阿达一把把信封抢了过来，克拉夫丘克夫妇便一言不发地退回厨房去阅读他们的独生子维佳的来信。维佳在军事学校毕业后，两年来一直住在莫斯科郊区，镇上的人都认定他是青云直上的。来客根本不管留在门外的司机，自己进来，坐在长凳上。此时，克拉夫丘克夫妇从信中已了解到，儿子请来的是一位很有用的人物，

1　古希腊传说中历经磨难的英雄。

他打算在家里住住，千万不能向他要钱，要小心伺候。这个人物的名字叫瓦列里·布托诺夫，连军区司令找他按摩时，也需要排队的……

克拉夫丘克夫妇顾不上把信看完，跑出去招呼客人说：

“您快进来，快进来呀！您的行李呢？”

客人把行李抬了进来，这是一件大皮箱，有厚实的多层手把，两面还贴着许多外国标签。诺拉本来在熨烫塔尼娅的小裙子，把重重的铁熨斗拿起来，一直提在手里觉得很累，这才把熨斗放在架子上。房东们还是围着来客团团转，可见大皮箱对他们的作用有多大。

“大概是个演员，要不就是搞爵士乐之类的什么人。”诺拉这样想着。熨斗已经放凉了，但她不愿走出自己的小屋，去厨房把它加热，干脆把没有烫完的小裙子放到一边去了。

第四章

美狄亚成长的时候，家里做饭时，用的是大铁锅；腌茄子，用的是大木桶；房顶上经常晒晾的是成普特的水果，甜蜜的香味随着咸涩的海风四处飘散。家里总是忙忙碌碌，还不断地增添弟弟妹妹。现在，美狄亚在冬季感到孤独、凄凉的住所，到了盛夏，也总要增添许多孩子，出现人丁兴旺的景象，使她想起儿童时代的家。院内，用三脚架支起的大铁桶里不停地煮洗着衣服，厨房里不断有人喝咖啡、喝葡萄酒。还经常有客人从科克捷别利和苏达克远道过来，有时来的是自由青年——不刮胡子的大学生、不梳头发的女孩子。他们就近扎下帐篷，听的是新音乐，唱的是新歌曲。缄默寡言、膝下无子女的美狄亚习惯于夏季的热闹，心中却经常纳闷，她这座被烈日烤烂、被海风吹透的住房为什么会这样吸引不同民族的形形色色的人们，使他们从立陶宛、格鲁吉亚、西伯利亚乃至中亚纷纷来到此地。

夏季已告揭幕。昨晚还是她和格奥尔基两个人，今天早早吃晚饭的时候，桌边就已经是八个人了。

最小的孩子们因路上疲劳，早早就被安排上床睡觉了。阿尔乔姆也跟着走了出去，免得听到“上床睡觉！”的口令，让他丢脸。

自愿离去，就能拉平他和卡佳的身份，因为没有人赶卡佳睡觉去。

晚餐延续下去，在不知不觉之中转为夜宵。大家喝起格奥尔基准备的酒。格奥尔基在地质系学习的时候，在莫斯科连续住了五年，虽然没有对莫斯科产生感情，对首都的新闻还是有兴趣，想方设法让妹妹们多讲一讲。然而，妮卡不是讲她自己，就是讲些家庭传闻，玛莎则反复谈的是政治话题。当然，那些年代里，大家都这样，不管开头谈什么，最终总要转到政治上来的。一提及政治，又总是要把嗓门放低，把情绪提高一档。

这次谈到的是住在维尔纽斯[1]的美狄亚的侄子——“大块头”格维达斯，他是美狄亚已故的小弟弟季米特里的儿子。格维达斯已经修好了一栋房子，现在还继续大兴土木。

“怎么，当局还能允许这么搞吗？”格奥尔基听到这个消息，心里有所震动。

“首先来说，那里的气氛宽松一些，他自己又是建筑师。而且别忘记，他那个老丈人是个大党棍。”

“怎么，格维达斯还参与这些游戏了？”格奥尔基吃惊地说。

“怎么讲呢。总的来看，他们那里的苏维埃政权有些像假面具。不管怎么样，对一个立陶宛人来说，吃点熏肠、鳗鱼，喝杯啤酒，肯定比参加党小组会要重要。那里不怎么整人。”妮卡解释道。

玛莎一听就火冒三丈说：“别胡说八道，妮卡。战后，立陶宛差不多有一半人口、将近五十万青年男子被关进监狱。他们在战争时期的损失都没有那么大。好一个假面具呀！”

1 立陶宛首都。

美狄亚站了起来。她早就想去睡觉，现在已耽误了她平时上床并容易入睡的时间，她准会在自己的水草垫子上左右翻身直到天亮。

美狄亚说了一声“晚安”，走出去。

“你们看……”玛莎不高兴地说，“咱们的美狄亚那么伟大，那么刚强，也还是心有余悸。一句话没说就走了。”

格奥尔基暴跳如雷：

“你真傻，玛莎！你们把苏联政府看成是万恶之源，可是在她那里，一个哥哥被红军打死，另一个哥哥被白军打死；二战期间，又是一个兄弟被法西斯杀害，另一个兄弟被共产党迫害致死。对她来说，所有政权都一样。我的外祖父斯捷潘尼扬是贵族，是保皇派，但是他拿出最后的家底，汇钱救援了举目无亲的小姑娘美狄亚。我的父亲是热情洋溢的革命者，但他单凭美狄亚的一句‘救救莲娜[1]吧’，就和我母亲结了婚……美狄亚才不在乎什么当局，她是虔诚的信徒，服从的完全是另一种权能。不许你胡说什么她心有余悸……”

“我的上帝呀！”玛莎叫道，“我根本不是这个意思。我只想说，我们一涉及政治，她就走了。”

“她和你这种傻瓜没有什么好谈的。”格奥尔基哼了一声说。

“算了吧，”妮卡懒洋洋地说，“还有什么好东西没有？”

“当然有的咯！”格奥尔基高兴地答道。他在背后摸了摸，掏出白天已经打开过的酒瓶来。

1 叶莲娜的昵称。

玛莎的嘴唇又哆嗦起来，巴不得展开反攻，但讨厌各种争执的妮卡把酒杯递到她跟前，带头唱起歌来：

“河水长流，浪打岸。年轻的好汉恳求着狱官……”

她的声音又轻又润滑。格奥尔基和玛莎深受感动，亲切地靠在一起，所有的争论都自然停止了。歌声像一束光流出微微敞开的木门，流出形状不规则的小窗户，使简单的犯人小调响遍了美狄亚的宅院……

瓦列里·布托诺夫不想去木板厕所，就在院子里解了手，让长在那里的西红柿秧子因受到意外的温水浇灌而大吃一惊。他抬头仰望满天星斗的南方高空，空中有探照灯发射的一道道灯光，这些淘气的光束不停地抚摩着岸边，在寻找只有电影中才会出现的那些身穿黑色潜水服的特务。但是，在这春寒未散的季节里，连通常在月光下闪闪发亮的海滩恋人的屁股都见不着。

大地黑黝黝，唯独山谷中有一个小窗口发出纯净的黄光，还隐隐约约地送来了女人的歌声。瓦列里侧耳倾听着。远处偶尔传来汪汪的狗叫声。

夜间，美狄亚果真失眠了。多亏她从年轻时候开始就有了少睡的习惯，现在到了老年，一夜的失眠不会打乱她日常的生活秩序。她静静地躺在少女式的窄窄的床上，睡衣前胸绣上的花因年久已经磨破，晚间梳得松松的长辫子虽然已不像早年那样浓密，长度却仍达到胯骨，现在也搭在她的身边休息。

不久，房内出现了一些容易辨认的轻轻的动静：妮卡踏着赤脚啪啪地走过去，玛莎当当地掀开夜壶的盖子，嘘嘘地把着昏昏欲睡的孩子撒尿。一股尿水潺潺流出，其声音清晰悦耳。电灯开关咔嚓了一声，接着就传来悄悄的笑声。

美狄亚的耳目敏锐如故，加上天生较强的观察力，使她得以在年轻一代亲人的生活中察觉出连他们本人都未曾料到的情况。

初夏季节，总有一批年轻妇女带着孩子来住下，丈夫们因为要上班，所以无法长留，通常仅住两个星期左右，偶尔是一个月。男朋友们就会乘虚而入，白天在下镇租房，黑夜就偷偷地溜进家里，在美狄亚隔壁的房间忽而哼哼唧唧，忽而大声尖叫。随后，妇女们就要和原来的丈夫离婚，重新嫁人。新的丈夫们抚养着前夫的孩子，又要生新的孩子，同母异父的兄弟姐妹们要相互串门往来。再往后，原来的丈夫又要带新的老婆孩子到这里来，和前妻及其子女一起度假。

卡佳的父亲本来是位很有前途的青年导演，但没有创作出与其名声相符的任何作品来。妮卡嫁给他之后，外出时，喜欢带上导演前妻所生的儿子——长得又笨又粗的米沙。卡佳千方百计地去欺负这个孩子，妮卡则百般照顾他，和他亲密无间。就是后来甩掉导演、换上一个物理学家做丈夫，她也仍要把这个孩子常常带在身边。美狄亚目睹过两对夫妻互换配偶、一个比女方大三十岁的男子和小姨子之间的狂热的罗曼史，还有几对青年如醉如痴的情爱关系，等等，诸如此类的情况完全验证了上面所提到的那句法国格言。

战后的一代人，尤其是二十来岁的青年的生活，在美狄亚看来，有些像儿戏一样。无论是对婚姻，还是对子女，他们都缺乏美狄亚那种从小就被生活所赋予的责任感。美狄亚从不对别人乱加评判，却非常敬重像她祖母、母亲及好友叶莲娜那样的人，她们做事不论大小，态度总是严肃认真、始终如一，这才是美狄亚唯一所能接受的生活态度。

美狄亚一生中一直是一人之妻，现在仍是一人之孀。她孀居的感觉很好，并不比在婚时的差。丈夫离去将近三十年了，这样漫长的时间，使往事都发生了变化，以至于丈夫使她遭受的唯一的一次委屈（最奇怪的是，这个委屈是他死后造成的）也渐渐淡化了，而丈夫的形象却变得宏伟壮观，和他生前的样子已毫无共同之处了。她守寡的岁月比她结婚的时间要长得多，而她对亡夫的感情却依然如旧，甚至在这些年更加深刻了。

美狄亚虽然失眠，却处在微微入睡的状态中，还能继续她白天的思维活动，又像是在祷告，又像是在对话，又像是在回忆，偶尔还能意外地越出她亲身了解、亲眼看到的范围之外。

丈夫对童年的回忆，字字句句都印在她的脑海里，使她能够想起他小时候的样子，虽然他们相识时，萨穆伊尔已是年近四十的人了。

萨穆伊尔的母亲是寡妇，她把自己的苦楚和不幸看得比任何财产都要重，经常怀着让人费解的自豪心情，在姊妹面前指着她这个枯瘦如柴的孩子说："你们瞧，他有多瘦，简直跟个小鸡一样。咱们这条街上再也找不到比他更瘦的孩子啦！身上全是疱！满身是瘰疬，手上还有冻疮。好大的冻疮呀！"

萨穆伊尔带着冻疮、粉刺和脓包慢慢地成长着。他的确长得又瘦又黄，但和同龄儿童的差别不算大。快到十三岁时，他体验到一种特殊的不安，原因是他那根猛长的阴茎常常要把裤子顶起，叫他十分尴尬。孩子把这种崭新的状态误认为是那些母亲引为自豪、名目繁多的疾病中的又一个新的种类，于是自行想办法，用母亲衬裙上的带子夹住那个不爱听话的器官，防止它捣乱。此时，他又有两个极为注目的部位——一个是鼻子，一个是耳朵——也开始疯长。眼看一个模样可爱的小男孩变成一个不三不四的怪物：圆圆的眉毛向前突出，长长的鼻子左右活动。他那瘦弱的身体此时也有了新的特征，不管他坐在什么地方，总觉得自己好像是坐在两块硬石头上。父亲的灰条长裤滴里嘟噜地穿在身上，使他活像一个稻草人，这给他带来了一个令人心疼的绰号——“空荡裤子萨穆伊尔”。

他年近十四岁的时候，母亲和他一个伯父之间进行了一段时间词语婉转、让人心烦的书信往来之后，总算把他送到敖德萨[1]。当时离他接受成人礼[2]还没过多久，但对萨穆伊尔来说，这个仪式值得纪念的只有一点，那就是他在朗读传统经书时，比其他同学的错误多五倍。这些孩子和他一样，都是穷苦家庭出身，靠社会集资来犹太教会学校学习的。萨穆伊尔在伯父的公司里当上童差，开始了他那任务繁忙、义务无边的劳动生涯。

童差的工作给他留下的空闲时间极少，但他还是接触到当时业已过时的犹太教育思想，是由他的大伯父埃夫拉伊姆向他宣传的。埃夫拉伊姆是自学成才的犹太知识分子，他不管实际情况如何，依然期盼着良好教育能解决世界上所有难题，包括制止反犹主义这种莫名其妙的错误思潮。萨穆伊尔在犹太教育思想这面崇

1　乌克兰南部城市。

2　犹太教的一种仪式，在男孩十三岁（女孩十二岁）生日当天举行。

高却略嫌褪色的旗帜下所挺立的时间不算长，不久便转身投到邻近的犹太复国主义阵营之中，使大伯父非常伤心，因为他觉得犹太复国主义把那些期望着把本民族教育水平提高到其他文明民族水平上的犹太人钉上了十字架，反而把赌注压在天生的犹太人身上，做出一个不成功便成仁的简单决定，那就是再次去迦南[1]种起花园。

萨穆伊尔有一个叔伯兄弟移民到巴勒斯坦，在一个无人知晓、名叫恩盖迪的地方当农业工人。他有时寄来一些热情洋溢的信，引诱着萨穆伊尔。

萨穆伊尔决定到一所为准备移民的犹太人开办的农业技术学校去学习，让经营公司的那个伯父十分不满，特别是因为学习占用了他很多工作时间。伯父一气之下，宣布要削减从未给他发过的薪水。多亏心地善良的根尼奇卡伯母和伯父吵了一架，不许他妨碍孩子学习。

这时候的萨穆伊尔已进入成熟期，相貌大有改观。五官变得和谐、刚强，有了一定的魅力。根尼奇卡伯母作为一个正统的犹太妇女，正盘算着把自己一个生来就有胯骨错位的小毛病、年纪也不算太小的外甥女许配给他做妻子。

萨穆伊尔在农业技术学校认真学习了两个月，钻研嫁接、芽接等技术，但是他那喜新厌旧的心灵不能长期坚持，等不到鸡蛋里孵出小鸡，也等不到自己的意愿变成美好的业绩。正当其他同学深入学习园艺学和种植葡萄的技术的时候，他就再一次换了课桌，

1 古代地区名称，大致相当于今日以色列、约旦河西岸等地。

加入机械厂和港务局工人的马克思主义小组。在一个偏僻的巴勒斯坦建设小小的犹太社会主义——这种理想即便令人激动，也无法和全世界无产阶级的伟大思想去竞争。

经营公司的伯父专心注意的只有小麦价格的涨跌，对侄子原先一些思想变化反应平淡，但是，马克思主义他是接受不了的，于是他勒令侄子在外面另找床位去住。说句公正话，伯父似乎听明白了萨穆伊尔对什么叫剩余价值的解释，但出乎意料地不肯接受这一伟大的经济思想，大声嚷嚷道：

“你以为他比我更懂得剩余价值吗？让他先赚来看看！”

萨穆伊尔怀疑伯父混淆了剩余价值和纯利润这两个概念，但未来得及做任何说明。伯父当即预言，萨穆伊尔会很快就进牢房的。伯父的确有先见之明，虽然他的预言在两年之后才灵验。这两年内，萨穆伊尔掌握了钳工技术、阅读了各种书籍、获得了大量知识，并且成为小组长，努力唤醒愚昧群众的觉悟。

一九一二年底，他受到行政流放处治，在沃洛格达省住了两年，后来就在各个城市之间来回走动，把编写得很粗糙又是自行印刷的书籍、文件藏进医生旅行箱里，到处分送。他还到秘密联络点和一些不报姓名、地位显赫的人物接头，不断地进行宣传鼓动工作。他一生都自称是职业革命家。革命爆发时，他正在莫斯科，因为擅长在无产阶级群众中开展工作，当上了中层干部。后来，又奉命穿上特种部队的皮外衣，开往坦波夫省。他的光荣历史到此神秘中断，留下惹眼的空白。尔后，他居然变成一个普普通通的人，对生活没有任何崇高追求了，变成一个只有见到体格丰满的女士们才能恢复一些活力的牙科大夫。

美狄亚一直在关照康斯坦丁和季米特里两个弟弟，还有妹妹亚历山德拉，在日夜忙碌之中，不知不觉地消耗了少女的黄金时光，渐渐失去青春的润泽。刚把妹妹和她的初生子谢尔盖送到莫斯科她丈夫的身边后不久，便在疗养院里遇上了这位快活的牙科大夫。他微笑时，总要露出一排又大又短的牙，连同一条粉紫色的牙床来。一般认为，克里米亚的泥疗有奇特的疗效，可增进生育能力，身为护士的美狄亚当时正为此而努力，往病人身上糊泥巴。

起初，疗养院没有牙科，后来经院长在人民卫生委员会活动，搞到一个名额来，结果才有了这位牙科大夫，一下子使这个幽静并略显神秘的地方变得格外热闹。他吵吵嚷嚷，不停地开玩笑，晃动着手中那些镀镍的医疗器具，向所有的女病号同时献殷勤，表示可以在生育方面提供额外服务。美狄亚作为疗养院最优秀的护士，被指定给他当助手，参加了这种牙科表演活动。她用调刀在玻片上给大夫调制补牙用的药剂，递去各种不同的器具，心中则为大夫这种肆无忌惮的行径而感到惊愕，更为患有不育之症的大多数妇女的放荡不羁而震惊。这些妇女坐在牙科诊椅上就敢和大夫公开约会。

美狄亚以日趋浓厚的兴趣观察着这个瘦削的犹太人。他那肥大的裤子用高加索式的小皮带紧束在细腰上形成碎褶，上身穿的是蓝色的旧衬衣，不过披上白大褂之后，形象变得雅观一些。

“毕竟是个大夫。”美狄亚这样解释着他在女性当中的成功，“而且有他自己的俏皮劲儿。”

趁美狄亚填写病历的那点工夫，在信赖大夫的女病号还未开口之前，大夫就用敏锐的目光从头到脚扫视她一下，并且站在男性立场上对她做出一番善意的高水平的分析。再小的细节也躲不过这个专家的眼光。根据美狄亚的观察，他开口说出的第一句恭维话所涉及的内容绝对是上层建筑，即女性的头发、面色、眼睛等。如果对方反应良好（大夫对此是十分敏感的），那么他就滔滔不绝，发动有目的的进攻。

美狄亚偷偷地窥视着大夫，惊奇地发现，只要女性一进门，他就会立刻活跃起来。如果只留下他自己，加上一个严肃的美狄亚，他的表情就会马上消沉下去。他和美狄亚见面的第一天，就对她进行了批判性的分析，对她的古铜色的秀发做了一番赞扬，但因没有得到任何鼓励，就再也不去谈论她的优点了。

过一段时间，美狄亚居然确信，大夫的眼光的确很敏锐，刹那间就能在女性身上发觉别人难以捕捉的优点，并为此感到由衷的高兴。这些优点越是隐蔽，他对自己的发现就越是兴高采烈。

有一次进来一个特别胖的女人，无疑有肥胖症。当她把松软的屁股使劲地按进牙科诊椅里，大夫便用欣赏的口吻对她说了一句：

“假如我们在伊斯坦布尔[1]的话，您准是全城最大的美人啦。”

肥溜溜的大胖子顿时红了脸，泪水夺眶而出。她用尖细的嗓门很不高兴地叫道：

“您这是什么意思？”

“上帝呀！”萨穆伊尔立刻紧张起来，“当然是好的意思。好东西多多益善，这是每个人的愿望嘛！”

美狄亚感到大夫下班时，总是很疲劳，不是因为工作紧张，而

1　土耳其最大的城市。

是因为他自己拼命努力，想在每一个女人身上都找出一些确实存在、虽然有时是值得怀疑的优点来，并且还要对她们讲一些好听的话。

偶尔有个别男人找他来看牙的时候（诊所的主治方向是不育症，但还有一个颈椎肢体部），他显得十分拘谨、胆怯。

美狄亚突然产生一个念头，觉得这个快活的笑嘻嘻的大夫好像是怕男人。她不禁为此失笑，后来才知道这种意外的观察结果的价值有多高。

当时美狄亚已年近三十岁了。弟弟季米特里准备报考塔甘罗格[1]军事学校，康斯坦丁也快十六岁了，打算和大哥哥费奥多尔一样，当一个地质勘探员。把最小的妹妹阿纳斯塔西娅领到第比利斯的阿内利娅姐姐早就叫美狄亚到她家去住住。姐夫的亲戚中有一个年纪尚不算老的鳏夫，姐姐暗中打算把他介绍给美狄亚。美狄亚并不了解这些计划，但也想去看看姐姐和妹妹，只不过要推到秋天，做完家用储备再去。假如姐姐的计划能实现，克里米亚就不会保留这片也许是希腊人最后家园的房屋了，西诺普里家族的下一代就会完完全全地演变成内陆希腊人，散居在塔什干、第比利斯、维尔纽斯等地，但实际情况不是这样。

一九二九年三月中旬，疗养院全体职工被召集开一次紧急会议。务必全体参加，包括管理花园的拉伊斯这样一个歪着脸、总是似笑非笑的弱智人员。既然勒令拉伊斯也必须参加，说明会上要讲的是国家大事。

市委领导、大块头的维亚洛夫坐在铺着油光光的红台布的桌

1　俄罗斯城市，位于亚速海滨。

子后面，大放厥词，先是宣读有关决议，接着就自行发挥，大讲起美好的明天和集体化思想的伟大。职工中多数是妇女，听得很入神。她们多半住在郊区，拥有半栋房子、几百平方米的菜园子、两三棵果树、四五只母鸡和一席公职，一般不爱大声发言。院长费尔科维奇是土生土长的克里米亚人，书香门第出生的卡拉伊姆族[1]，一生中经历过多次摔打。一九一八年应征入伍，参加红军，在军医院里服役，但没有入党，也老是不放心家人。他宁愿沉默，把发言权让给别人。

“谁想发言？”维亚洛夫说。党小组长菲洛佐夫斗志昂扬，马上跳了出来。

萨穆伊尔坐在后排座上，浑身抽动着，就地蹦跶，眼睛环顾四方。美狄亚坐在他旁边，斜眼观察着他这种莫名其妙的紧张状态。大夫注意到她的眼光，便狂热地抓住她的手，凑到耳边，吁吁说道：

“我要发言……我一定要发言……”

“您不必这样紧张，萨穆伊尔·雅科夫列维奇。想发言，就发言吧。”美狄亚想慢慢地挣脱他那紧抓不放的手指，把自己的手抽回去。

“您知道吗，我是一九一二年入党的老党员——我必须发言。”他的脸色发白，但不是那种高贵的蜡白色，而是像胆小鬼那样面如土色。

一个有德国姓氏的新来的女医生（她梳的是分头，左边还留了一绺扁平的头发）发表了有关集体化的长篇讲话，翻来覆去地说

1 信奉犹太教卡拉派的突厥语民族。

“从当前形势来看”这么一句话。

大夫抓着美狄亚的手，渐渐地平静下来。他抽动着脸，掀动着嘴唇，一直坚持到最后。一系列大声讲演结束，开始散会，他还是紧握着她的手不放。

“可怕的一天！您相信吗，这真是可怕的一天呀。请您不要离开我。”他恳求着说。他那双淡褐色的眼睛里流露出女性般的央求神态。

“好吧。”美狄亚居然轻松地答应了他。他们一起走出疗养院刷成白色的大门，经过长途汽车站，拐进一条僻静的小街。自从市里接通了铁路，这条街就成为铁路职工居住区。

萨穆伊尔在这里租用一间房子，有自己的独门和一个小花园。花园里有两棵老葡萄藤和一台又破又旧、长满青苔的木桌，其样子就像是它和这两棵葡萄藤一起在这里长大的，葡萄藤已爬到桌子上面的铁丝上。院子的一面是稀疏的木条栅栏，另一面是邻居的土墙。

美狄亚坐在桌边注视着萨穆伊尔。他在前庭跑来跑去，一会儿伸手从房梁上拿下用粗布巾包住的羊奶酪，一会儿又往平底锅里倒植物油。动作虽有些忙乱，但又是快速、利落的。美狄亚看了看手表：两个弟弟今晚不会回家，他们都去科克捷别利滑翔站，准备在美狄亚一个老朋友家里过夜，这个朋友有一座当地很出名的别墅。

“我没有什么着急的事情，”美狄亚吃惊地发现，“我是来做客的。”

萨穆伊尔唧唧喳喳，说个不停。他的神态轻松、活跃，仿佛刚才紧抓美狄亚的手的不是他，而是另一个人。

“这个人真奇怪，变化无常。”美狄亚心里想着，随即开口提出，要帮帮忙做点什么。

但是，萨穆伊尔让她休息，坐在长出嫩叶的葡萄架下好好观赏美丽的天空。

“我可以告诉您一个秘密，美狄亚·格奥尔基耶夫娜。我的阅历相当丰富，还曾经参加过为犹太移民开办的农业技术学校，一直读到毕业。现在我望着这个葡萄园，”他用高傲的手势指了指两棵歪歪扭扭的老葡萄藤，“心里想，这本是多么理想的工作，比起补牙要好得多呀！是吧？您是怎么想的呢？”

接着，他把晚餐端到桌上，他们俩吃起了有煤油味的土豆和羊奶酪来。美狄亚想起身离去，却不知为什么一直在拖延。

饭后，他穿过全城陪送美狄亚回家，一路讲的是他自己的情况，他大大小小的挫折、不顺和失败，但他好像不是抱怨，而是在笑，在惊讶……最后，他恭恭敬敬地向她道别分手，使她陷入沉思，弄不清此人究竟有什么动人之处……看来，他对自己的态度不是很认真的……

第二天，他们又像往常那样在牙科诊室里见面。大夫像是换了个人，沉默寡言，对女病人的态度很严肃，一句俏皮话都不说。到了午休时，美狄亚感到他似乎想对她说什么。最后一个病人一离开，他果然把自己带来的几块厚厚的夹心面包放在美狄亚的薄饼夹小青菜的旁边，摇摇头，咂咂舌，说了一句：

“美狄亚·格奥尔基耶夫娜，假如我邀请您去‘高加索’餐厅吃一次饭，您会如何？”

美狄亚笑了笑，大夫已不止一次地邀请过他所看中的女病人去“高加索”餐厅，况且他所选用的“假如我……会如何……”这个句型，使她感到好笑。

“我要考虑考虑。”美狄亚干巴巴地答了一声。

“有什么可考虑的？”他激动起来叫道，“咱们下了班就去吧。”

美狄亚看出他非常希望带她去这家“高加索”餐厅。

“不过，我反正需要回家换换衣服。”美狄亚犹豫不决地找了个借口。

“不要胡说！您以为去餐厅的女士们非得穿毛丝鼠皮大衣吗？”大夫咄咄逼人地说。

美狄亚那天穿的是灰色斜纹布连衣裙，带着白色小圆领、白色袖口，很像一个旧时贵族家里的侍女或寄宿学校的学生。这种式样她是从中学时代就开始穿的，一生中大约穿过近百件，闭着眼也能把它缝好……同类式样的丧服她一直穿到现在……

在“高加索”餐厅度过的那个夜晚是十分美好的。萨穆伊尔有些装腔作势。他认识那里的服务员，并为此感到骄傲。服务员弯着腰，面带笑容，竖起两道高加索式的小胡子，把放在透明的玻璃盘子上的各种小菜唰唰地摆到桌上，自然排成一个对称的十字。餐厅里，饭桌上铺着丝绒台布，角落里摆着棕榈树，在这样的气氛下，美狄亚比起昨天坐在小院子里、由白色墙壁来衬托她那古希腊式的侧影的时候，在大夫的心目中变得更有魅力了。

她掰下一块高加索烤饼，蘸上恰霍赫比利[1]菜酱，仔细地嚼动

1　高加索一种名菜。

着，嘴边连一点橙黄色的酱印都不留。萨穆伊尔看着她吃饭的样子，注意到她好像是满不在乎盘子上有什么东西，表情又是这样的和蔼可亲，想必这才叫训练有素、举止良好。想到他自己是从来没有机会学习用餐时的礼仪，他顿时失去胃口，连恰霍赫比利的味道也觉得变酸了。

他把金属盆连托盘一起推开，把赫万奇卡拉葡萄酒添进高脚杯里，喝了一口，又放下酒杯，果断地说起话来：

“您慢慢吃吧，美狄亚·格奥尔基耶夫娜，不要太在意我要说的话。”

美狄亚用期待的眼神盯住他。他们坐的角落中气氛温馨，但光线有些昏暗。

“我应向您解释一下我昨日的表现。我指的是会上的表现。请您注意，我是个职业革命家，敖德萨人都知道我。我经受过三年政治流放，还曾经为一个大人物组织过越狱行动，这个人物的大名我现在都不好意思把它说出来。我绝不是胆小鬼，请您相信。”

他又激动起来，把一盘恰霍赫比利拉到跟前，叉上一大块鸡肉，像美食家那样啪啪地嚼起来，似乎是恢复了胃口。

“您知道吗，我只不过神经有些……有些毛病。”他又一次把盘子推开说，“我三十九岁了，不算年轻，但也不老。和亲戚们没有什么来往，可以说是孤儿。”他开了个玩笑，便低下头来。他那浓密的头发是向后梳的，现在有一部分落下来，盖住了前额。他的头发确实很美。

“他要向我求婚。”美狄亚已经猜了出来。

“我是从来没有结过婚的，而且坦率地说，过去也从没有这种打算。但是，您知道，昨天我犯了一次小病，就是我们开会的时候。正因为有您在身边，我这次犯病很快就过去了，没有造成任何后果。后来您到我家，我们坐了一个晚上，我心里还没有什么感觉……”

“他傻得太可笑啦。”美狄亚心里笑了笑。

大夫继续解释说：“您知道吗，您根本不是我所倾心的那种女人……”

美狄亚虽然从不懂得向男人调情，然而如此的直率，连她都觉得过分。她已完全被大夫搞迷糊了，不知他要说什么。未料，大夫又来了一个一百八十度的大转弯，像是用拔牙的器具狠狠地捅了她一下说：

“一般来说，我所喜欢的女人都是个子不高、身体强壮、腿部结实，有俄罗斯味道的。您别以为我很土气，我明白，您在某种意义上可以算是女王，但我从小就没有向女王瞪眼的习惯。我找的都是些洗衣婆、打工妹，对不起，还有一些女卫生员之类的人……”

“您说得真可笑……不过，家里还有一大堆需要烫的衣服……”

萨穆伊尔用叉子钩住一块放凉了的恰霍赫比利，赶紧嚼嚼吞了下去，美狄亚一看就知道他是很紧张的。

“当您拉住我的手，美狄亚·格奥尔基耶夫娜，不，对不起，是我拉住了您的手的时候，我就感到，只要和您在一起，就不会有恐惧感了。但那天晚上我对您还没有什么感情，只是觉得和您在一起不会有恐惧感罢了。我把您送回家，自己回去躺下，才果断下了决心，一定要和您结婚。”

美狄亚始终保持无动于衷的心态。她已是二十九岁的老姑娘，多年来一直以轻蔑的态度拒绝着男人们各式各样的追求。

“此时，我就梦见了母亲！”萨穆伊尔激昂地说道，“您可不知道，她生前的脾气有多坏呀！不过，这是题外话了。以前，我在梦中从来没有见过她，这次可真的见到了。她走过来紧靠在我的身边，我甚至能闻到她头发的气味，是白发苍苍的老年人那种气味。母亲表情严肃地对我说：‘对，萨穆伊尔，你做得对。’没有再说什么，让我自己去考虑什么叫‘对’。”

美狄亚直挺挺地坐着，她的腰板向来很直。她衣领左边的一角略微向上翘起，她没有在意，正在思索着用什么方式能够较委婉地向这个怪人表示拒绝，避免对他有刺激。他看来是想不到会遭到拒绝的。

“对啦，美狄亚·格奥尔基耶夫娜，还有一件事，我作为您的未婚夫必须向您交代。我在精神病院里挂了号，就是说，我根本没有病。这是很久以前的事情啦，但我必须向您讲清楚。一九二〇年我被派到特种部队，去外地征收粮食。这是叫人心惊胆战的事情，但对革命来说，意义极为重大，我心里一直是很清楚的。到了坦波夫省那个瓦西里谢沃村，粮食自然是找到了。我相信，当时每户都藏些粮食，但我们只发现了两户，看样子还不是最富裕的。事前我们就有命令，凡是私藏粮食的人都要枪毙，杀一儆百。红军战士抓了三个农民，带到村外。押送他们的时候，陆陆续续跟上了不少人。抓到的有两个是没有分家的兄弟，还有一个老头子。他们的老婆孩子都跑了出来。老头子的母亲——一个半身不遂的老太婆也爬着跟在后面。这两家一共征收了四普特的粮食，其中兄弟俩加在一起也只有一个半普特。美狄亚·格奥尔基耶夫娜，我当时是征粮队的队长，让他们三人排成一排，面对战士们的枪口。这时，妇女、孩子们大声号叫起来，我脑袋里就“嘣”的一响，倒在地上，突然犯了类似癫痫病的毛病，什么都不知道了。人们把我放在马车里的一堆粮食上，拉回城里。听说，我当时全身发黑，手脚像木棍似的直挺挺的弯不下去。我在医院里住了三个月，接着又被送到疗养院，最后，医疗小组确诊我有神经衰弱。确诊后，本来想派我搞党务或经济工作，但我想了想，还是申请当牙科大夫好。他们考虑到我的确是神经衰弱，就放我去了。您也许注意到，我的牙科水平不错，既能看牙，又能镶牙。党的立场，我照样坚持，就是身体不大好。需要表明自己是站在党的立场的时候，我是一心一意想表态的，可是身体就软弱起来，叫我害怕，怕的是又会抽筋、闹出神经病来……就像昨天开会的那个样子。我给您讲的这些情况都是我的隐私，虽然病历上是有记载的。我本来有机会可以把它抹掉，但我想，还是不改为好。万一组织上又要我参加什么特殊行动，我是干不了的。打死我，也干不了。但是，别的毛病我是没有的，美狄亚·格奥尔基耶夫娜。”

“上帝呀，上帝……我的一个哥哥菲利普被红军枪毙，另一个哥哥尼基福尔被白军绞死，他们俩人生前也都杀过人。而他是杀不了人的，还为自己的脆弱而伤心……的确，上帝的精神无处不在……”

萨穆伊尔送她回家。脚下的路面微微发亮。这部分城郊当时还很偏僻，没有多少房屋，遍地是杂草。要走三四公里，才能到美狄亚的家。平时口若悬河的萨穆伊尔半路突然沉默下来。其实，他把自己的生平已统统地交代出来了。婚后，他也只是对当晚讲述的情况做过一些无关紧要的补充。

美狄亚也默不作声。萨穆伊尔用细瘦却有力气的手搀扶着她，但她的感觉似乎是她在扶持着他向前走。

当他们走近哈拉兰博斯的老宅院的时候，一轮明月高高升起，给院内的老树披上了银光。大门早已被堵死，住户通常走旁门或后门。他们俩站在旁门附近。萨穆伊尔咳嗽了一声，以务实的口气问她：

"咱们哪天去登记呢？"

"不，"她摇摇头说，"不去。我还要想一想。"

"有什么好想的？"他感到很吃惊，"今天我们要搞集体化，明天还不知要搞什么东西。生活自然是越来越美好，不过，我想，俩人一起去面对这种美好生活，会觉得好受一些。您明白我的意思吗？"

家里静悄悄的。她脱下灰色连衣裙，穿上另一件类似的休闲装，坐下来给叶莲娜写信。这是一封长长的充满伤感的信。她没有提及那位别别扭扭向她求婚、叫人好笑的牙科大夫，只是写到弟弟们，说他们都长大了，纷纷离她而去。现在已夜深人静，她孤独一人在家。青春时光一去不复返，留下心中的一片倦意。

凌晨刮起大风，诱发了美狄亚一阵头痛。她用旧头巾把头裹住，卧在冰凉的床上，第二天就发起高烧，浑身酸痛。这一场流感在她身上发作得很厉害，时间很长。萨穆伊尔一直非常用心地照料着她。当她快要痊愈的时候，萨穆伊尔已如痴如狂地坠入情网，美狄亚心里也感到无限幸福，幸福到不敢承受的地步。她从不记得有人给她往床边送茶水、给她熬热汤喝、替她掖被子。她的病刚过，他们就去登记结婚了，婚后生活自始至终是很幸福的。

美狄亚了解萨穆伊尔最大的弱点是，只要他喝下几杯酒，准要夸夸其谈，宣扬他那段光荣的革命历史，并要趾高气扬地扫视周围的妇女。每到这时，美狄亚都要静静地站起来，离开桌边，对他说："萨穆伊尔，该回家了。"他马上感到内疚，跟在她后面。这样的小问题，她自然是可以原谅的……

隔壁有孩子放声哭起来，不知是阿利克，还是小丽莎，美狄亚听不清楚。新的一天就要开始了，她还没有弄明白自己睡过没有。像这样似睡非睡的夜晚近来越来越多了。

孩子（现在听清是小丽莎）哭求着要马上去海边。

妮卡生气了：

"你哭什么？赶快起床、洗脸、吃早饭，然后再决定到哪里去……"

第五章

通向大海有两条路。一条是战前铺设的公路。它弯成一个半环，绕过峡谷，有条难走的道从那里向下通到海岸。公路则在那之后爬上山，过了拦道杆就看不见了，谁也不知道后面有什么军事设施。这条路有个分支通向费奥多西亚，可以在这儿搭上顺路的车。

另一条路则是旧路，近多了，可是也艰难、陡峭得多。两条路于两处会合：在深谷那里和在上镇与下镇之间的圆形林中空地上。从这里可以看到几乎令人目不暇接的景色。不知何时安下鞑靼人村落的这座小山并不那么高，但是这个禁区的自然景观像是在玩什么中国的益智游戏一样背离了必定遵从的视觉法则，宽广、凸出地延展，保持在平面转换为立体的最后界限，把山色来去纵横绝妙地结合在一起。这里的一切都呈现平缓的圆周运动。山丘上梯田层层，曾经遍布葡萄园，现在只有山顶还残留一些；后面是平顶山，暗淡无光，放牧的羊群似小块苔藓地衣；再高再远是古老的群山——脚下密林丛丛，昔日的山崩留下一块块斑秃、崎岖的裸岩和特异的天造地设，巅峰之上是巨石住所的遗址，真无法理解，是群山的石被在席卷了半个地平线的湛蓝海域中遨游，还是一望无际的群山巨环包容了长方形的一滴黑海之珠。

美狄亚和萨穆伊尔是一九三一年秋天到这个地方来的。他们坐在这长满刺山柑和灰蒿的林中空地上，两个人都感到处在大地的中心，群山平稳地移动，大海有韵律地叹息，云层飘浮——半透明的云层迅速飘浮，密实的云层缓慢飘浮，加之暖暖的气流从群山起始清楚明晰地呈圆形大范围游弋，这一切都营造着宁静的气氛和情调。

“圣地。”那时惊异的萨穆伊尔只说了这么一句。

但美狄亚知道在这一带还有好几处这样的“圣地”。

就在那一天他们决定搬到这个地方来，把美狄亚在费奥多西亚的住处——留给她的哈拉兰博斯房子的两间屋子——换成小镇边上与大家隔开的一所旧鞑靼宅院……

全家到海边的远足通常都从这个地方开始，住在镇上带着孩子的女友和当地小家伙们也经常加入进来。到海湾去做这种旅行都要事先准备好吃的、炊具、搭帐篷的杆子——总之，整理好一切行装。在岸边很少只待一天，经常是住上两三天，在日落前离开为的是不等天黑通过艰难的悬崖小路。很晚才到家，大人用肩膀扛着已经昏昏欲睡的小孩子。有时在峡谷能搭上顺路的车，可这是少见的走运。

美狄亚像大部分当地人一样，很少去海边。但她又不同于现在搬来的居民，那些乌克兰移民，北高加索甚至西伯利亚移民，他们连游泳都不会。美狄亚生在海边，了解这里的大海，就像村民了解自己的森林。美狄亚熟谙海水的习性，它的变幻和常态，从早到晚、从春到秋颜色的更迭，一年四季所有的风向和潮流。但是如果美狄亚准备去见大海，她宁愿只身独行。这一次格奥尔基说服她随大家一起去。

正值节日，小医院休息，她也无法托词推托。天还没亮她就扎起曾是黑色，但已褪去青颜的头巾，把旧鞑靼背包扔到肩上，里面有她行路的用品和泳装。

房子上了锁。钥匙放在多年之前就已约定的地方——随时可能有客人突然临门。诺拉和塔尼娅在“圣地”等着他们，俩人从头到脚一身白装，诺拉的眼镜底下有一片杨树叶子，又窄又小，和她的鼻子一般大。格奥尔基检查了所有人的鞋子。

“上帝保佑，出发！”

旅行小队启程了。阿尔乔姆走在前面，接下来是精神焕发的阿利克和丽莎，再往下是几个穿得花花绿绿的小姑娘，殿后的是格奥尔基和美狄亚。

这一地段的路在山下平缓行进，过了第一个急转下坡通向狐狸谷。从前这里流过一条小河，但它和此处大多数河流一样早已逝去，连名称都被人们忘掉了，一年之内仅有几天在融雪时复苏，形成雪化浑水的小溪。大家在昏暗中沿着浅谷的石底行走。两边壁上——下面是泥土，上面是岩石——有许多狐狸洞穴，简直就像古时的一座城市。这些洞穴有时空着，有时又住进体形很小的沙狐。沙狐相貌平平，哭丧着脸，皮毛是白色的。格奥尔基一直不时向上面看——他那猎人般锐利的目光还从未有过一次漏掉这里的任何小动物。

大家沿着狐狸谷走到从前是瀑布的地方，拐到小路上，穿过大路，最后走到峡谷。比较长而且也容易走的一段路便到此结束，在沿着岸边山岩悬崖小路走险峭下坡之前都要在长着矮刺柏的林边平平小草地上小憩一下。在这三面山岩一面绝壁的地方，这个封闭的空间总是充满强烈的独特气味——刺柏气息和水草、海盐、海鱼的混杂味道。休息的时间一般很短，这样才不至于疲软、变懒，只是在最后一拼之前积蓄力量。格奥尔基尽管并不给自己提出什么教育性任务，但年复一年给亲戚家所有的孩子上世界上无与伦比的生活之课。在他的传授下，小男孩、小女孩学会了如何像行家那样准确细致地和水、和火、和树木打交道。这不，现在还不算最好的学生阿尔乔姆背着行囊坐着休息，卡佳在喂小孩子从家里带来的开水，每人一小杯。

美狄亚伸直干枯的双腿坐在那里。她抠着刺柏灌木根之间的土地，并招呼妮卡过去。她手心里端着一个带一块玫瑰色小珊瑚石的颜色已经变暗的戒指。

“意外收获？”妮卡赞叹地说。大家都知道美狄亚有非凡的才能。

美狄亚摇了摇头说：“怎么说呢……更像是个损失。是你的母亲丢了这个戒指，我还以为是让海水冲走了。原来它在这里呀……”

她把普通而平常的银戒指放到妮卡手里并且想着：难道还在作痛？似乎还是的……

“什么时候？”妮卡简短地问。她猜想到触及了不宜谈及的话题——姊妹由来已久的争吵。

“一九四六年夏天。”美狄亚很快地回答。

妮卡手心托着戒指，珊瑚还散发着玫瑰色光彩，还保持着生命力。大家都围住她，往手掌上看，仿佛那儿真是放着活物。格奥尔基在女人们的头上看了一眼：

“是鞑靼戒指。我母亲有个几乎一模一样的。”

卡佳贪婪的目光已经盯上了：

“妈妈，让我试一试。”

玛莎也把手伸出来，想更近一点细看。虽然奇迹并不大，总还算是个奇迹！

忽然小塔尼娅喊了起来：

“看呀！看呀，是谁！……”

正有一个人沿着陡峭的山坡朝他们跑过来。他以滑雪的速度飞驰，时而跃过稀疏的灌木丛，时而用脚在碎石斜坡上滑行，或稍稍蹲下，转身，用这只脚或那只脚刹住步子。他的身前飞起一股碎石流，身后拖着尘埃。在棒球帽底下的脸面看不见，但诺拉一看白牛仔服就认出来了——这是她的新邻居。

格奥尔基不大高兴地看着。小伙子很机灵，却是个花花公子。布托诺夫赶在碎石流的前面，飞到空地中间，跳了一下就像雕塑似的站定，然后全身抖了一下朝着诺拉说道：

“在你们快走到大路上的时候，我从镇上看见了你们，就赶上来了。”

包括美狄亚在内的所有人都感兴趣地看着他。这对他来说不是新鲜事。他摘下帽子，用手掌擦了擦脸又抖了一下双手，好像手上有水。

“是从左面上的卡拉塔什吗？”格奥尔基一本正经地问。

“上哪儿？”布托诺夫没听明白，又问了一句。

“上这座山。”格奥尔基点头指了一下。

“从左面。”布托诺夫肯定地说。

格奥尔基知道这条不大引人注意的小道，但是没有领孩子们走过，觉得爬碎石坡太危险了。

“这是谁呀？这是谁呀？”玛莎追着妮卡问。

妮卡耸了耸肩：

“来疗养的，住在阿达阿姨家里。他昨天不是跟诺拉来过吗？”

“啊，我倒是听见有人来了。把孩子安置下就睡着了。”

“看你，睡觉把个多么漂亮的小伙子放过去了。这小牲口挺漂亮的。”妮卡紧贴着玛莎的耳朵低声说。

“喂，大家都起来，起来！”格奥尔基下令。

小丽莎搂着妈妈的脚开始哼哼唧唧：

“妈妈，抱抱我吧，我累了……”

“走吧，自己走吧，都是大孩子了。”母亲漫不经心地把女儿推开。

“玛莎，抱我一会儿吧，啊，玛莎。”她缠住了玛莎。

“他是什么人？”玛莎问。

“不知是运动员，还是个按摩师。”妮卡哼了一声说，“别绷得那么紧，这不是你的英雄。他是个十足的傻帽儿。”随即招呼了一声站在稍远点地方的布托诺夫，“您怎么，瓦列里，在最后一刻改主意了，决定追上我们？”

“是的。我从上边看见了，这伙人多么好呀……我想，干吗一个人待在镇上，我这个十足的傻帽儿……”

妮卡和玛莎哈哈大笑：他知道我们想什么！

“那么房东呢，都走了吗？”妮卡问。

“他们来了客人，连着喝酒已经是第二天了。这可不是我最喜欢的消遣。”布托诺夫突然干巴巴地说。他感到女人的笑声之中大概有什么取笑他的地方。

格奥尔基对布托诺夫说：

“我走在前边，你在最后。”

瓦列里点了一下头。格奥尔基跳了下去，前面就是小路。布托诺夫让大家都走了过去。玛莎背着丽莎走在他前头。他赶上玛莎，碰到了她的前臂。

“让我背背您的小姑娘吧。”

玛莎摇了摇头说：

“不，她不愿意。要是您愿意背的话，就背阿利克吧。”

可阿利克不愿意。

玛莎摸了摸刚才这位运动员或者说不清楚什么人碰过的那个地方……皮肤火辣辣的。她下意识地触了一下自己另外的那条前臂——没有，只是他碰过的地方发热。她停了下来，从肩上放下丽莎，低声对她说：

“小丽莎，你自己走吧，我有点不大舒服……”

丽莎的眼睛聪明地看了看她：

“要不，我来拿你那个包？”

“哎呀，我的好宝贝，”玛莎看这个娇惯的女孩子忽然那么懂事，高兴地说，“什么时候我累了，就让你拿，好吗？”

悬崖峭壁上的绝路开始了。一百多年以前，这里曾经是一条路，当地的走私犯通过这条路把他们贵重的物品运过海湾，而且那个时候这儿连大车都能走。这条道一年年坍塌，变得又窄又小。

走私犯从前还照料这条路——打托架挡边儿，收拾路面斜坡。现在他们早就死光了，有的老死，有的横死；他们的后代要么迁了出去，要么当了大官，先是在管理处，后来到区苏维埃，也就是说开始从事其他形式的抢劫。只有美狄亚一人记得此地充满浪漫色彩的犯罪历史，可能还有几个上岁数的克里米亚人也记得。他们之中混得最好的，就是转移到内克里米亚去了。

“再过一百来年，路就完全塌散了。”格奥尔基说道。

美狄亚相当无所谓地点了一下头。卡佳和阿尔乔姆也像似乎没有听到这番议论，无分老幼，一百年总是一个太长的期限，无法认真评说。

诺拉不敢往下看，用吓出冷汗来的两只手领着塔尼娅，塔尼娅不让格奥尔基背着她了。诺拉直骂自己，干吗带孩子参加这么艰难的远足。真蠢，真蠢——可半道儿上一个人又回不去。奇怪的是，塔尼娅并没有埋怨什么，但不知她自己在想象什么，总在不时地问：“妈妈，有城堡吗？”

而且她一直不愿相信没有城堡。有大海，可是没有城堡。

但是在绝路上的最后一段，城堡还是出现了。这是一片已经完全风化的石灰岩，向上扬起高度各异的哥特式尖顶。据格奥尔基说，卡拉达戈[1]支脉的大陆花岗岩、火山凝灰岩和第三纪沉积在这里构成了地质构造层绝对独一无二的组合，地球上其他任何地方也没有。几米高的石柱似乎还在往上长，有的地方横着长，还有的地方，屈从于昔日方向不变的吹风和谐地往一边斜去，犹如

1 鞑靼语意为“黑色的山”，是费奥多西亚地区的一座火山丘陵。

地下巨大的动物将触手探出表层。

“看呀，妈妈，这不就是城堡吗！”塔尼娅叫了起来，大家都笑了起来。

景观如此奇特，以致人们不能长久观赏，不由得要移开视线——它实在是太非凡了。

美狄亚每次到这个地方都要忆起已故去的画家博加耶夫斯基，这是费奥多西亚许多画家中的一个，也许是继艾瓦佐夫斯基[1]之后最出名的一位，美狄亚还在上中学时就很熟悉他了。他奇妙的风景画总是取材于卡拉达戈这些嶙峋的怪石、青绿的悬崖和玫瑰色的断裂面。她并不喜欢这些画的作伪失真，但每一次到了这个地方她都会对自己说：这都是不可能的，不真实的，但是它却存在，并且变换外形生存着。它撒下大粒的黄沙，在下面那里已经散积成为不大的海滨浴场，这一带仅有此处……

又走了三十来米，道路小心翼翼地离开山岸，分散为几条曲径奔向大海。大人们在这里放下了肩上的小孩，大一些领着的放开了手。人们穿过裂纹和缝隙，走过参差不齐的巨石，下来接受奖赏——大海，在这难以抵达的绝地，大海是最纯洁、最珍贵的，仿佛每一次都是被重新征服的。

海湾是对半成双的，中间隔着一条细细的石堤。两个海湾都深深地切入岸中，有几块巨大的山岩在海里矗立，直接面对海湾。无论海湾还是水中的岩石都曾经更换过许多名称。近几十年来大家常常称呼它们为“美狄亚”。起初这样称呼它们的是美狄亚那些年

1　俄罗斯画家，以海景画著称。

轻的亲戚，战后搬来的移民随之继承了这个新的名字，再后来其他陌生人也开始沿用，虽然他们就算听说过美狄亚的存在，也只会觉得这指的是那个神话中的人物[1]。

通向海水的斜坡不大好走。巨石高低不平，又遍布大鹅卵石。巨石散落无序，仿佛此处从前是个山怪[2]宝宝的游乐场。像科克捷别利海湾那样的美丽的彩石——玉髓、光玉髓、五颜六色的克里米亚碧玉——这里都没有。但是这里有许多浅色的、带深色尖细凸缘的鹅卵石和八面石，还有大量的各种各样的海石碎末，这是往昔风暴留下的痕迹。紧靠海边的水际，那白白的、绝无一丝黄色的沙滩泛着银光。

大家下山来到海边，扔下东西，一下子都不说话了。这是面对着脚下轻柔地汩汩波动的大海，面对着相对的永恒和永恒的美丽谦恭静默的永远一刻。

卡佳第一个脱下鞋，迈着忸怩做作的芭蕾舞步朝水里走去。现在，当她转过身去背对着阿尔乔姆走路时，阿尔乔姆终于可以直接看她，不必担心遇到她那不太友善的嘲笑目光。甚至从背后都可以看出她既不需要任何人，也不需要任何友谊。

望着她硬实的脊背，顶上光溜溜束起一小扎像玛丽·波平斯[3]那样的小头，阿尔乔姆心里很不是滋味。卡佳弯着腰在石头上迈步，翻转着脚掌，连脚尖都露出来了。每迈一步她那从内侧凸出的结实的小腿都在轻轻地抖动。她在沿着水走，也有些难受，但又

1　指希腊神话中的女巫美狄亚。

2　北欧神话中的一类巨人。

3　英国儿童文学作家帕梅拉·特拉弗斯笔下的童话人物。

乐在其中。她自我感觉走得很好，可是只有赖皮赖脸的阿尔乔姆在看着她，而格奥尔基叔叔即使看她也并不赞同，这个新来的邻居则对她根本不予理会……她走着，一边表演着芭蕾，但是最可怕的事情已经发生了：她被学校除名了，因为她不能完成跳跃。外翻有，伸展有，这个该死的跳跃就是没有。也就是说她现在的步伐是飞行式的，轻飘飘的，可是在舞台上她飞不起来，老师们也都知道她永远也飞不起来……她走进岸边的水里，海水轻拂着远处漂来的玫瑰色水藻，她用芭蕾脚掌在水藻上划了一下，触水的感觉是冰冷的，但轻柔舒服……

“水很冷吗？”妮卡对她喊了一句。

“十一度。”卡佳笑意全无地答道。

“那太冷了！”妮卡感叹地说。

“十三度就可以游泳了。”玛莎说着也朝海水走去。三个小孩子都跟在她的后面。阿利克拉着丽莎的手，另一只手想扶着塔尼娅。

“又是一个会讨好女人的。”妮卡哼了一声说。

“瞧你说的！他只不过是好心眼儿。”格奥尔基反驳道。

妮卡刚准备回敬几句，忽然传来美狄亚的声音：

“我喜欢这一代的孩子。包括这两个，包括托玛的小廖瓦兹，包括小布丽吉塔和小瓦西里。”

“难道他们跟阿尔乔姆和卡佳，或者跟我们，跟我们小的时候，有什么区别吗？”妮卡奇怪不解地问。

“以前三十年才算一代人，我想现在一代一代十年就更换了。看这些孩子：卡佳、阿尔乔姆、舒莎的孪生兄弟和索菲科多么专注。他们将来是干正事的人。而这些小不点太温柔多情了。他们的各种关系、各种情感……”

美狄亚还没有来得及把话说完，水边传来了丽莎绝望的号叫：

“你放开，放开他的手！让她放开！”

丽莎把阿利克从塔尼娅的手里拉开，可塔尼娅低下头，不肯放开他的手。大家都笑了起来。

“瞧这些小娘儿们……”

诺拉朝塔尼娅跑过去，把她抓起抱到手上，开始小声说着什么……自从她认识这些人开始，才仅仅过了几天，她就喜欢上了所有的人。这些人既不可理解，又很吸引人。连他们对待孩子跟她对待自己的女儿都有点不同。

他们对孩子过分严厉了——她早上这样想。

他们给孩子的自由太多了——她白天做出这样的结论。

他们对孩子放纵得出奇，把他们都宠坏了——晚上她如此感觉。

在她赞赏、羡慕和否定的同时，她还没有悟到，问题的实质在于孩子们所拥有的只是生活中某一确定的部分，而不是全部。

“捡点柴火来，阿尔乔姆。”格奥尔基小声给儿子下命令。

阿尔乔姆脸红了：父亲发现了他一直盯着瞅卡佳。孩子弯下腰捡起一块风暴刮来的碎木板。

“在高一点的地方捡，那儿有许多干枝子。”格奥尔基向他建议。阿尔乔姆松了一口气，向上面高处走去。

格奥尔基自己拿了两个水桶。

“我跟您去打水。”布托诺夫主动要求。

格奥尔基更愿意一个人去小时候美狄亚就指给他的这个古老的地方，但是出于礼貌也没有回绝布托诺夫。

这一天暖和，甚至挺热。美狄亚早就知道，在这个隐秘的地方，自然界的生活方式是有些强化的：冬天这里更冷，温暖的季节更热，而风在这个似乎遮蔽严密的处所狂暴肆虐，大海则把罕见的奇珍抛到岸上——已有一百多年在岸边未曾遇到的鱼类、软体动物，还有生活在深水域的鸟蛤和小孩子手掌那么大的小海星。

美狄亚穿上了游泳衣。这是一九二四年巴黎时兴的大胆的新样式，是当年一个知名的文学巨匠给美狄亚带来的。衣服本身的颜色已经褪去，带短袖，像短裙，妮卡用深蓝和深红色的织物非常巧妙地修复好了，但穿在美狄亚身上却并不显得可笑。尽管在八月份正逢美狄亚的生日和儿童假期结束的时候，家里总是要举办一次庆祝活动，来找美狄亚要这件泳装的人多得推不掉，这件泳装除了美狄亚，穿在谁的身上都显得可笑，像马戏小丑那样滑稽。

“要游泳吗？”妮卡问。

“看看吧。”美狄亚模棱两可地说。

诺拉痛苦地忆起了自己的母亲，她早年衰老，没有血色的两腿浮肿，青筋暴起，歇斯底里地与爱惹事的半大孩子胡乱厮打，忆起了她那些没完没了的乖戾要求、最后通牒、执着的劝告和建议。

“天哪，他们人与人之间的关系是多么正常，互相之间任何人都不会提出任何要求，包括孩子。”诺拉叹了一口气。

就在这一刻，号啕大哭的丽莎笨拙地越过石块朝母亲扑过来，要求塔尼娅立即把刚刚找到的针鱼还给她，因为是她先看见的，可是塔尼娅抢过去了……

妮卡盘着腿坐在那里。她连眉毛都没有动，只是用一只手在背后摸索了一会儿，不用看就找出一块平石，当时又从散石里牢牢地抓出一块发红的小石头，开始用红石在那块平石上划。

她并没有安慰女儿，根本无意按正义解决争端，因而已经打算说服塔尼娅表现出大度把鱼还回去的诺拉也坐了下来。

“现在我给你画一个东西，你这辈子都猜不着是什么。”妮卡向空中说道。还在流着眼泪的丽莎就开始注意妮卡那只手的闪动。但是妮卡用另一只手挡住了画的东西。丽莎从旁边绕过去要看一眼。妮卡又把身子扭过去。

“妈妈，给我看看。”丽莎请求。

诺拉赞赏妮卡的教育才能。

在那一天晚些时候，她又一次赞赏了妮卡的天才，这一次是烹饪天才。妮卡在篝火上用因年久已斜歪变形的饭盒拿单身汉才使的调料包煮了一锅鱼汤，里边的原料可是放全了：早餐后从桌上扫起又包在亚麻布里边的面包屑和面包皮、昨天留下的碎酸馍渣，甚至还有去海湾的路上采集的欧百里香的硬叶子。这是美狄亚，更准确地说，是玛蒂尔达教会的生活经验，专门考虑到人口多收入少的大家庭如何做饭。至今美狄亚也是什么东西都不扔，她能用削土豆剩下的细丝加点盐和佐料烤出松脆的饼干——格奥尔基说是下啤酒最好的小菜。

诺拉对此一无所知。她用小木勺从大锅里舀汤，学着美狄亚在勺底下垫着一块面包以早已忘怀的孩童饥饿感喝着这喷喷香的浓汤，一边不时往孩子们单独坐的石桌那边看。这又是一个家庭传统——让孩子单独一桌吃饭。

“诺拉，请给我倒一点。”格奥尔基把美狄亚的空钵递给诺拉。她连忙慌张地朝饭盒俯下身去。

“用缸子，用缸子舀吧，这儿没有大木勺。”他说。

“他们倒是一对儿，”妮卡想着，“非常合适的一对儿。他要是跟她搞上多好呀，最近几年他都凋谢了。”

妮卡像猎手那样嗅着爱情的猎物，连别人的猎物也不放过。她从昨天起就给自己相中了布托诺夫。其实，也别无选择，但是布托诺夫漂亮，体格健壮且举止洒脱。虽然，他身上缺乏妮卡一直看重的那种内在的光彩，而且，从另一方面说，他没有发出任何邀请的信号。

“行，到时候再看吧。”妮卡心里暗定。

布托诺夫默默地喝汤，谁也不瞅。他旁边坐着玛莎，她闷闷不乐，还有点弯腰驼背。她那只手还在发烫，就像被人打过一样，却还想再一次这样地接触。她在头脑中想象自己坐在他身边，把勺子和面包递过去，碰了他两次，可是没有灼热感，只是内心有点酸痛。他挨着她，像佛爷一样坐在那里一动也不动，身上散发着冷峻的力量。玛莎坐不住，一直找不到合适的姿势安定下来，终于对自己产生一种厌恶。她明白了——这心神不定都是对布托诺夫下意识的趋近。于是她放下勺子，站起身来朝大海走去，半路上扔下遮阳用的男式白衬衫。她一下子跳进水里，随即游了起来，屏住呼吸，连手带脚溅起一堆飞沫。

“小姑娘发狂了。”美狄亚想着。

布托诺夫看着她那个方向说：

“水相当冷。”

“卡佳说十一度。她在我们这儿就是温度计。”妮卡脸朝着他说。

“啊，想缠我了。”布托诺夫清醒的目光直视着她想道。他不慌不忙地向水中走去。玛莎已经出来了，抖动着头鼓嘴吹气。

“像在冰窟窿里一样。”玛莎上牙直打下牙。

“是啊，这感觉可够冷的。”布托诺夫嘿嘿笑了一下。

玛莎躺在热石头上，用白衬衫把自己盖严实了，冷和热同时填充着她的身体。

布托诺夫坐到美狄亚旁边：

“您，美狄亚·格奥尔基耶夫娜，听说一冬天都游泳？”

“不，亲爱的，已经二十年没游了。”

大家喝光了汤，妮卡吩咐卡佳把饭盒刷干净。

“为什么总是我？”卡佳愤怒了。

“不为什么。”妮卡微笑一下说。诺拉又一次折服了：用不着任何规劝、解释和理由。

卡佳满脸的不高兴，拿起饭盒就向水里走去。

“卡佳！你忘了！”母亲在她身后喊了一声。

“什么呀？”孩子转过身来。

“微笑！”妮卡向她答道，并在脸上挤出来一个滑稽的微笑。

卡佳像舞台上那样，把饭盒贴到胸前，深深躬下身去。

“优秀！”妮卡做出了评定。

无论她怎样无畏地把自己漂亮的脸面弄出褶子来，用手指抻开，挤鼻子弄眼，给孩子们模仿吃了泻药的猴子，或者想亲它妈妈却被自己的刺挡住去路的小刺猬——她一点也不怕显得丑陋难看！这让诺拉觉得奇怪不解。

这一切美狄亚都没有看到。她转过身去背对着大海，稍稍扬起头来看着远近群山，两个念头俱在：年轻时她最喜欢的就是大海，而现在望着群山她更是庄严。还有：在她的身后，在这年轻的亲属之中，正在发生情爱的慵困陶醉，连空气中都充满了他们相互的引力、灵与肉纤细的动作……

第六章

美狄亚在海湾发现的戒指以前确实属于亚历山德拉。在美狄亚的记忆中，一九四六年的夏天是她们姊妹最为亲近的时期。那是她们战后的第一次重逢。美狄亚在整个战争期间不但一步不离克里米亚，甚至没有走出小镇。山德拉也是没去别处，坚决拒绝去军人家庭疏散地古比雪夫[1]，在莫斯科度过整个战争。当时，在一九四六年，她们似乎年纪已经相仿了。美狄亚终于放下了为妹妹无休无止的担心：她还能闹出什么花样？她是个军寡，又带着三个孩子，被艰苦的岁月折磨疲惫，而且青春年华已过——没有任何预兆表明恰恰现在她又会做出荒唐之举……

丢失戒指从各种意义上来说都是微不足道的。山德拉总是丢三落四，东西对她不会黏附，她对物品也不留恋。但是美狄亚一直牢牢记住要找到三十年前遗失的这枚戒指。可能因为她很清楚地知道：事物之间除了一般的因果联系之外还存在着其他关系，或明或暗，若隐若现，有的甚至根本无法理解。

“好吧，如果我需要知道，他们就会告诉我的。”美狄亚想到

---

1 即俄罗斯城市萨马拉，位于伏尔加河畔。一九三五年至一九九一年称为古比雪夫。

可以完全信赖那个全知的存在，就放下了心。

戒指在亚历山德拉那里收集了一大堆。她几乎从小就爱戴杂七杂八的东西，青少年时代又恰好赶上这种可爱的女性癖好被社会舆论无情批判的年月。

在二十年代保护美狄亚的是失去双亲又要抚养弟弟妹妹的家庭状况、不苟言笑的严厉作风和对年幼后辈的时刻挂念。但是生性轻浮又一点也不傻的山德拉却让自己这情有可原的弱点像气球那样膨胀起来，似乎说着说着就可以随便飞到什么地方却不知何故。

随后这个天真的缺点大肆发展，以致来自俄罗斯列宁共青团、全苏列宁共青团和其他部门的形形色色意识形态的传教士们力求拯救她的灵魂，最后的结果是不了了之：她是个不合格的公民，诊断是无可挽回的轻浮使她不能参加建设……的伟大事业。到底建设什么，山德拉也没有那个闲工夫深究。

美狄亚是家里唯一念过旧学校的人，由于军事革命和战争种种情况没有受到真正的教育，因此幻想把下一代都培养成人。但是亚历山德拉显然是成不了才的。山德拉的学习非常糟糕，尽管并不是没有能力。在她念书的城市学校里还留下了一些旧学校的老师，所以学校质量不错。美狄亚有时来接妹妹，上年纪的地理教员，对克里米亚及其古迹了如指掌的行家尼古拉·利奥波多维奇·韦尔德让美狄亚坐在教员休息室，匆匆骂了几句现在的学生学习不上心，以充满激情的愁苦回忆起当年他如何领着旧学校的学生到卡拉达戈最荒凉、最隐秘的角落和缝隙去探险。在这一般的回忆里能够听出暗伏的希望，一切还会回到那正常的生活，也就是战前的、革命前的生活。

但是尽管正常的生活并没有形成，大家还是对一切都习惯了，容忍了。男孩子们经过了幼儿期，他们向往大海。像西诺普里家所有的男子汉一样，捕鱼一直是男孩子的乐趣，自小也是糊口的生计，从年轻起就在哈拉兰博斯那里干活的老人——热那亚移民格里沙·波尔切利就带着他们夜里去捕鲻鱼，这个乐趣可并不轻松。

在一九二四年，山德拉念完了七年制学校。美狄亚绞尽了脑汁，不知如何安顿妹妹：虽然饥饿不那么严重了，失业却来势凶猛。

一连两天，美狄亚连做梦都不离安排山德拉的事。第三天她起早上班时——当时她在费奥多西亚市医院助产科工作——她遇见了正在往检疫区[1]方向晨练散步的尼古拉·利奥波多维奇·韦尔德。美狄亚刚要开口诉说自己操心的事，他似乎已经把一切思考周全并且替她做出决定，让她下班后到他那里去一趟。

当美狄亚到他那里时，事情差不多办成了。他已经准备好了一封信，是写给自己的老朋友、卡拉达戈科学站的主任的。

“不知道他那里还有没有空位子，但是科学站现在归科学总局管，也许那儿名额多了一些。更何况现在是夏天，他们接待休假的学者，工作也少不了。”说着把信封递给她。

美狄亚把灰色的粗纸信封拿到手里就立即感到此事能成。每一次，只要以前的老关系、老熟人出面，都会安排好。

她对这个科学站非常了解，也认识现在的站长，甚至还记得它的奠基人捷连季·伊万诺维奇·维亚泽姆斯基。在那头一年的夏天，当美狄亚到斯捷潘尼扬在苏达克的别墅做客时，维亚泽姆斯

1　费奥多西亚的一个老城区，因来港的黑海商船必须在此卸货检疫而得名。

基去他们那里正是为了办理科学站的事——不修边幅的老头儿身着已褪成红褐色的礼服，像扎老式领带那样系着女式围巾。他还带着一个人，也是个引人注目的人物，但是完全属于另一类：圆脸、圆肚子、黑白掺杂的浓眉也是圆的，无论说俄语还是讲法语都带着很厉害的犹太口音，他是国家杜马成员，也算地方名流——所罗门·萨穆伊洛维奇·克里木。

斯捷潘尼扬是个大善人，资助从来慷慨解囊，可那时不知什么原因对请求者回绝帮助。晚上吃过了饭，说起这位维亚泽姆斯基博士是何等奇特非凡的人物。他是生理学家，钻研磁力现象和电力现象，是坚决反对酗酒的斗士和奇思异想的支持者。其中他有一种最为非凡的思想久久不放：他认为国家把知识分子的精英关进监狱是无以复生地损失了杰出的智力，这种智力完全可以服务于国家利益，而建立监狱科学实验室可以把它保留下来造福社会。捷连季·伊万诺维奇曾面对当时的人民教育大臣杰利亚诺夫伯爵坚定地阐发这种思想。伯爵觉得这种想法很奇怪甚至危险，尽管几十年之后它还是在国内成功地扎下了根。

“C’est un grand original[1]. ”阿尔米克·季格拉诺夫娜嘟哝了一句，就打发孩子们到上面卧室去睡觉。

但是在那些年代，大家都平安无事地忘却了这位大度疯人的癫狂痴想。几年之后，他把自己全部资财都用来实现比较成功的设想——在卡拉达戈这块自己的领地建立科学站，对所有认真的科学工作者开放：哪怕他没有文凭资格，甚至这样更好；哪怕他没有

1　法语，意为“这是一个极为独特的人”。

健康的身体，因为身体可以在这儿随着开展有效的科学工作养好；哪怕他囊空如洗，由于维亚泽姆斯基博士要在此处开个疗养院，并且靠这个疗养院的收入保证研究工作的进行……

第二天，美狄亚和妹妹动身来科学站。科学站主任卢茨基和美狄亚热烈亲吻，他的大女儿克谢尼娅·卢茨卡娅曾是美狄亚的中学同学，跟她一起在医院工作，在一九一九年死于伤寒。他去吩咐照料院子的工人，以前叫扫院工，在科学站的宿舍楼给亚历山德拉腾出一间角上的小屋。然后他们长时间地喝茶，回忆大家都认识的众多熟人，分手时亲切无比。

三天之后，亚历山德拉完全搬到科学站去了，开始学习领着大学生实践所需要的一切知识，那一年应该来的大学生有莫斯科的、列宁格勒的、喀山的和下诺夫哥罗德的。

她的第一个季度过得很快活，很舒心。起初她搞了一个哈尔科夫来的二级科研员，等他采集了必要数量的蠕虫走了之后，又来了个非常讨人喜欢的地质学家，他要绘制一俄里比例尺的卡拉达戈地质图，山德拉被派去给他当助手，因为测绘工作要求有人配合。他们搭伴配合是绝好的一对，两个人都是高个子，头发都是铁锈色的，眼睛都是棕色的，两个人都轻松愉快，而且地质学家的名字还叫亚历山大，正好和亚历山德拉配在一起，两个人都觉得特好玩儿。亚历山大在新的地图上方便安营的地方画一个细十字，亚历山德拉从七月直到十月底不惜一切地为科学服务，从沿岸山脉开始走遍了它的五座高岭，从罗勃沃伊到科克卡伊。往后天气变坏了，地质学家走了，把劳动的最终成果推后待来年完成。

冬天也过得不寂寞。山德拉在科学站的图书馆和博物馆做了大量的工作，在业务所必要的范围内显得又有头脑又在行。三月底，各种科学家开始来到这里，生活重新开始。再加上前几年不大景气的滑翔站振兴复苏，在平静的科克捷别利，在克列缅季耶夫山上来了很多宽肩膀的运动员和想象力丰富的发明家。因此，在去年的地质学家亚历山大到来之前，山德拉又爱上了一个滑翔运动员，一个月之后代替他的是孪生兄弟。二人如此相像，亚历山德拉几乎都发现不了前者是什么时候被后者替换的。

美狄亚不介入妹妹的私人生活，很高兴看到她待的地方不错，大家不欺负她，相反，都宠着她。于是美狄亚更加关心小一些的孩子。季米特里表现出卓越的数学天赋，梦想进炮兵学校。美狄亚力求巧妙地、委婉地让他远离军人的职业，但是季米特里深刻感觉到了她在耍手腕，她在封闭、隔绝，于是便表现出一副样子——尽管一句话也没说——认为美狄亚是守旧的小市民，旧制度遗留的累赘。别看康斯坦丁大两岁，但他对这方面的事情不予理睬，一如既往地跟着格里沙·波尔切利叔叔打鱼，似乎别无所求，只想着怎样下定网、曳网和袋网。

美狄亚与几个弟弟之间轻轻的疏远着实让她感到伤心，而且跟山德拉现在很少见面。山德拉一个月里来费奥多西亚两次，到朋友家里串门儿，只是在吃晚饭时才向美狄亚三言两语讲述自己在科学站的生活，而且主要说探险和发现，对自己沸腾的个人生活则严严实实一字不露。但是美狄亚猜到了她的妹妹什么欢乐也不会嫌弃，在任何水里都能给自己捞到珍珠，要采遍所有的鲜花酿蜜。这又不由得使美狄亚想到难过之处：自己个人生活不顺，大概永远也顺不了。

她在情场一无所获——她那圣像一样严肃呆板的面容，早早就系上披巾的小头，在费奥多西亚的男人审美观来看胸平瘦削，没有吸引追求者。

“显然，我未来的丈夫已经在战争中牺牲了。”美狄亚认定如此便很快安之若素了，“但是山德拉可得赶快找主嫁出去……”

山德拉在科学站工作已是第三个年头了，更正确地说，是第三个季度。亚历山德拉未来的丈夫已经在莫斯科波利扬卡大街上收拾自己的东西来卡拉达戈科学站出差了。

阿列克谢·基里洛维奇·米勒出身于彼得堡相当知名的一个家庭，这个家庭曾经有过“进步人士”伴着危险的荣光和悠久的人文传统。他们的祖先是彼得时期迁来的德意志人，祖父和外祖父都是大学教授。父亲搞自然科学很有前途，在英国受了教育，但是年纪轻轻还不到三十岁就在一次北方探险中牺牲。阿列克谢·基里洛维奇是跟着一位有钱的姑姑长大的。她是位受过教育的女士，曾经多次参与她丈夫的出版事业。阿列克谢也和父亲一样赶上了在英国念书，但是还没有来得及答辩就因为打起了第一次世界大战而回到了俄罗斯。

天生的近视说起来并不严重，却使他免于应征入伍，在莫斯科大学完成论文答辩之后他就留校做助教，后来又成为副教授。他是搞昆虫的，研究社会行为非常复杂的昆虫。就其实质来讲，他属于第一批动物社会学的专家。他最喜爱的研究对象是蜜蜂和蚂蚁，这些默默无语的小昆虫善于向细心的研究人员讲述特别吸引人的故事——在它们那行政、经济和军事机制十分复杂的成千上万个城市和国家所发生的高度神秘化的事件。

许多年之后，在德国的南部，他以流亡国外人员这种不明确的身份和保密机关里初级研究员的资格——这个机构是按照已故的捷连季·伊万诺维奇·维亚泽姆斯基曾经倡导的原则组建的，专门网罗欧洲被占领区的科学精英——甚至写了一本内容深刻、观察细致入微的小书。他在书中致力于区分开来在战俘集中营条件下——他曾作为翻译在俘虏营生活了将近一年，直至被调到实验室——和在社会化昆虫领地的条件下一般的行为机制。书中曾为种族主义这种生物现象阐述了可悲的论据，它在一九四五年初的一次轰炸中被毁掉，更为不幸的是连同作者一起被毁掉的。

但是在一九二五年的那一个夏天，他在克里米亚第一次得以从头至尾完整地目睹一个种族的蚂蚁征服另一个种族的一幕，从这些来犯者的第一次入侵开始——它们的体格虽然较小，但下颚却更大。他一连几个小时端坐在蚁群的上面，仔细观察这种不能单个存活的生物仿佛有意义的生活，感觉到自己简直就是上帝主宰。他完全理解但又无法用自己所熟悉的科学语言说出，在蚂蚁这没有恶意的奔忙劳碌之中既有秘密，也有命运，还有对善良年轻人的教训。

这不仅仅是生物学，不单单只有生物学——这里包含着许多其他。他有预感要发现什么，心情好极了，精力充沛。

阿列克谢·基里洛维奇还不到四十岁。他属于那种生来就有分量的人，一出世便年龄已定，而且终生不变。可能，最近几年他自我感觉如此良好正是因为这个与生既定的年龄和他成长的自然年龄吻合一致。他谢顶较早，但是还没有等头发自然而然地脱离他那圆圆的、对称长着几个疙瘩突起的闪亮发光的头颅，他就把头发刮光并蓄起了小胡子和不太长的大胡子。为了与此配套，还按规矩戴上了金丝边眼镜，穿起老式亚麻布或柞丝绸的衣服，而且尺码比他已经十分突出的过早发胖所要求的还要肥大。他动作轻捷，以前是个杰出的游泳选手，令人信服的是，他玩所有的球类都是高手，从网球直到足球。这是英国式教育的结果。

那一年卡拉达戈站时兴排球。地方和外来的科研人员、实习的大学生们在黄昏泳浴后从水里钻出来，踏着光滑的石头跑到岸上，组成身份不同的小团体，围成一圈打排球。很有教养、文质彬彬的阿列克谢·基里洛维奇用灵敏的指骨接轻软的皮球，传球准确，像海浪那样滚动，接着最难接的来球。

亚历山德拉跳跃着，挥动臂肘和长长的小腿，常常接不到球，发出尖叫或哈哈大笑，把嘴张得那么大，连紫红色的咽喉都能看见。

“多么迷人的姑娘。”阿列克谢·基里洛维奇心里静观，不知不觉地分了神。他早就结婚了，妻子是副教授，水生生物学家，在科学界的声望不逊于他。当然，这是许多年以前的事了，她离开她的第一个丈夫，跟了还在大学念书的阿列克谢·基里洛维奇。他们没有举行宗教仪式就同居了。曾经有一段时间，生来信奉路德宗[1]并一直接受路德宗教育的妻子甚至准备信奉东正教，打算正式举行仪式，但是在革命后的年代这个想法不但被摒弃，而且甚至变得滑稽可笑：宗教信仰的严重分歧在新世界的精神里消散殆尽，

1 基督新教的一个宗派。

这个新世界不愿接触任何施马尔卡尔登[1]之观点。他们夫妇的同居生活相当和睦，晚饭进餐时互相交换专业工作方面有什么消息，根本无意私通背叛。

如果不是亚历山德拉对这位教授，这位又好玩又守旧的教授有点倾心并且吹起这忽悠不定奄奄一息的微光，阿列克谢·基里洛维奇那生着浓毛的胸膛里面点燃的星星之火恐怕连他自己都不会注意。先是她给了他期限——三天。但是他并没有来找她，尽管在打排球的圈子里他永远站在她的对面而且准确地把球传给她，总是传给她，只是传给她。后来她又给他两天期限。每天傍晚他们都在一起凑热闹，一起游泳，然后打排球，可他就是不到山德拉那儿去，只是用局促而胆怯的目光看着她，撩动她的心。在工作时间他们见不着面，教授到自己的地段上看蚂蚁，山德拉帮着植物学家做标本工作。

对于像阿列克谢·基里洛维奇这种无疑在道德上循规、生理上蹈矩的人来说，生活会在各处设置最简单，但同时也是最有效的陷阱。就在他几乎已经成为这场尚未开始的游戏的胜利者时，这块石头移动了地方。其实是亚历山德拉在打排球用力时崴了一下脚，于是脚不能沾地了。从海边到家是站上的科研人员（当然是男性轮班）用手抬着山德拉走的。起初是两个研究生用手搭成十字像圈椅一样抬着，后来是鱼类学家波塔任斯基背着，最后是阿列克谢·基里洛维奇背了三分之一的路程。那一天的晚上随着肘子、膝盖、扭伤的脚踝，他也同时得到了她的其余一切。他清清

1 施马尔卡尔登联盟，十六世纪中期由神圣罗马帝国中信仰路德宗的诸侯组成的军事防御联盟。

楚楚地记得怎样把她送到角上那间屋子，然后去容格的别墅，在药房拿来肯定是亡人维亚泽姆斯基留下的革命前时期的德国绷带，又回到亚历山德拉那儿给她包扎红肿的脚腕子。而包扎过程和随后他连门也没关就一头扎进初级排球女将那肌肉发达的胸怀之间的半个小时，已经让他忘得一干二净了。

山德拉就是那一天晚上怀上的孩子。两个月之后，阿列克谢·基里洛维奇等到科学站出差的期限一满就走了，留下了已确定怀孕的山德拉，而且他坚信一定会在最短的时间回来接她。

然而，由于自己卷入风流韵事而不得不对以前的生活进行改造，却要求他付出比想象的要更多的时间。

妻子表现出了路德宗信徒应有的平静，或许甚至有点冷漠地听取了阿列克谢·基里洛维奇有关新情况的通报。她向他提出的唯一条件，恰恰是最出人意料和最难解决的：她请求他离开他们一起工作的大学。在九月份以前他不能采取任何措施寻找新的工作，因为这时正是高等院校的假期。九月份季米里亚泽夫农学院有了一个空位置。又出现了住所的麻烦。波利扬卡的住宅归了妻子。季米里亚泽夫农学院有几处办公大楼，但是递上各种必要的申请，拿到各种必要的签字和批准需要时间。

时间过去了。山德拉不引人注意地怀着自己的孩子，到第七个月时都不需要解开衣服扣子。每星期她都接到阿列克谢·基里洛维奇的来信，只是由于她幸运的轻浮才全然无虑：她根本没想过，一旦阿列克谢·基里洛维奇像他突然出现那样突然消失，她将面临什么。可能她如此沉得住气是因为信心十足——美狄亚会带起这个孩子，就像以前带他们一样。

暂时姊妹二人都不提这事。其实，美狄亚把大柜子打开，把旧衣服收拾了一遍，拿出了一些东西放在旁边做襁褓用。只是看到美狄亚手里老式的包发帽，边上让她细细的针脚绣上一个蓝色的“小山羊”之后，山德拉才讲述了阿列克谢·基里洛维奇的事。她一边抖着头发，一边特别突出地说着“非常”的“非”字：我非——常喜欢他……他是个非——常有意思的人……你非——常熟悉他……

美狄亚的确从小时候就记得他。在阿列克谢·基里洛维奇在念书的时候，去英国留学之前在她家租过房间住，那时克里米亚吸引着许多博物学家。现在已经是西诺普里家两姊妹都在等待阿列克谢·基里洛维奇的到来。

那时阿列克谢·基里洛维奇有了住处——是稻草哨所区[1]附近挨着季米里亚泽夫公园的冬季别墅。别墅已经荒废得不像样子，不修理不行了，再加上阿列克谢·基里洛维奇忙着准备普通昆虫学这门大课和专题讲座——《园艺害虫》。

亚历山德拉的儿子终究还是没有等到莫斯科——在玛蒂尔达生下自己孩子的那家费奥多西亚市医院，在美狄亚姨妈的照料下出生了。只是当年的列斯尼切夫斯基医生已经不在人世了。

两个星期之后，阿列克谢·基里洛维奇事先没有任何书面通知就直接来到美狄亚的家——他从山德拉的来信得知她在分娩前不久搬到了姐姐家。他找到了坐在维也纳式椅子上的、火红色的浅发剪成圆形短短盖住半个脸的年轻女人和吸吮白中发蓝的乳房的圆头婴儿。这就是他的家庭——他屏住了气息。

---

1 季米里亚泽夫农学院南部的住宅区。

过了两天，阿列克谢·基里洛维奇带着新家来到了莫斯科。美狄亚完全可以不去，但是这些天来她如此心系这个外甥，她已经为他做了洗礼，成了他的教母，于是请下假来就随他们一起动身，好帮助山德拉在新的地方安顿下来。

在这个月，谢辽沙[1]生命的第一个月，美狄亚充分地感受到了她所或缺的为人之母的体验。她回到费奥多西亚时感到深深的内心空虚与失落。青春已去——美狄亚领悟了。

1　谢尔盖的小名。

第七章

瓦列里·布托诺夫的老家在拉斯托尔古耶沃[1]。他和他的母亲瓦莲京娜·费奥多罗夫娜住在自己家一座早已显得摇摇欲坠的小房子里。瓦列里不记得父亲，小时候他就深信父亲已在前线牺牲。他的母亲既没有刻意去坚持这种说法，也没有对传闻加以否定。瓦莲京娜·费奥多罗夫娜婚后不久，还是在战前，丈夫就签合同被雇用到北边一个什么地方去干活儿，只从那里来过一封短信，便从此永远消失在遥远的北极圈里。

整个漫长的童年，瓦列里都是像他大部分同龄人那样度过的：在东摇西摆的板墙上吊着玩儿，或者到郊外去在人们走路踩出来的地上将缴获的那把视为生活中最大珍宝的小折刀掷进泥土里。他玩儿这一手数第一。在汽车站后面他们腾出来的那块空地上，他用自己的小刀像马其顿的亚历山大大帝那样轻松、潇洒地占领了所有的王国和城市。邻居的小伙伴们都完全服他了，不愿再跟他玩。于是他就把大量的时间花费在自家的院子里。一株巨大的老梨树下部锯掉的枝杈上有块白斑，瓦列里就瞄准那个地方掷飞

1　莫斯科州旧时的一座村镇。

刀，而且距离目标越来越远。他花了不少的功夫，完全掌握了出手的时刻，腕子和眼睛都控制得很好，把持刀手和选取点在刹那间对应起来，最终是刀柄在靶心中颤抖，他感到这真是一种享受。

有时他换另一把刀子，沉重的切菜刀，而且选择其他目标。刀子伴着咯吱声、呜咽声或尖啸声刺入靶子。母亲留下来的老房子本来就破旧不堪，再经顽皮孩子练这套功夫，已是满目疮痍了。功夫练就便显得索然无味，于是他扔掉了刀子。

在瓦列里由小学转入另一所十年制学校时出现了许多机遇，稀奇古怪的新鲜事物也不少：男用小便池、陶瓷的洗脸池、猫头鹰标本、没有皮肤的裸体图像、奇妙的玻璃器皿、带灯泡的铁制仪器。然而他最喜欢的、最具吸引力的地方，当属按那时候的标准来看算得上设备齐全的体育馆。单杠、双杠和鞍马从五年级开始就成了他喜爱的物品。

他显露出古希腊人那种天生的体育才能，这种罕见的天赋犹如音乐、诗歌、对弈的才能一样。但当时他还并未感觉到他这种才能的价值没有智力上的天赋那样受重视，所以完全沉醉于日趋显著的体育成就。

体育教师把他安排到中央运动俱乐部，新年之前他就参加了初级的体育比赛。教练们对他超凡的悟性、天生的动作敏捷和精力集中都感到非常惊奇，他一下子取得了通常要苦练几年才能达到的成绩。

第一次带他去训练营时，他还不到十二岁。这个时候的小运动员们并没有被带出莫斯科城，教练们只是安排他们住在位于公社广场的一家部队宾馆里。房间里有四张床，铺着红地毯，昂贵木材做成的桌子上摆放着玻璃水瓶和电话，富丽堂皇，充满了斯大林式的浓郁军事风格。

当时正值学年开始，运动员们早上去学校上课，回来后就在当地的部队食堂用三十卢布的餐券吃午饭。在一栋低矮敦实的建筑右侧有一整套体育设施，其中的核心就是红旗体育馆。他在那里度过了快乐童年当中最美好的时光，成了苏联体育界的未来之星。

体育设施严格凭通行证入场，还有各种优待加在一起——午餐券，高热量的时髦饮食，配上巧克力、炼乳和甜点，贴着照片的通行证，特别是免费发给他的蓝色羊毛训练服，领口上还带着白色条纹——这一切都让年轻的布托诺夫对自己的身体充满敬意，因为他的身体配得上这些超乎寻常的福利待遇。

他的学习则相当乏力，老是不可救药地得一些两分[1]。每到学季末他就慌慌张张地把这些分数遮住，生怕不允许他去训练。考虑到他是学校的体育骄傲，老师们还是撇撇嘴，不等他过来争论就给他打了个很勉强的三分。

十四岁的瓦列里已是一个体型优美的少年，五官端正，留着运动式短发，遵守纪律却又追求功名。他加入了国家少年队，按照运动健将的要求进行训练，意在参加即将举行的全国大赛并夺取冠军。

他的教练尼古拉·瓦西里耶维奇在体育界是一匹聪明而又狡诈的恶狼，此人对自己的门生寄予厚望，并预言说他的体育生涯肯定灿烂辉煌。教练在瓦列里身上花了大把精力，而对瓦列里用的

1　在俄国学制中，两分是不及格，三分是及格。

“孩子”这个简简单单的称呼在小瓦列里看来却是意义非凡，他把教练奉为偶像，寻找着他们身上的相似特征，并且很高兴地发现他们发色一样，眼睛也是相似的蓝灰色。他模仿尼古拉·瓦西里耶维奇眯眼睛的动作，又学教练有力摆动的步态，还买了一条和教练一样的白手帕。

可是，尽管他信心十足，却没能在全国大赛上夺冠。他的表现很完美，就像他儿时扔过的飞刀一样精准，命中了目标。但他对他的教练所熟知的许多重要事情都全然不谙：取得成功的秘诀，上层人物的关系，裁判的压分和体育圈子里的无耻和出卖。把他推到亚军位置上的零点二分使他感到如此之不公平，以致他在更衣室脱下中央运动俱乐部免费提供的几件破运动衣，光着身子只穿校服的裤子就坐车回拉斯托尔古耶沃了。

也许尼古拉·瓦西里耶维奇本可以用一些无关紧要的废话来掩饰失败，用半真半假、模棱两可的解释说明情况，从而让他回心转意，但不幸的是，一位年长的队友——布托诺夫是国家队中最年轻的——向他揭开了这次不公平失败的秘密：人家串通一气，连教练员都牵扯进去了。冠军获得者的教练员是体育联合会主席的女婿，裁判组带着成见先入为主——倒不是说他们被收买了，但手脚被捆住又有什么办法。瓦列里本人此刻才恍然大悟，为什么在登场之前，总是出谋划策帮助他夺取胜利的教练会仿佛漫不经心似的对他说：“好了瓦列里，别慌，按你这个年龄，得第二名也不错。很不错了……”

教练几次三番来拉斯托尔古耶沃找他。第一次瓦列里爬进了阁楼，像个小孩一样躲着不出来。第二次他出来了，可连讲话都咬着后槽牙，根本不肯正眼瞧教练。第三次尼古拉·瓦西里耶维奇去和瓦莲京娜·费奥多罗夫娜说话，可她只是两手一摊，像绵羊一样嘀咕起来：

“我倒是可以呀，感觉没什么不好的，就是瓦列里自己……”

她也喜欢免费发的奥运制服，而且她觉得第二名也不赖。

可瓦列里不为所动。尼古拉·瓦西里耶维奇担心他会转投“劳动预备队”或者“斯巴达克”之类的其他运动俱乐部，这样一来他三年的心血就给别人做了嫁衣。不过并没有发生这种事。拉斯托尔古耶沃的梨树投下道道阴影，布托诺夫畸形而隐秘的自尊心就在其中成长起来。这般自尊现在正推他走向另一条道路，一条更真实的道路，那里不可能有耻辱的失败，不会有走后门、肮脏的比赛和可耻的背叛。

暑假开始了。瓦列里没去任何地方参加集训。他整天地躺在梨树下面，一直在思忖：究竟发生了什么事情，这事情又是如何发生的。一个星期之后他终于感悟到：不能把自身置于受他人和情势制约的地位。要是他躺在《圣经》故事中的无花果树下，这种感悟或许会更非同凡响，而俄罗斯的梨树就不要期望太多了。

两个星期之后他被马戏学校录取，真是太棒了！布托诺夫每天都上训练课，天天早晨都像第一次让大人领着看马戏的五岁小孩子那样兴奋。教练用的马戏场是名副其实的，散发着锯末味、牲口味和滑石粉味。气球、彩绘的秋千和挺秀的姑娘们在空中飞来荡去。这是个奇特的、独一无二的世界，布托诺夫身上的每一个细胞都感受到了这一点。此处无竞赛可言，每个人的价值都体现在他的职业之中：空中飞人不能马马虎虎掉以轻心，他随时都在冒着生命危险。当一头熊立起来，面部毫无表情地用那强有力的巴掌打伤驯兽师，用那钢铁般的利爪撕扯他身上的肌肉时，即使他与上司的关系再亲密也无法阻止。任何来自上边的支持，什么人打来的电话都没有回天之力。

“这不是体育运动，”已经有了经验的布托诺夫思考着，“体育运动里有出卖，这儿没有。”

他自己还不能把这事完完全全说个清楚，但他已深刻地理解了，在技艺的顶点，在专业技能已登峰造极的空间存在着一小块独立自主的领域。马戏巨星雄踞于奥林波斯高山之巅，他们自由自在地走南闯北，不受国界的限制，身着极其华丽的服饰，非常富有，独立于世。

从某些基本要素来看，这个孩子说得对，尽管马戏团的许多方面与苏联的其他机构——仓库、澡堂或者学院——并没有什么分别。马戏团里也有党委，也有基层委员会，官方层面上要服从上级组织，非官方层面上则要服从某个神秘高层打来的任何一通电话。嫉妒、阴谋和恐惧是马戏团生活里的强大杠杆，但这一点他还没来得及了解。与此同时，他过着有点僧侣式的生活，也就是运动教会他的那种模式。虽然没立誓遵守什么戒律，但他还是禁欲苦修，只不过那些祷告的条条框框换成了早操和晚练，斋戒换成了节食，僧侣的职分换成了完全服从老师的纪律（这里的人把老师叫作师傅）。至于贞洁，这东西本身并不太受重视，不过真正运动员的生活就是这样进行的：极大的身体负荷和严格的制度安排在相当程度上限制了自由闲散的欢庆气氛，而只有在这种氛围下，青年男女才能齐心协力去追求快乐。

马戏学校里至今仍有人不时回忆起布托诺夫。他毫不费力地掌握了各种马戏技巧：翻跟头、玩杂耍、练平衡术。他对任何一种技能来讲都是天生造就的材料。搞体操更是无可比拟的。

从瓦列里开始训练的头几个月起就有人邀请他参加现成的节目，他一概予以谢绝，因为他明确地知道自己的目标——做空中飞人。在空中飞翔……

布托诺夫的师傅不再是道德败坏的尼古拉·瓦西里耶维奇。现在这位师傅年事已高，他出身马戏世家却血统不明，外貌像贱民中的货郎，却有着意大利的名字：安东尼奥·穆采托尼。大家一般称呼他安东·伊万诺维奇。他诞生在由加利西亚[1]去敖德萨的途中，是在一架三轴篷车里马戏大棚已经褪了色的红蓝覆布上问世的。他的父亲是个技巧演员，母亲是个驯马师。他脸上遍布深深的皱纹，纵横交错，奇特奥妙，宛如他讲述的那些关于自己的无数故事。

很久以前，他就把真实同虚构混为一谈了，自己都记不得哪些事情是说了谎。看到这位新徒弟的非凡天赋之后，他已经开始考虑怎么逐步地把他分去空中飞人戏班了，想着让他和自己的儿子、侄子和十二岁的孙女妮娜一起，从一处秋千荡去另一处秋千。

在接受训练的第二年年底，布托诺夫在知识、技能和美貌各个方面均成绩卓著。他越来越接近于红白两色的宣传画上用横竖直线不加修饰而直接画上去的共产主义建设者的总体形象：下巴上有个深深的小横条，鼻子尖像鸭子那样不明显地前伸，显得有点

1　东欧历史地名，包括乌克兰西部和波兰东南部。

欠缺，但双肩扩展，修长的双腿不同于斯拉夫人，优美的两手不知是怎么长出来的……但与此同时，他对女性又有着空前的免疫力。

马戏团里的小姑娘就像以前学校里的小姑娘那样缠着他。这里一切都袒露，离得那么近：刮光的腋窝，大腿根的皱纹，筋肉发达的臀部和结实的小乳房。马戏团里与瓦列里同龄的男孩子都在第五驿站场大街的沃土上享受着社会主义后花园里蓬勃兴起的性解放与艺人自由带来的丰硕成果，而他却厌恶地、嘲弄地望着那些小姑娘，仿佛在家乡拉斯托尔古耶沃天天晚上有个碧姬·芭铎[1]在已被压塌的沙发上等候着他。

瓦莲京娜·费奥多罗夫娜对自己的儿子满意极了：他不喝酒、不抽烟、不泡妞，还得了一笔很不错的奖学金，待她也很亲切。她在女邻居面前自夸起来："你那斯拉瓦就是街上的大流氓，而我这辈子都没听过我家瓦列里说过一句粗话……"

第二学年结束时，布托诺夫获得了学徒资格，于是成了特权学生中的一员，不再受那些日常的条条框框限制，而是直接跟着师傅，在房间里干活。

安东·伊万诺维奇给瓦列里安排的训练内容跟他的儿子一样。万尼亚——乔万尼·穆采托尼尽管不属于像父亲那样的天才，总还算父亲教出来的，从小在马戏棚里飞来舞去，翻跟头也有独到之处，但他真正的癖好在于汽车。他是第一个把外国牌子的汽车——红色的"大众"引入俄罗斯的马戏人。尽管这辆"大众"在德国已经过时，但对于发展进程缓慢的俄国来讲却超前了三十年。

1　法国著名电影女星。

万尼亚细心地把一条旧被子垫在他那值钱的脊背下面，一连几个小时躺在汽车底下，他那浪荡而又凶恶的老婆丽娅丽娅挖苦地说：

“要是我在他的身子底下也能躺这么久，就像他在车子底下那样，他就是无价之宝了……”

小穆采托尼跟父亲的关系很复杂。尽管儿子年过三十力气不减，在布托诺夫的眼里也不算年轻，就是马戏人看来已经到了“空中节目”退休的年龄，他还是像小孩子那样惧怕父亲。父子俩在一起工作了许多年。安东·伊万诺维奇打破了马戏棚里艺术生命的多项纪录，他率先掌握了不少最惊险的绝活儿。在二十年代，他是全国唯一一个能空翻三周加转体的人，八年之后才有另一位体操健将追平了这项纪录。有一回安东·伊万诺维奇当着布托诺夫的面愤愤地说道：

“要说万尼亚做什么事能完美无缺，那就是往下掉……”

这种技艺可非同儿戏：他们在圆顶下面表演，尽管有双重保险——用钩子别在腰上的保护带，还有网子——但撞到网子上也可能摔坏。小穆采托尼是往下掉的大师，老穆采托尼却是天生的开创者，他已经厌倦了毫无指望地期待自己的儿子做他根本做不成的事情。

但那一年所有的马戏演员都在为布拉格马戏节大赛做准备，安东·伊万诺维奇就像用刀子逼着喉咙似的逼着儿子重现他早在战前就一举成名的老节目。乔万尼很不情愿地听命于父亲。老头子到底还能够迫使儿子全力以赴地投入。瓦列里经常看他们排练，他全身的肌肉都在颤抖，多么想亲自试一试这个长久而又复杂的飞行动作呀！然而这事跟安东·伊万诺维奇根本没商量。他让他的侄子阿纳托利和瓦列里在一组，两个人做同步的迎面飞行，虽然干脆利落但丝毫也不惊人，所有的空中飞人都会这一手。

训练的时间相当长，排演占了半年，终于到了去伊斯梅洛沃中央管理处的那一天，将演出节目单提交至艺术委员会。去布拉格获准，这是布托诺夫第一次出国。

管理处一片忙乱。马戏明星和马戏领导群英荟萃。大家都显得焦躁不安。演出的时刻已经临近。安东·伊万诺维奇爬到上面去察看露在圆顶外面的一部分支架，非常仔细地检查了每一个螺母和螺栓，摸索探视了缆绳。马戏场的督察是他的老对手杜托夫，尽管此人现在担当的职务要以人身自由对设施的安全负责，安东·伊万诺维奇还是觉得紧张。

万尼亚有一间单用的化妆室，瓦列里和托利亚[1]合用另外一间，第三间里有三个女人：两个年轻的飞人杂技演员和万尼亚十二岁的女儿妮娜——她无疑也是未来的主角。

演员们已经穿上了带金星的深红色针织贴身衣。这时瓦列里听见走廊里有人在骂街：一辆车要开进来，却被万尼亚的车子挡住了路。这是辆篷车，进不来。万尼亚答了句话，另一个声音提出了要求。阿纳托利走到屋门跟前，听到有人说：

“他们干吗找他的碴儿，人家停车没问题……”

瓦列里不爱管闲事，连瞅也没往那边瞅。全都静下来了。过了一会儿有人敲这间化妆室的门。妮娜探进脑袋说：

“瓦列里，塔玛拉叫你。”

1 阿纳托利的小名。

年轻的飞人演员塔玛拉一直追着瓦列里，真让他又高兴又生气。

瓦列里进去找塔玛拉。

“瓦列里，你看我的化妆怎么样？”她就像晒太阳那样把圆圆的小脸凑到瓦列里的眼皮底下。妆化得普普通通，跟平常一样：玫瑰黄的底子，用胭脂涂上两个淡红色的翅翼，蓝眼圈重重勾描几乎到了太阳穴。

“还行，塔玛拉。跟‘眼镜蛇’似的。”

“去你的，瓦列里，”塔玛拉卖弄地扭了一下她那洋娃娃一般涂满油彩的头，说道，“总是一句好话也说不出来！”

瓦列里转过身去到了走廊，从万尼亚的化妆室里走出一个头发灰白、身穿苏格兰花格衬衣和连衫裤的人。就是这件衬衣吸引了瓦列里的注意，但当时他对此并没在意，只是过了好长一段时间之后才回忆起在走廊里碰见的这个人。十分钟之后就出场了。

一切都进行得非常准确，一秒也不差：音乐突停，灯光，跳跃，灯光突停，蹬起，秋千，鼓声，停顿，音乐，灯光……总谱都背熟了，连什么时候呼气、什么时候吸气都清清楚楚，进行得很顺利。

乔万尼表演这个节目小心谨慎。在年轻人飞来飞去时，他在圆顶下面叉开两腿站立在高处，像神灵一样，让灯光照耀在自己的身上。表演干脆利落，挑不出什么毛病来，但又显得平淡无奇。拿手的绝活——空翻三周加转体——就看乔万尼的了。这个动作很少演出，并非艺术指导委员会的每个成员都看过这个节目。

老穆采托尼对编导很在行，所有的安排都突出效果：灯光多变，浮游不定，音乐似锦上添花，随后戛然而止，所有灯光全部集中在圆顶下面的乔万尼身上，而马戏场内一片漆黑，音乐又是在最强劲时突停。乔万尼全身异彩闪烁，头顶金冠，足蹬护脚，能干的美工师为他设计的鞋子遮掩住了那双天生的弯腿。鼓声轻起。乔万尼很快地扬起金头，变成了恶魔，活脱脱一个恶魔……手部瞬间的动作靠到腰上——检查钩子。

瓦列里什么也没有看出来，可安东·伊万诺维奇却几乎连心脏都停止了跳动——乔万尼检查钩子的时间太长了，有点不大对头……但到目前为止一切还算按时，没有拖延。鼓声停止。一、二、三……又过了一秒钟……秋千往回荡……停住……蹬起……跳跃……乔万尼还在飞行之中，任何人都没有发现什么问题。但安东·伊万诺维奇却已经明了，这套动作做不成了，乔万尼坚持不到最后一周转体……肯定……

托利亚准时地把秋千推给万尼亚，但是他差了二十厘米没有赶上，他在飞行过程中伸展，力图够到秋千——这是绝对不可能的——于是便飞出了已经数经演练的几何图形，朝下面坠落，向护网的最边缘处飞去，跌在那个地方是很危险的，那里的张力最大——他会被震撼，抛出去……撞到边沿上……肯定……

护网弹回，恢复原状，把万尼亚向上一颠——不是向外，而是朝里——朝里。他终究还是善于往下掉的……失败当然是失败了……可是不会摔坏的……

但是——摔坏了。网子已经放了下来。头一个跑到跟前去的就是安东·伊万诺维奇，他抓住钩子一看，钩卡太不结实了。他小声骂了一句。万尼亚并没有摔死，但人事不省，伤势严重——头颅，还是脊椎？人们把他抬到一块板子上。救护车在七分钟之后赶到了。他被送往医治脑外伤最好的地方——布尔坚科研究所。

安东·伊万诺维奇也随儿子一起去了。

瓦列里是在两个星期之后才见到师傅的。都知道万尼亚还活着，但不能动弹。医生们对他好一通折腾，但不敢说能够把他治好。

安东·伊万诺维奇变得瘦骨嶙峋，简直像一只灵猩[1]。一种念头不祥地萦绕不去。他百思而不得其解：万尼亚怎么会在跳跃前的一刻才发现钩卡不牢固。如果换成他自己的话，他清楚这种情况不会有什么影响，他能够控制神经。以前他的确也发生过类似事情。他解开腰带，卸下钩子就干起来了。可是万尼亚神经紧张，惊慌失措，所以才"散了架"……还有一点蹊跷的是出场之前有人叫他把汽车停到别处去，尽管车子停得并没有问题。安东·伊万诺维奇后来还曾亲自查问过，是来了一辆篷车……

当安东·伊万诺维奇把自己隐约的疑虑讲给瓦列里听时，瓦列里才从记忆里挤出了一点东西：

"当时找万尼亚的可不只是总务工人……"

安东·伊万诺维奇拉住他的袖子说道：

"你快说呀……"

"他出去把车子停到别处时，杜托夫去过他的化妆室。其实我是从走廊里看见他从那间屋子里走出来的，穿一件格子衬衣。"

当时瓦列里已经知晓，穿苏格兰花格衬衣的人是马戏院督察杜托夫。

"唉呀，我这个老傻瓜，蠢东西，"安东·伊万诺维奇捂住自己那皮肉都耷拉下来的脸面说道，"原来是这么回事……是这么回

1　一种长得很瘦的猎犬。

事……”

瓦列里去医院看望万尼亚。他全身都打上了石膏，像石墩里的人一样——从下巴到骶骨。头发掉了不少，从额头向上形成两块大秃顶。他眨了一下眼睛，算是打个招呼，几乎没有说什么话。瓦列里简直后悔来看他了。在留给客人用的白色小凳上坐了大约十分钟，总想要说点什么，可刚一张嘴又没话了。在此之前他并不知道原来人是如此脆弱的，他觉得非常害怕。

正值潮湿、幽静的深秋。拉斯托尔古耶沃的梨树叶子都落光了，变得像被烧焦似的那么黑。布托诺夫已经不会再躺到树下听一听是否能得到什么启迪。离马戏学校毕业还有半年。布托诺夫寄予厚望的布拉格落空了。马戏学校也快过去了。瓦列里的脑海里一直在想万尼亚那双无神的眼睛。万尼亚——乔万尼·穆采托尼前不久还是个布托诺夫一心想要当上的名演员：又有钱，又自由，还经常外出，开着布托诺夫所见过的最好的汽车——已经不是那辆驼背的红色“大众”，换成了崭新的白色“菲亚特”。然而这一切都在刹那间垮掉。原来没有任何独立自主——仅仅是表象而已。一动也不动的废人躺着等死……

布托诺夫没有参加最后一次考试——冬考。在马戏学校除了专门的科目之外也开设普通学校的科目，如果通不过的话也是不给毕业证书的。布托诺夫从此再也没去学校。他在沙发上闲躺了半年，等候应征入伍。二月份他满了十八周岁，初春便参了军。起初考虑到他是体操一级运动员，建议他去中央陆军体育俱乐部，谁知让军事委员感到惊讶的是他表示拒绝。布托诺夫对一切都觉得无所谓了，就是不愿意回过头去再搞体育。于是他就和别的入伍者一样了……

不过，他终究还是和别的入伍者不一样。他摆脱不了自己的天赋，他的才华把他推上了一些特殊的道路，而且场合总是特别赶巧。布托诺夫的枪法鹤立鸡群——冲锋枪、卡宾枪、手枪，不管手里抓的是什么枪，他都百发百中，连从小就当猎人的西伯利亚小伙子在眼力和手法上也比不过他。

训练检阅的时候，一位非常喜爱射击运动的上校注意到了布托诺夫。于是离入伍没满一年的时候，他还是进了那支中央陆军的运动队，不过这次是练射击项目。又开始了操练、集训，然后又是评级。服役的时光过得相当愉快——至少后半段时间是这样。

他回到了拉斯托尔古耶沃，增了八公斤的重量，长了三厘米的个子。复员时间非常精确，没有拖延，几乎就是在当年入伍的那一天。最重要的是，他又明确地知道该做什么事情了。他没用多少功夫就毫不费力地弄到了校外考生的中学毕业证书并在当年夏天考入体育学院。他要手腕蒙混过关进了医疗系。

从学生时代起，布托诺夫的脑海里就牢牢记住了课本上的那幅画像——剥去皮肤、露出肌肉的大体标本，现在这幅画成了他关注的中心。他怀着满腔热情和崇敬之情学习解剖学这门令所有一年级学生头疼万分的课程。他的记忆力不够敏锐，读过的书会忘得一干二净，但在这门最枯燥的课程中，他却能全部掌握，记得分毫不差。

除了与生俱来的身体天赋，造就布托诺夫的还有另一个特点，那就是擅长当学徒。那个出卖了他的尼古拉·瓦西里耶维奇教练，还有可怜的穆采托尼都很欣赏他的这种能力：乐于服从，乐于接受，乐于发自内心地去学习。

在体育学院读三年级时，布托诺夫才遇到第三位，也是最后一位师傅。此人个头不大，其貌不扬，曾是中东铁路工作人员。他伪称姓伊万诺夫，历史复杂，含混不清。他自称生在上海，精通汉语，还在印度生活了好几年，也到过西藏，在我们这个一半是欧洲的国家里可以自称为神秘的亚洲的代表。他对当时才刚刚开始流行的东方武术非常在行，也讲授中国推拿课。

伊万诺夫对布托诺夫过人的身体敏感度赞叹不已。布托诺夫的手指间竟包含着独创与智能，他可以在瞬间捕捉到哪儿椎间盘错了位，哪儿有骨质增生，而哪儿不过是肌肉挛缩，他的双手不用动脑就能掌握复杂的穴位知识。

假使布托诺夫善于辞令并且具有一定人文科学修养的话，他就会讲述出脊背如何情绪饱满，两腿如何高兴喜悦，指头如何聪明睿智，也能说清楚肩膀如何酸懒，大腿如何怠惰，手脚如何萎靡乏力。人体生命的所有这些特点他此时此刻都能通过躺在他面前按摩床上的病人准确地认知。

伊万诺夫邀请瓦列里到他那套空着一半的独居住宅做客。他屋里挂满了西藏的佛像。身为颇有造诣的东方学家，伊万诺夫企图以神圣的瑜珈功、智慧的《薄伽梵歌》[1]和缜密的华夏八卦学说吸引才能超群的学生。但布托诺夫对修炼内功却反应迟钝。

“这些太费脑子了。”他说着用右手轻轻地一挥。

师傅大失所望。但瑜珈功实践和中国点穴法布托诺夫很快就

1 印度教的一部重要经典。

掌握了，而且掌握得细致入微。

那些年伊万诺夫本人也不仅是作为按摩大师成绩显赫。各种各样的名人大腕儿都找他按摩：世界举重冠军、天才的芭蕾舞蹈家、专门写别人丑闻的作家。他还在家里举办各类当年公认属于高雅消遣的讲习班，专门教练瑜珈术。他把布托诺夫吸收进来参加他们的活动，至少是吸收参加表面可见的活动。而另外一面活动，即搜集情报的活动，布托诺夫未曾介入，只是多年之后才领悟到师傅的肩膀上无形地佩戴的是哪个部门的肩章。

师傅把布托诺夫培养成为助手。伊万诺夫带着他的听众，瑜珈爱好者沿着自由的大道直奔“解脱”而去，而布托诺夫则在垫子上蜷曲着身子，教他们摆出莲花、狮子和蛇的姿势。

其中有一个班集体活动的地点在知名的科学院院士女儿的家中，一处宽敞的住宅里。班里全体成员都像是用同一个石膏模子扣出来的，肉体像面团似的，布托诺夫则应当把自己深入、高妙的自我体验传授给他们。这些人都是学者——搞物理的、搞化学的、搞数学的。布托诺夫对他们都怀着一种说不清楚的轻视感。其中有个数学家，身材丰满的高个子姑娘奥莉加，她双腿粗壮，面庞粗糙，平常脸上自然柔和的玫瑰色在做练习时红得吓人。

他们在认识了两个月之后就结婚了，尽管双方的朋友们都因为不赞成而觉得吃惊。住宅的女主人听说他们要结婚时，咂着舌头说：

“倒霉的奥莉加跟这个活牲口会怎么样呢！”

奥莉加跟他并没有怎么样。其实她是一个相当冷静并且很有主见的人：在那段时间她已经完成了数学范围高深领域——拓扑学的论文答辩，在她那洗得很不干净的浓密头发底下，缜密的脑力劳动是她生活中最为主要的内容。

妻子办公桌上的各种纸张都画满了像鸟禽在雪地上所留足迹那样的小钩儿、小花儿，瓦列里对此体会不出什么特殊的敬意。看着画满纸上的细小的数学符号和纸张左侧的机械词句：如上所述可知……考虑到……定义……瓦列里只是嘿嘿暗笑。

奥莉加的脾气很随和，稍微有点发蔫。瓦列里对她不愿意活动、不愿意干活儿始终不理解，她甚至懒得做有助于治疗便秘的几个瑜珈练习。

瓦莲京娜·费奥多罗夫娜不太喜欢这个儿媳妇。第一，她比儿子大四岁，第二，她不会过日子。但是奥莉加只是淡淡地付之一笑，甚至婆婆对她没有好感她都视而不见，真让瓦莲京娜·费奥多罗夫娜有点恼火。

他们夫妻的鱼水之欢是很有节制的。瓦列里从小就专心致志地追求肌肉发达，可是对能给他带来快感的几块肌肉却完全忽视了。自然，这方面的成绩没有等级之分，也不会为此而组建国家队。人的本能让位于少年的虚荣心。他对女人特别克制还有一个原因：从他刚开始穿裤子的时候起女人们对他就情有独钟。而这种钟情总是让他消耗极大。随着年龄的增长，他开始感受到女人需要他的身体是永久性的，是对他身体的侵犯，便拼命维护自己最好的资产。他对自身的珍惜反过来又更加使他易于受到异性的追求，亲近女色就易如反掌了。

他最初的经历并不成功，而且微不足道：一个三十多岁的女邻居、一个中央运动俱乐部食堂的女服务生、一个同班的游泳女将——这些人都太热情了，可以说是渴求无度、欲火熊熊，一心想要把关系维持下去……而对布托诺夫本人来说，这些萍水相逢不过是一场愉快的春梦，梦境的结尾是一个圆满的结局，彼时走廊上砰砰的关门声和墙后厕所里的冲水声还没有完全打破“仙女们”的形象。

布托诺夫的家庭生活平静而又和谐。在奥莉加论文答辩三个月后他们结了婚，又过了三个月她怀孕了，在差三个月满三十岁时生了个女儿。在她妊娠、分娩、用虽然丰满但从营养供应角度来看能力并不算强的乳房哺育与大块头的父母相比而言个子显得很小的女儿期间，布托诺夫念完了大学，并卖身为网球运动员服务。他在关注地球上最健康之人的身体健康，给他们医治创伤，活动肌肉。空闲时候他仍然干着同样的工作，但是私下里干。他挣的钱不少，也过得很自在。客户都是师傅给他拉来的，所以他对师傅也敞开了所有的门：从全苏戏剧家协会的饭店直到中央俱乐部的售票处。

一年之后，有位网球高手终于把他带到了国外，而且先去的布拉格——布托诺夫到底去了布拉格！后来又到了伦敦。这已是他所能幻想得到的一切。

谈到布托诺夫的人格，应当说他的高收入是堂堂正正获取的。他让他的监护对象即运动员、舞蹈家和演艺人的身体保持无可挑剔的状态，不仅如此，他还进行繁重的伤后康复医疗。大家都说他简直神了。有关他那双手的传说越来越多。他本人也很清楚这种传说的价值，像以前从事体育运动那样竭尽全力工作，力所能及的范围也在渐渐扩大。

治愈已经毫无希望的乔万尼·穆采托尼被他视为自己的最高成就。从伊万诺夫刚刚给他演示触及脊椎的初级手法和技能时，治疗就开始了。布托诺夫不止一次地开车接送伊万诺夫给穆采托尼看病，伊万诺夫还找来一个中国医疗大师用灸法拿艾绒熏烤万尼亚的后背。主要的工作还是布托诺夫做的：他在万尼亚的脊背上施术操作，每周两次，连续六年，几乎从不间断。万尼亚终于站起来了，能够拄着特制的器械在家里走动，开始缓慢地，非常缓慢地恢复。

脸上皱纹愈发密布的安东·伊万诺维奇简直把布托诺夫奉为神明。他的孙女妮娜从十二岁起就爱上了布托诺夫，她看男人的角度只有一个，那就是这个或者那个仰慕者有多像布托诺夫。凶恶的丽娅丽娅本来十年前就打算和万尼亚离婚的，可在那场事故发生之后她就性情大变，好像成了另外一个人——高贵、稳重、精神饱满。她靠着织毛衣卖来养家糊口，一句抱怨话也不说。布托诺夫过生日的时候，她通常也会送些毛织品过去。

十月中旬的一天，布托诺夫来到穆采托尼家心绪不佳，闷闷不乐。他给万尼亚按摩了一个半小时就要走，也不像往常那样吃菜、喝咖啡。丽娅丽娅留住了他，端来茶水，跟他说话。

布托诺夫发牢骚说他明天要出趟鬼差，去一个叫什么基希讷乌[1]的倒霉地方跟一帮运动员做表演赛。

丽娅丽娅忽然张罗起来，高兴地说：

“去吧，去吧，那儿现在可好了。为了不让你在那里闷得慌，我

1 今摩尔多瓦首都。

给你找点事儿。给我一个朋友捎点东西去。”她在衣柜里翻了翻，拿出一件白色的马海毛衫。

“他们住在郊区，大名鼎鼎的乔夫达尔·瑟索耶夫马队。没听说过吗？男的是特别厉害的老吉卜赛人，妻子罗莎是个骑手。”丽娅丽娅把衣衫塞到包里，写下了地址。

布托诺夫不大情愿地拿了包裹。

在基希讷乌的头一个半天，布托诺夫没有事干。在旅馆里过夜，清晨就上街，在这个陌生的城市里按照指给他的方向朝集市走去。城市并不怎么漂亮，看不出建筑有什么特色，至少透过淡淡退去的晨雾在瓦列里面前所展现的那一部分是这样。但是空气还不错，这是南方的空气，夹杂着在地上已经发霉的甜果味道。这味道还是从远处什么地方传来的。因为街上的房子都是新盖的，什么树也没有。用水泥板围起来的正方形花坛里长着大红和深红的紫菀，光显颜色，没有香味。挺暖和的，有疗养气氛。

瓦列里走到了集市。广场地方不大，却挤满了各种车辆和驴骡牛马。头戴暖皮帽、蓄着下垂小胡子的矮个子男人们来回拖着篮子、筐子和箱子，女人们则在栏杆上堆起小山似的西红柿、葡萄和梨。“应该带点回家。”瓦列里的脑子里一闪。这时他看见了公共汽车瘪进去的后屁股，正是他要乘坐的那一路。车是空的，瓦列里坐了上去，几分钟之后司机钻进了驾驶室，一句话也没说开车就走了。

去郊区的路走了很远，景色可越来越好看。他们走过泥抹的小房子和小葡萄园。车停得很勤。途中上满了孩子，他们后来都在学校旁边下车。差不多一个小时以后才到达终点站，这是个中间地带的怪地方——既不像城市，又不像农村。

瓦列里还全然不知，这个早晨开始了他的生活中多么重要的一天，但不晓得什么缘故，所有无关紧要的细节都记得清清楚楚。在路的两旁各有一个小工厂在冒着烟。按照物理法则，风本应该把它们的青烟吹往同一个方向，但它们无视这一法则，青烟脸对脸地互相吹开了。细心的布托诺夫耸了耸肩。顺着路边还有一排排的暖房，这也令人费解：十月底的气温有二十摄氏度，即使不用玻璃也是什么都能熟得了，何必要这些暖房呢！

沿大路再往下去是马厩和干日常杂事用的小房。布托诺夫就朝那里走。他从远处看见马厩的门开了，门洞里显得黑乎乎的，一匹高高的黑色种马龇着白牙走了出来。由于事发突然，布托诺夫觉得它像青铜骑士的坐骑那么硕大。其实根本没有什么青铜骑士，用缰绳牵着马的是个鬈发的小男孩——走近细看，却是身穿红色衬衫和灰白发暗牛仔服的青年女子。

起初引起瓦列里注意的是她那双靴子——轻便，前端厚大，后跟粗实，对骑手来说是很规范的靴子。而后与他对目相视的那双眼睛像镜子那样乌黑明亮。她的两眼用青颜色粗略地描长了一点。目光是专注的，但不太友善。两个人都停住了。种马短嘶一声，她用留着红色短指甲的白亮白亮的手拍了拍马的肩颈。

"你找乔夫达尔吗？"她相当不客气地问道，"他就在那儿。"随话指向离着最近的棚子那个方向。然后她把一只脚高高地踏进马镫，跳到鞍子上。一股甜蜜、扰人，但又绝非香水的味道朝瓦列里袭来。

"不，我找罗莎，"瓦列里已经明白，她就是那位罗莎，"我这里有个丽娅丽娅·穆采托尼带来的包。”他从提包里拿出个小包，举了起来。

她没有下马，拿了包，甩手把包扔到敞着门的马厩里，不像是微笑，倒像是咧嘴似的露出白牙，很快地问道：

“你住哪儿了？”

“‘十月’旅馆。”

“啊哈，行了。我这会儿没时间。”她挥了挥手，吆喝一声便原地起步，奔驰而去。

他望着她的背影，感到既恼火又钦佩，还有一时还弄不清楚的莫名体验。不管怎么说，这都是他毕生之中对女人完全不感兴趣的最后一天。

晚上瓦列里久久躺卧在旅馆里仍然散发着洗衣粉味道的床上，回想那个蛮横的吉卜赛女人、她那匹漂亮的种马和他在车站等汽车时在马厩后面的马圈里看到的那匹黄色矮个子珍奇品种马。

“这妞儿终究不大愉快。”瓦列里想着想着，渐渐似睡非睡。脑子里时而闪回马匹、马厩的味道，无所事事度过这暖洋洋的一天带来了什么缓缓的喜悦。这时轻轻的、细碎但又长时间的敲门声惊扰了他的梦境。他从枕头上欠起头来。

原来他忘记锁门了。门慢慢打开，屋里进来一个女人。瓦列里没有说话，仔细地瞅着。开始他还以为是服务员来了。

“啊，在等我。”略显嘶哑的女人声音说道。他立刻就听出来了——是早晨遇到的骑手。

“我打定主意，要是你问我是谁，我扭头就走。”女人严肃地说完就坐到了床上。

她开始脱去早上布托诺夫曾给予肯定评价的那双靴子。先是踩着左边那只的后跟把它甩下来，然后再用两只手有点吃力地脱下右边那只并把它扔到屋子的角落去。

"你一个劲儿地盯个什么？"她靠着床站起来，他才看见她的个子实在太矮了。布托诺夫甚至还想到他根本就不喜欢个子这么小，脾气又这么厉害的女人。

她脱掉白毛衣，就是丽娅丽娅送的那件，解开了暗灰色牛仔装的摁扣儿，但是还没等脱下来就一头钻到被子下面，把他搂过来，用清醒而又有点疲倦的声音说道：

"我这一整天都火烧火燎的，就想跟你……"

瓦列里长出了一口气，永久地忘却了他一般喜欢什么样的女人……

他对她所了解的一切都是以后才得知的。她根本不是吉卜赛人，而是生在彼得堡一个教授家里的犹太人。她七年前嫁给瑟索耶夫，第一次婚姻跟前夫生的女儿由她父母养育，因为他们不相信罗莎。然而最主要、最惊人的是到了第二天早晨布托诺夫忽然发现，自己尽管已经快满二十九岁却留下了整整一块大陆那么大的空白。简直不可思议：这个孱弱的女孩子里里外外像是一团火，居然能够把他整个吞下去，让他觉得自己已经完全溶化在那浓稠的蜜汁里。他全身的肌肤都在呻吟，像冰糖一样因柔情和快意而融解，任何触摸、抚慰都在渗透，一直达到内心，仿佛一切表面的存在都已处于深层，处于里层。布托诺夫感到自己被人从里朝外翻了个个儿，他明白，如果不是她那纤细的手指捂住了他的耳朵，他的心也一定会飞奔出来。

早上六点钟时，她那只没有从手上摘下来的精致的小表轻轻叫了几声。她坐在窗台上，用双腿围抱住他的腰。他面对面地贴着她，看见了她肚脐下面有个凸起的小丘，这是他在里面的标志。

“行了。”她说着透过自己细嫩的肚皮抚慰那凸起的小丘。

“你别走。”他请求道。

“已经走了。”她笑着说。布托诺夫发现她嘴里上面的虎牙像吸血鬼似的突露出来。他用手指摸了摸她的牙。

“不，我不是吸血鬼。”她笑着说，“我是个普普通通的浪荡女人。你喜欢吗？”

“非常喜欢。”他老实地回答。她跳了下来，没有让他射出爱神之箭。

她去淋浴。她的两条腿有点儿弯，也并不显得灵巧。情欲又往上涌了。他从乱七八糟的被窝里拿出了昨夜从她脖子上滑落下来、已被弄断的金项链。浴室里的水发出响声。他用手指摆弄着项链，一边望着窗户。像昨天一样，也是雾色闪现，在淡淡退去的晨光之下，太阳若明若暗。

她走进屋里，全身都蒙着大粒的水珠。他把项链朝她递过去。她拿起来，把它展开，又扔到了桌上。

“你修理好了再还给我。今天是星期三吧？”

她抖抖小乳房上剩余的水珠，很勉强才把牛仔装套到窄小、潮湿的身躯上。她的发型独特，与众不同，但又称不上非洲式的蓬松鬈发。显得很有弹性的头发上也有很多大水珠。在她的身体上，乳房下面，肚子的左边和右前臂有几处很像刀疤的小块硬伤痕，足以使情人激动起来。似乎她一点也不女性化。但瓦列里以前所接触的女人跟她一比较真不知算是碎麦粥，还是什么熬白菜……

“我说瓦列里，咱们整整一个星期后在彼得堡中央邮局那儿见面。十一点到十二点之间……”

“今天呢？”布托诺夫问道。

“不，不行。瑟索耶夫会把你干掉。要不就是把我干掉……”她笑着说道，“我说不准，但有人会被干掉……”

一年之内他们又见了三次面。后来她便消失了。并非她不见瓦列里，而是彻底消失了。无论是父母还是瑟索耶夫都不知道她跟什么人走了，到什么地方去了……

从那时起，布托诺夫对女人几乎来者不拒。他知道奇迹并不存在，但如果在可能的情况下尽力而为并且局限在精选的范围之内，那么肉欲的底层也会有闪电通过，情感也会变得炽烈，大放光彩：就像掷向目标的飞刀抖动一下，定位在靶心的中央。

第八章

晚上九点多钟从海湾回来，大人们把睡着的孩子安排好之后都在美狄亚的厨房里坐下来喝茶。尽管大家都累了，可仍然不愿分手：有一种说不清楚的“未完待续”的气氛。就连诺拉这位勤劳的母亲都答应把女儿放在别的地方，好在美狄亚的厨房再坐一会儿。

只有玛莎不在厨房。当她还在半路上时，就感觉身上血液翻腾、瘙痒难耐。她明白她那种莫名其妙的病正在袭来，尽管并不经常发作。她丈夫阿利克是个医生，认为每种疾病都是独立的问题，所以判定玛莎得了某种罕见的血管过敏症。有一次这种病就在他眼前发作了，就在他们去过新年的一座村子里。玛莎碰到了盥洗器冰冷的喷头，结果在她的手上留下了类似烧伤的痕迹。两小时后，她就发烧了，晚上的时候身上就长满了过敏性皮疹……

这一次她身上也发生了类似的事情，但不是因为碰到了冷冰冰的金属，而是因为布托诺夫那稍纵即逝的触摸。不过，也可能只是被春天的太阳晒昏脑袋了……那条右前臂已经一片紫红，看起来微微肿胀。

好不容易走到家，玛莎就一下子躺倒在床上，把所有她能找到的被子盖在身上。

就在她浑身发抖、口渴难耐的时候，她反反复复做着一个同样的梦：好像她下了床，走到厨房，想从桶里舀水，可水只有桶底的薄薄一层，勺子在铁皮上刮了一下，舀不上来水……与此同时，一些无序的思绪线条正在交织形成，里面有海岸，有火辣辣的太阳，有模模糊糊的期待，还混杂着穿透梦境的、实实在在的口渴……

格奥尔基走出去吸烟。他坐在离房子不远的地方，像观众从观众席里往舞台上看那样在黑暗中观望敞开的门，正方形的厨房里面灯火明亮。两重灯光浮游不定：黄色的光来自煤油灯，下面深红色的光是炉灶发出来的。春天的阳光容易伤人，晒了一天的脸像是浓浓地化了妆。黑皮肤的美狄亚旁边坐着白白的诺拉。诺拉的头发别得很高，留着一小撮刘海。妮卡嘱咐她往脸上擦酸奶，所以脸上现在暗暗发光。她把头发扎起来时额头显得过高并且前突，就像个小孩儿或中世纪德国人画的圣母马利亚，但这个缺点却又使她的脸显得更加可爱。格奥尔基还能看见身穿粉色背心的布托诺夫那强壮的后背和妮卡生了翅膀一般的身影——吉他的指板和两只手在墙上飞舞。俄式茶炊摆在桌子中央，像个大金球，但并没有煮上水。尽管格奥尔基到底还是给厨房安了架空电线，那一天却不知因为什么缘故镇上没有电。

除了灯光洒落在外，还传来妮卡唱出的旋律。她的声音很一般，但是有力，还有并没经过音乐训练的那只手奏出的简单和弦衬着歌声。

那时大家都在唱奥库扎瓦[1]的歌曲，格奥尔基是其中唯一不喜

1　苏联著名诗人和歌手。

欢这种歌曲的人。歌手袖口的装饰、丝绒的无袖上衣、青蓝颜色夹杂金光闪闪、奶油加蜂蜜的混合味道、整个浪漫的情调都让他感到烦躁不安。也许主要是因为这些歌曲太有魅力了，与他的意志相违背却又能打动他的内心，回肠荡气，在他的记忆中留下印痕。

他多年的工作都是和科学领域中最缺乏生气的古动物学联系在一起的。这就使得他对事物的感受都超凡脱俗：世界上的一切均有软硬之分。软的动情、动人，有甜蜜感或者相反，总之是和情感反应有关的。而硬的则决定现象的本质和事物的骨架。格奥尔基只要把在费尔干纳[1]某处或阿尔察克[2]当地砌入山坡的一扇牡蛎壳往手里一拿，就足以确定这种早已灭绝的多肉软体动物生活在早第三纪十阶中的哪一个阶段，指出它结实的肌肉和原始的神经节，也就是说确定这种微不足道软肉质的全部结构。这些歌曲在格奥尔基看来也是软的，统统都是软的，比如说，与舒伯特的歌曲比较起来大相径庭。在舒伯特的歌曲中格奥尔基能感受到音乐的骨架，好在他不懂德语，那些柔软的歌词并不会干扰他。

他在一块平平的石头上把烟头儿摁灭，走进厨房，坐在最暗的角落里。诺拉那带着睡意的清秀面庞看得真真切切。

“北方的这种小姑娘看起来总是显得不大幸福，”他心里在想，“彼得堡人。有这么一类萎靡不振的金发女郎，白净的手指，青色的额头，手腕和脚踝纤细……她的乳头大概是白里透红的……”他突然感觉一阵炽热。

她仿佛感觉到了格奥尔基在想什么，用白净的手指捂住了脸。

1　中亚的大型盆地。

2　克里米亚东南部海角。

他的青春早已逝去，随地质队一起，跟着天不怕地不怕的当地女厨子，跟着女实验员，跟着随时准备把肌肉发达的大腿奉献给蚊子的女同行已一去不复返。他是亚美尼亚混血种，又固执又有惰性，再加上母亲教育他恪守治家之道，使他与社会上轻浮之风和周围人们的习俗背道而驰。他不睬朋友们居高临下的嘲笑，始终保持对胖卓娅的忠实。然而无论他怎样认真，也无法回想起在十五年前他究竟看上卓娅什么地方了。只有一点：把白袜子整整齐齐叠在一起时那动人的姿势……

他又走出厨房，躲开屋里让人激动的空气。这种空气似乎在沸腾，让人兴奋，让人不安。

“走了。”诺拉伤感地察觉到。

妮卡还在干着她所喜爱的事情——诱惑男人。这是件像绣花那样非常细致的事情。它虽然目不可见，却又像刚出锅的馅饼霎时间香味四溢似的能够让人感觉到。对她来说，这是近似于精神食粮的内心需要。没有任何时刻能够比得上妮卡以她自身内在的生命超越男人通常所特有的思虑而把男人的注意力吸引过来。四处摆上小小的诱饵，下好套索再慢慢拉紧绳子——拉向自己，拉向自己……瞧，尽管他还在屋子的另一端和别人继续交谈，但已经开始倾听她的声音，捕捉她亲切、悦人的语调。说不清楚，为什么公蝴蝶克服几万米的距离朝着懒洋洋的母蝴蝶飞去……瞧，妮卡所瞄准的男人已身不由己地往她坐着的角落走过来。不管她拿着吉他或不拿吉他，高大、快活的红头发妮卡那双明亮的眼睛里总是充满挑战。这可能就是最为得意的时刻，它是任何生理上的满足都无法比拟的。猎物手里拿着空杯子开始在各个屋里绕来绕去，隐隐约约地接近了目标也不知如何是好。而妮卡却已经预感到了胜利，心花怒放。

布托诺夫坐在妮卡对面的长凳子中间一动也不动。他早已在妮卡的手心里了。就像傻乎乎的猎物，他四肢发达头脑简单。虽然他很少拒绝女人，但也不会被女人俘虏，宁肯萍水一场也不愿长久厮守。此刻他想睡觉，可心里还在盘算是不是把这只红头发的母牛留到明天。而妮卡则全然无意把今天能做的事情推到明天。她轻轻站起，把吉他放到美狄亚的椅子上。美狄亚已经回屋去了。

“往下是一片寂静。”她朝布托诺夫微笑一下，示意夜晚还在继续。

布托诺夫没有弄懂这是引来的诗句。

“这姐们儿来劲儿了。”格奥尔基宽容地想道。

“现在咱们看看孩子去吧。”她像是对诺拉说话。布托诺夫领会到这是让他再等一等。

女人们走进黑暗中的房子去看孩子们的房间。其实没什么可看的。经过如此疲劳的远足，他们都已入睡，只有丽莎还在习惯地呼吸新鲜空气。小塔尼娅横躺在大沙发床上，苗条的卡佳靠着边伸开身子，连睡觉时都注意着自己的姿态。屋子中间摆着大家公用的大尿盆。

“你要愿意就睡在这儿，”妮卡指着沙发床说，“要不就睡到小床上去，那儿都铺好了。”

诺拉挨着女儿躺下。已是三点多钟，不会再睡很长时间了。

妮卡回到厨房，以漫不经意的动作把手轻放在布托诺夫的脖子上说道：

“你晒黑了。”

“有点儿。”布托诺夫答道，妮卡忽然感到她没有取得任何胜利。

“好了，走吧，怎么样？”布托诺夫并没有回过身来，说话的声音也没有含着任何表示。

这有点不合规矩，与她所喜欢的准则不符。但妮卡已经不想再卖弄娇媚了。她只是把胸脯轻轻贴在红色针织衫下面他那散发着热气的结实的后背上。

在阿达那块地方后来所发生的事情已经不值得详细描述了。参加活动的两个人都很满意。妮卡走后，布托诺夫在宅院顶头的木板厕所里解了小手——这一天过得那么长久又那么热闹，连解手都来不及。随后他沉沉地睡着了。

妮卡回到家里的时候，天已经亮了。她一点也不想睡；相反，她精神抖擞，她的躯体像是在为她所得到的满足而表示感谢，并且做好准备迎接劳动和娱乐。她仔细地洗了昨天的餐具并且把粥坐到煤油炉上。她一边哼哼着小曲，一边用长柄勺在大锅里搅和。美狄亚走进来拿她的咖啡杯。

“昨天我们没有特别打搅你吧？”妮卡亲了亲美狄亚干巴巴的面颊。

“没有，孩子，和平常一样。”美狄亚也吻了一下妮卡的头。她喜欢妮卡的头，她的头发总像萨穆伊尔那样富有弹性又轻轻作响。

“我觉得你昨天是太累了。”妮卡似问非问。

“知道吗，妮卡，以前我没发觉自己原来是这样的。最近这一年总是感到特别累。也许，是老了？”美狄亚实实在在地答道。

妮卡关小了煤油炉的火。

“那个小医院没让你讨厌吧？要不，别干了？”

“不知道，不知道。干活儿习惯了——贱脾气，就和阿尔米克·季格拉诺夫娜说的一样。”美狄亚看话已经说完也站了起来。

玛莎走进来，睡衣外面套着夹克，红肿的脸上满是碎斑点。

“玛莎！你怎么了？”妮卡哎呀一声。

玛莎渴急了，用缸子喝水。喝完之后，她莫名其妙地说：“水桶是满的……我是过敏症。”

“是不是风疹？”美狄亚担心地问。

“哪儿的事！今天晚上就会好的，”玛莎微笑一下说，“夜里可吓人了。发烧，发冷。现在都过去了。”

夹克衫的口袋里有张揉皱的纸条，上面写着夜里作的诗。玛莎目前还很喜欢这诗，在心里一遍遍地念诵着：“筐里漂来一个无名婴儿，躺在岸边的沙滩上，法老的女儿穿上了白衣，飞速赶来救援。鱼儿上了钩，尾巴拍打着岸边，我什么都忘了，什么都忘了，无法忆起名字。我在这一边的岸上将沙土滤过指间，在热烈的阳光下入睡又苏醒。重新等待。我到底在等待什么，自己也不知道。”

可实际上她已经全都知道了。经过昨天朦胧的白昼和可怕的夜晚，她已经很清楚：她恋爱动情了。还有虚弱，高烧之后常有的虚弱。

第九章

男人很快就会使亚历山德拉感到厌烦，所以她一辈子都在更换男人，此外还不断更换职业。亚历山德拉和她的第三位丈夫是在小剧院认识的。她从五十年代中期起就在这家著名的老牌剧院做服装师。那个男的拿着相当可观的工资，此外还给那些在家具方面很懂行的戏剧精英、功勋演员和人民演员修复他们以低价购入的收藏珍品。

亚历山德拉在爱情方面终生轻浮，而对财富并不心重，只是崇拜浮华。她跟阿列克谢·基里洛维奇的婚姻并不长久。这是她一生中最乏味的三年。而且他们在结束这件事情时丢尽了脸面：阿列克谢·基里洛维奇不知怎么鬼使神差地捉奸在床，堵住了老婆跟在季米里亚泽夫别墅干活的那个虽然又聋又哑但是长得很漂亮的锅炉工人。阿列克谢·基里洛维奇震惊极了，把妻子留在锅炉工——勇士般的格拉西姆的怀抱里，走出门去就再也没有回来。亚历山德拉一直哭到晚上。她从那个时候起只见过阿列克谢·基里洛维奇一次——在法庭上办离婚，但是她在一九四一年以前一直都能收到他寄来的钱。阿列克谢·基里洛维奇也不愿意再见到儿子。

锅炉工当然只不过是小插曲一段。与亚历山德拉有染的不乏杰出人士：雄赳赳的歼击机试飞员、知名的犹太学者，其中也有见了女人就上的好色之徒，早年得志，但是更为早年就开始酗酒的青年天才演员。

她的第二次婚姻献给了一个体型匀称、嗓音洪亮的军人，丈夫姓基塔耶夫，非常喜欢乌克兰歌曲。亚历山德拉给他生了个女儿莉季娅，随后这次婚姻也破裂了。尽管他们并未履行离婚手续，但是长期分居生活。她的第二个女儿薇拉是在战前由另一个父亲生的，孩子的父亲如此声名显赫，以致基塔耶夫对此至死缄口不言。亚历山德拉的最后一个女儿妮卡出生在一九四七年，也就是他牺牲三年之后，孩子也依然随他姓。

现在亚历山德拉已经年过五十，已经没有众多的追求者再垂青她那暗淡无光的头发了。于是她叹了一口气，对自己说道：有什么办法呢，到岁数了……她敏锐的女性目光四下里打量，意外地停留在剧院细木工伊万·伊萨耶维奇·普利亚尼奇科夫的身上。

他还不算老，五十岁上下，比她小一两岁；个头儿不高，但肩膀很宽；头发像演员那样留得比一般工人要长；脸总是刮得干干净净的；蓝色罩衣里面的衬衫总是显得很清新。有一次她跟在他的后面走，一边琢磨着他身上散发出来的气味：这是与其职业有关的刺鼻的复杂气味——松节油、松香、油漆以及什么别的不为人知的味道。亚历山德拉甚至觉得这种味道很有吸引力。尽管他并没有被列入剧院一般的等级，却处处体现出一种特殊的尊严。大致可以把他摆在舞台机械师和化妆师之间并不怎么显赫的位置上。但他走在剧院的走廊里，像功勋演员那样点头致意回答别人的问候，再像人民演员那样把工作室的门严严实实地关上。

有一次在工作日临近结束时，工作室的工人们还没走散，演员和排练需要的人员都已经来了，亚历山德拉·格奥尔基耶夫娜敲了敲他的门。他们互相问候——原来，别看她当时在剧院已经干了三年，他还并不知道她的姓名。她向他讲述了婆婆去世后留下的小核桃木橱柜，瞟了一眼工作室的几面墙，墙的架子上立放着盛黑色、褐色液体的长颈大玻璃瓶，各种工具都整齐、对称地挂在或摆放在那里。伊万·伊萨耶维奇把已呈栗色的手放在工作桌浅色的台面上，指甲四周都戴着深色的箍圈。他粗壮的手指抚摸着豁了口的木花。当亚历山德拉·格奥尔基耶夫娜讲完了小核桃木橱柜，他也没有看着她的眼睛，只是说道：

“等弄完了伊万·伊万诺维奇的拼木图案，那时就能看一看……”

一个星期之后，他来到了圣母升天巷她的家里。她跟两个女儿——薇拉和妮卡，住着两间半房。她给他端来一小碗清汤，就着昨天的馅饼，还有像是在俄式炉子上煮的荞麦粥。这一切给伊万·伊萨耶维奇留下了深刻的印象。尽管他日子过得很体面，干干净净，但毕竟是光棍汉，吃不上家里做的饭食。亚历山德拉把面包从家做的木制面包箱里往外拿时和打开裹着面包的餐巾时那种小心翼翼的动作他也很喜欢。更为深刻的印象是她一瞥科尔松小圣像的短暂目光。他一开始并没有注意到圣像，因为圣像并没有放在通常的位置——屋子的角落，而是比较隐蔽，在餐柜的一端。此外还有她从小就由美狄亚那里学来的小声叹息：“噢，上帝。”

他从前是个旧教[1]徒，由于自小离家在外，放弃了信仰。但是他离开了此岸却并未到达彼岸，这一辈子都生活在自我矛盾之中。时而惧怕完全逃避父母的世界，时而又因无法与千千万万精力充沛但少廉寡耻的同龄人融合感到痛苦。她祈祷时这声短短的叹息打动了他，只是当他已经成为她的丈夫并经过了许多年之后，伊万才明白，她解决终生都在折磨着他的难题是如何惊人地简单。在伊万那里，正确的上帝和不正确的生活这两个概念是无论如何不能合二而一的，但是亚历山德拉却异常简单地把它们结合起来了：她涂口红，喜欢打扮，开心作乐，但是在需要的时候也祈祷叹息，忽然大方地帮助别人，哭泣……

那橱柜是个不起眼的物件，核桃木贴面，钥匙丢了，锁眼盖也有问题。伊万·伊萨耶维奇摆好工具，拧开了前面的门扇，而与此同时，亚历山德拉·格奥尔基耶夫娜收拾停当，跑到晚上的演出现场，给她那位老态龙钟的女主角套上了旧时商人穿的那种厚丝绸斗篷。这位老太几乎只演奥斯特洛夫斯基[2]写的角色。

伊万·伊萨耶维奇留在她女儿们身边，静静地做着准备工作，把橱柜表面清理干净，把一块破掉的贴面拆了下来，同时心里琢磨着这位寡妇：是个好女人，日子过得干干净净，孩子们很有教养，她自己好像也受过教育，可不知为什么却在那个臭脾气出了名的老太手下当裁缝……

他没有等到女主人回家，因为她在演出结束后逗留的时间比往常更长。演出结束后，老太把首席导演叫来，吩咐他把那年轻的女

1 俄罗斯东正教的一个宗派。

2 十九世纪俄国剧作家，俄国现代剧院的创建者。

搭档给换掉，还说她“别看嘴里一个词儿也挤不出来，办起事来可是粗野得要命”。等到她平静下来，亚历山德拉安抚好这位伟大的老太并给她换好衣服，此时已经是夜里十二点半了。亚历山德拉只能步行回家，因为那位女演员要么是忘了像往常一样预约一辆出租车送她回家，要么就是不想这么做。

伊万·伊萨耶维奇抽时间去修核桃木橱柜，事先看好节目单，避开上演奥斯特洛夫斯基剧目的日子，这样能恰好赶上亚历山德拉·格奥尔基耶夫娜在家。第一天晚上她坐在桌旁写信，第二天给女儿缝裙子，后来一边挑米粒一边低声哼哼没完没了的歌剧选曲。她有时用茶点，有时用晚饭来招待伊万·伊萨耶维奇。

亚历山德拉在心里称呼伊万：“这个家具匠。”她越来越喜欢他的矜持稳重、言语简洁，乃至喜欢他的整个行为举止。尽管有一回她对最亲密的女友基拉评价伊万，说他“有点儿木讷呆板”，但是“十分有男子气概”。至少她认为伊万明显地强于一直在追求她的丧偶新鳏——嗓音浑厚的功勋老演员。他特别爱唠叨，虚荣心很强，又像女学生那样爱生气。不久前这位老演员曾强邀亚历山德拉去位于莫斯科市苏维埃旁边的漂亮的斯大林式大住宅做客。第二天亚历山德拉就在基拉面前把他上上下下、里里外外讥笑个够：此人把整个餐桌都摆满宴会上才用的老式餐具，但放奶酪的水晶大盘里却只摆着一片干奶酪，一只半大的“什锦”高脚盘里也只有一块干了的香肠；他用雷鸣般的声音——那声音把足足有四米见方天花板的大屋子震得嗡嗡直响——诉说他怎样爱恋他的亡妻；随后又用同样大的嗓门开始强请她到卧室去，说是要让她见识一下他的能力如何；最后，当亚历山德拉已经准备要回家的时候，此人拿出装着妻子首饰的小盒但是又不把它打开，声称只能给他现在打算要娶的女人。

“喂，怎么样，山德拉，你是借口推辞，还是到底进了他的卧室？”女友好奇地问道。她注重了解亚历山德拉生活中的一切，直至最最细微之处。

“瞧你，基拉，”山德拉哈哈大笑说，“明摆着，他好久好久只能在厕所里解裤子了！我把嘴一噘跟他说：‘哎呀，太可惜了，我不能去您的卧室，因为我今天来——月——经——了……’他差点儿一屁股坐到地上。不——不，他要的是厨娘，我可是要把男子汉领进门。不行……”

伊万·伊萨耶维奇工作起来不慌不忙，而且他本来就是个从不着急的人。但在他不紧不慢上工的第五天晚上，那个橱柜已经快做完了，于是他特意走得早了一点，把刷最后一层虫胶漆的活儿留到第二天做。在这座房子里做完工作以后就再也不会到这里来了——想到这里他就满心遗憾，又怀着希冀瞅了瞅三面镜梳妆台上那些有明显瑕疵的劣质时兴玩意儿，说不定它们也需要修一下呢。

他喜欢亚历山德拉·格奥尔基耶夫娜和她的整套房子。他觉得自己好像是用那核桃木橱柜设了埋伏，借此偷偷观察着她的生活：愁眉苦脸的女大学生薇拉，写字的时候总是像老鼠一样把纸弄得沙沙响；脸色红扑扑的妮卡；还有她的大儿子，几乎每天都来妈妈家里喝茶。和他从小习惯的家庭不一样，他在这个家里没看到那种对父母的敬畏，反而观察到孩子们对母亲的欢乐之爱，还有一种温馨和谐的友谊。这真是令他惊叹又钦佩。

亚历山德拉·格奥尔基耶夫娜同意让他再来看看那套三面镜

梳妆台，所以伊万·伊萨耶维奇如今每周两次，趁她空闲的时候去她那里。他的来访甚至让她有点苦恼了，毕竟既没办法再请人来做客，自己也没办法再出去……

事态的发展让她觉得这个细木匠已经到手了，但她自己还在犹豫：他当然像个男子汉，不错，可就是土里土气的……那时他还不知从哪儿弄来一张像小船一样的儿童床。

“我们给老爷们的孩子干活儿，这个给妮卡正合适。”就把它送给妮卡了。

亚历山德拉长叹了一口气：真过够了没有丈夫的日子。再说一年以前慈善机构做好事，拨给她一小块地在小剧院新村盖别墅。这房子她一个人是盖不起来的。都凑到一起了。这对不紧不慢的伊万·伊萨耶维奇倒挺合适的：他的内心深处也萌动了单身男人向往家庭生活的念头。在他们婚前筹办家具时，伊万对亚历山德拉·格奥尔基耶夫娜的崇高品质越发深信不疑。

“她是个规矩人，不是那种风骚娘儿们。”他心里还在谴责前妻瓦莲京娜，那个女人跟他只过了几年的好日子，然后就出轨了，跟着遇上的船长老乡跑了。真是的，他那个粗鄙的瓦莲京娜跟亚历山德拉的确差得太远了。

那时，冬天马上过完了，山德拉的另一段长期恋情也即将走到终点。对方是个部里的官吏，当初就是他安排山德拉去了小剧院工作。这人贪污腐败，是国库里的蛀虫，对女人却又出手阔绰，总是帮扶亚历山德拉。可现在他有了另一段火热恋情，很少来见她了，于是她手头的钱就变得紧张起来。

三月底，她让伊万·伊萨耶维奇陪她去了要盖别墅的那块地，从上个季度起那里就已经开始修房子，不过还没有完工。从此之后，伊万·伊萨耶维奇每周日都陪着她一起去那里。他们早上八点在车站售票处碰面，他从她手里接过袋子，里面装着准备好的食物，然后坐进空荡荡的电气列车，路上几乎不说什么话，一路坐到要去的那一站，下车之后再默默地沿着公路走两公里。山德拉想着自己的事情，很少去注意她的同伴，而他则对山德拉专注的沉默感到高兴，因为他自己也不爱说话，再说也几乎没什么可聊的：剧院里那些流言蜚语他俩都不爱听，而且他俩的生活还没形成什么共同语言。

渐渐地，他们之间出现了真正的对话话题，那就是经济和建筑方面的考虑。伊万·伊萨耶维奇的建议既巧妙又有用；四月底重新聚起来干活的工人们几乎把他看成是老大，在他的监督下，工作推进的方式变得和以往完全不同了。

然而，婚姻大事还在原地踏步。山德拉已经习惯了听他的建议，没有他发话就寸步难行，他的出现给了她前所未有的安全感。多年来，她作为一个单身女人，完全独力承担着家庭的重任，这种紧张状态让她感到疲惫；而且在过去，来自男人的物质支持唾手可得，根本不需要考虑什么多余的道德问题，但在不知不觉中，这汪清泉就自己枯竭了。

她在伊万·伊萨耶维奇身上不停地发现新的优点，但每次都被他的文化水平搞得垂头丧气——他连“上衣”和“凳子”这种词都能拼错，写得颠三倒四。虽然亚历山德拉本人没受过太多教育，中学没有读完，也只去上过实验员培训班，但美狄亚的栽培让她的言谈举止无可挑剔，而且她的先祖——那些本都[1]航海家，也可能给她带来了一丝王室血统，也就是说，她或许与那些硬币或者绘画上总是以侧脸示人的王后，那些为自己的丈夫——伊萨基[2]和迈锡尼[3]的国王们——纺羊毛、织长衣、做奶酪的王后有着尊贵的血缘关系。

亚历山德拉懂得，还要有一段时间相互考察，但此时她仍然被一种不该有的感情笼罩着，总觉得自己在各方面都比伊万高出许多，伊万能娶她是福气太大了，因此她还在拖延，迟迟没有给出那个表示同意的信号，尽管伊万·伊萨耶维奇已经在急切地等待了。然而那年夏天发生的一场难以忘怀的大灾使他们亲近了并且走到一起……

她儿子谢尔盖的妻子塔尼娅是一位将军的女儿，这样说并非是人们听腻了的评语，不过却标志着物质条件的优越。塔尼娅继承了父亲的虚荣心和母亲的美貌。当将军的父亲张罗着给她弄到的嫁妆是稠李区[4]的一套单居的新住宅和一辆老式的“胜利”车。谢尔盖墨守成规，只靠自强，对汽车碰也不碰，甚至连驾驶执照都没有，都是塔尼娅开车。

在上学之前的最后一个夏季，他们的女儿玛莎是在将军夫人，也就是姥姥的别墅度过的。姥姥薇拉·伊万诺夫娜的脾气是歇斯底里，喜好口角争吵，这是人所共知的。外孙女不时跟姥姥拌嘴，总给莫斯科的父母打电话让把她接回去。这一次玛莎是在夜里从

1　古代小亚细亚北部的一个地区，在黑海南岸。

2　希腊岛屿，英雄奥德修斯的故乡。

3　《荷马史诗》中亚该亚人的都城。

4　莫斯科的一个行政区划。

姥爷的办公室打电话。她并没有哭，只是苦苦地抱怨说：

“我太没意思了，她哪儿也不让我去，也不让小姑娘们来我这儿玩儿，说她们会偷东西。可人家不偷东西，真的，不偷东西的……”

塔尼娅还没完全忘记母亲的养育之恩，答应说过几天去接她。这下子打乱了全家原先的安排。他们本来打算在两个星期之后带上妮卡去克里米亚美狄亚那儿。假都请下来了，跟美狄亚也商量妥了。一句话，提前旅行是不可能的。

“要不，让亚历山德拉在她家看一个礼拜玛莎？”塔尼娅小心地扔下了诱饵。

但是谢尔盖不大乐意把女儿从“将军族”——他这样称呼妻子那边的亲戚——那儿接来。他可怜的妈妈刚把房子盖好，更不用说将军的别墅宽敞，还有用人，而山德拉的别墅只有两个房间带一个凉台。

“我可怜的玛莎。”塔尼娅叹了一口气说，于是谢尔盖让步了。

他们在这个星期的中间补休了一天。大清早就动身了，但是他们没有走到别墅：一辆货车的司机喝醉了酒，使货车闯到逆行道上一头扎进他们的汽车。在正面撞击之下两个人当场死亡。

当天晚上，妮卡盼着心爱的好朋友、好侄女都等得疲惫不堪了。娃娃已经让她整整齐齐摆成一排，马林浆果慕斯也都打好，这时来了将军的“伏尔加”汽车。小个子的将军下了车，步履蹒跚地朝房子走来，亚历山德拉透过透明的窗帘看见了他，就走出门去站在最高一层的台阶上，等待着空中越来越浓重的夜幕之下业已沉重袭来的无言噩耗。

“天哪，老天爷呀，等一等，我不能……我还没准备好……”

将军也在路上减慢了步伐，似乎时间也在拖延，甚至完全凝结。只有上面睡着妮卡的秋千还没有最终停住，而是缓缓地、缓缓地从最高点往下滑落。

在这时间的凝结之中，亚历山德拉看到了她和谢辽沙[1]的那段生活，甚至看到了她第一个丈夫阿列克谢·基里洛维奇，卡拉达戈科学站上的那年夏天，美狄亚手中刚刚降生的谢辽沙，他们一起坐在讲究的老式车厢里去莫斯科，在季米里亚泽夫别墅谢辽沙迈出的第一步，他上学时穿着小夹克，头发剪得很短……亚历山德拉还看到了许多，许多像是已被遗忘的照片，此刻仅是将军抬起腿来，但还尚未迈出步子而停在小道上。她却一直看到最后的一切：儿子前天来到圣母升天巷，请求把玛莎放在她这里，直到他们一起去克里米亚。儿子不好意思地一笑，他吻着她那用发卡别起的头发说道：

“谢谢你，妈妈，你为我们做了那么多……”

而她挥了一下手说：

“别说傻话了，谢辽沙。都是应该的，我们都很喜欢你的玛莎……”

彼得·斯捷潘诺维奇将军终于走到了她跟前，停下来，拖着声慢慢地说道：

“咱们的孩子……那个……都撞死了……”

“连玛莎吗？”亚历山德拉只能挤出这一句话。

“没有，玛莎在别墅……他们是在半路上出的事……想把她接

1　谢尔盖的小名。

走。”将军喘着气说。

“进屋吧。”亚历山德拉对他说，他听从地往上走。

将军夫人薇拉·伊万诺夫娜的情况非常糟糕：三天来她用嘶哑的声音尖声怪叫，不打针就睡不着觉，把不幸的玛莎紧拉在身边一步也不松。全身浮肿的薇拉·伊万诺夫娜领着玛莎参加葬礼。小姑娘一下子扑向亚历山德拉，整个追悼仪式上一直贴在她身上站着。薇拉·伊万诺夫娜用头去撞已经盖上的棺材，以沃洛格达[1]的方式断断续续地哭号，倾吐她本属平民百姓，当了将军贵妇后却被毁掉的内心世界。

呆呆发愣的亚历山德拉把僵硬的一只手放在玛莎的黑头发上，两个大些的女儿左右站立，后面的伊万·伊萨耶维奇拉起妮卡的手，对他们家发生的不幸表示慰问。

葬后酬客宴是在铜锡匠人沿河大街上将军的家里举行的。包括餐具在内的所有东西都是从供高层人物用膳的一个什么地方运来的。彼得·斯捷潘诺维奇苦闷地狂饮。薇拉·伊万诺夫娜一直要让玛莎到她那儿去，可是小姑娘却紧紧缠住亚历山德拉。她们三个人就这么坐了整整一夜，孙女把奶奶和姥姥联结在一起。

“山德拉，把我带走吧，山德拉。”孩子小声地在亚历山德拉耳边说。可是亚历山德拉已经答应将军不带走他们唯一的孩子，安慰她说等薇拉姥姥好些就一定把她接走。

“现在不能扔下她一个人，你自己也明白。”亚历山德拉劝着玛莎，而自己心里却幻想把她带到圣母升天巷那两间半屋子里去。

1 俄罗斯北部地区。

就在当天晚上，亚历山德拉在玛莎苍白的脸上发现了散落的褐色雀斑，这是生命存在的标志，早已死去的玛蒂尔达曾经生过这种西诺普里家世代相传的雀斑。

“应当把玛莎接来。我能帮帮忙。”那天晚上，伊万·伊萨耶维奇把亚历山德拉送到铜锡匠人沿河大街的房子跟前时，低声嘟囔着说。他总是用这种语法意义不明确的表达方式，既可以避免亲密的“你”和正式的“您”，又用不着称呼她亚历山德拉·格奥尔基耶夫娜或者山德拉。

“应当倒是应当，可怎么接呀？”亚历山德拉也同样不明确地答道。

美狄亚没来参加教子的葬礼：已故的阿内利娅收养的女儿妮娜动了大手术躺在医院里。美狄亚把她的两个小孩从第比利斯接来过夏天。他们没人可托付……

八月底，伊万·伊萨耶维奇修完了篱笆墙，在窗户上加了铁栅栏并安了一把好锁。

“高级小偷不会上这儿来，防那些小痞子是没问题的。”他对亚历山德拉解释说。

从下葬开始这一段难受的时候，他从没有离开她，他们的婚姻也正是从这块令人伤心的地方开始的。他们的关系也仿佛永远与这飞来横祸联系在一起。亚历山德拉自己似乎已经不会再欢天喜地地庆祝美好生活了，而她在以前无论战争还是和平的环境中出现什么情况，无论山崩地裂还是宇宙洪荒，自幼一直能够这样。

伊万·伊萨耶维奇对此则毫无知晓。他是另外一种人。他的言语、他的行为、他的憧憬和亚历山德拉不同。他把妻子看得至高无上，完美无缺。

顺便一说，他意识到小女儿妮卡虽然随四年前去世的基塔耶夫上校姓，但从年龄来看她不可能是上校的孩子，可他却极为乐意地相信起了圣灵感孕的那套说法。亚历山德拉完全是为了维护他的崇高信仰，才不得不编造了一个故事，说她本来要嫁给一个试飞员，试飞员让她怀了孕，却在婚礼前夕坠机身亡了。

这个故事并非是百分百编造的——试飞员确有其人，甚至还有一张照片，上面留着几句欢快的赠言，而且他也确实是非常不幸地在试飞期间坠机了。不过，他们两人从没有谈婚论嫁过，妮卡的父亲并不是他，而且坠机发生在妮卡出生之后五年。妮卡记得这个人，因为他总是带着长长的盒子过来拜访，里面装着后来停产了的“南方核桃”牌糖果……

但是，伊万·伊萨耶维奇还是用这么一种敬佩的态度去看待妻子：即便是在这段生平中未必真实的地方，他也看出了她的尊严——换作其他女人，在这种情况下会去堕胎或者做其他下流事，可山德拉却放弃了自己的一切，生下了孩子并抚养她长大……于是，他愿意尽其所能使她痛苦的生活变得美好：从叶利谢耶夫商店给她往家里买他见到的最好的东西，送她各种礼物，有时连最荒唐的那种也送，而且在她早晨睡觉时守着她。在夫妻生活中他最看重他们之间的事实本身，起初在他朴实的内心深处还以为自己对她的贪求只会让高尚的妻子感到厌烦，所以好长一段时间之后山德拉才让他适应了那悄然的片刻鱼水之欢。伊万·伊萨耶维奇的忠诚远远超出了人们对这个概念的通常理解，他以全部的心思、全部的感情服侍自己的妻子，这种在山德拉女性的最后经历中实属恩赐的意外使她惊讶万分，她感激地接受了他的爱情。

格拉德舍夫将军在他的一生中建造了如此之多的军事工程和准军事工程，获得过如此之多能挂满又宽又短的前胸的勋章，以至于他对什么人掌权已经不必担心了。当然，这样说并不是指他像软弱的资产阶级某国里一个哲学家或者一位演员那般不害怕当局。这里指的是他经历了斯大林时代而没有受到冲击，能够跟并肩作战时认识的赫鲁晓夫搞好关系，而且他还坚信可以和任何领导找到共同语言。他仅仅害怕他的夫人薇拉·伊万诺夫娜，只有薇拉·伊万诺夫娜一个人，这位忠实的妻子和战友扰乱了他的安宁，损害了他的神经。丈夫的高官显爵在她看来是属于她的，她能够把自己认为应该所得的一切索要到手，有时甚至撕破脸面大闹一场。彼得·斯捷潘诺维奇最害怕的就是吵架。夫人的声音超高超强，高大的房间音响极佳却隔音不够。她一开始喊叫，他马上就投降：

“让邻居听见多丢人，你简直是疯了。”

薇拉·伊万诺夫娜童年时在沃洛格达挨过饿，少年时又受过贫困的折磨，到了一九四五年底看到彼得·斯捷潘诺维奇虽不贪婪，却也并没放过机会，从德国带回了整整一个车皮的战利品，她受到深深的刺激，再也没有恢复常态，从那个时候起，就开始不断地买东西、添置家产，简直停不下手来。

彼得·斯捷潘诺维奇嘴上骂妻子疯了、傻了，其实心里并不以为她是真正的疯子。所以女儿死去又过了几个月之后，在那天夜里，当薇拉身穿乳猪色睡衫，站在女用写字台旁边，记得还是从波茨坦弄来的敞开的抽屉前面嘟嘟囔囔地把他弄醒时，他想也没有想到该把她送进疯人院了。

“她以为，她现在会从我这儿得到一切……她要得到……这个小凶手……”薇拉·伊万诺夫娜用长绒毛巾卷着一把中国扇子和几个小瓶。

“深更半夜的，你这是干什么呢，我的老娘？”彼得·斯捷潘诺维奇欠起胳膊肘子问道。

“得藏起来，彼得，藏起来。她还以为这么样就算过去了。”她的瞳孔睁得这么大，几乎和黑色的虹膜圈合在一起了，而且眼睛显得不是灰色的，而是黑色的。

将军气坏了，内心一种不祥的预感随即闪现，瞬间又消逝。他朝她重重地骂了一句粗野难听的话，拿起枕头和被子就去书房接着睡觉，把士兵式衬裤的长带子拖在身后。

所有接触过疯子的人都知道，疯子身边的人感觉越敏锐，疯狂就越具传染性。将军只不过是没有发现妻子的疯狂。而薇拉·伊万诺夫娜的远亲，从年轻时就在他们家干活儿“挣饭吃”的马特廖娜已经发现女主人的举止有些反常，但却没有特别在意，因为她本人自从两次经历了俄罗斯著名的饥荒之后脑子也有点不大对头。她活着就是为了吃饭。家里任何人也没有看见过她在什么时候怎样吃饭，尽管谁都知道她天天夜里吃东西。她用铁钩子挂上门，在用作库房的那间没有窗户的小窄屋里设宴自餐。她先吃这一天全家的剩饭，然后再吃自己认为应该吃的东西。最后才是美味——偷来的食品，即亲手悄悄地从克里姆林宫特供订货中拿出来的玩意儿：添秤的鲟鱼，一块干香肠，用纸包着但是没有封进盒子里的糖果。她住的地方对家里的任何人都不开放，连只猫都不让进。连对神秘事物一向极不敏感的将军都觉得似乎有点什么见不得人的事情。她成口袋地装碎米、面粉和罐头往屋里拿。每年她都去一趟乡下的姊妹那里，回回都是在前一天避开女主人的眼睛，拿着两个大包溜出门去，坐车来到雅罗斯拉夫车站，把包放到寄存处。这些食品都是送给姊妹的礼物。年复一年，旧景重现：第一天的晚上先把涂上油的烧肉罐头摆到桌上，其余的准备过一阵再拿。她那扭曲的心态已经不容许她无所顾忌地做这件事情了，于是便一如既往地只在夜间，在黑暗和孤寂中吃自己留下来的东西。姐姐从高板床上看着她在夜里用餐，很可怜她贪吃到这种程度，但是并没有生气。尽管她岁数比马特廖娜还大，但是靠菜园过日子，还养了一头奶牛，对吃的不是这么贪。

马特廖娜一直忙于自己的食品勾当，所以难怪她既没看出薇拉·伊万诺夫娜发作起来直愣愣地待着，也没发觉她有时又像笼子里的野兽，从东屋走到西屋突然地兴奋。退一步说，即使马特廖娜发觉了，也会对此给予一般的解释：“薇拉真是魔怔。”

彼得·斯捷潘诺维奇也是什么都没有看出来，因为他多年以来一直躲着跟妻子见面。他很早就走，从不在家吃早饭，刚一进那间大办公室，女秘书立刻就会端过茶来。他很晚回家，先前甚至都是过了半夜，他在局里能一直坐上十六个小时。他更喜欢的是到各个地方视察，所以经常离开莫斯科出差。他主动找夫人说话都没有超过两句。回来了，吃晚饭，快点儿钻进他那丝绒被子里，然后就非常健康地迅速入睡了。

事情已经发展到了这种地步：薇拉·伊万诺夫娜将可怕的疯狂全部发泄到了玛莎的身上。玛莎在铜锡匠人沿河大街上一所学校里念一年级。每天马特廖娜把她叫醒，送到学校去再接回来，从吃午饭的时候起玛莎就跟姥姥在一起。玛莎坐在桌子后边，对面坐着薇拉姥姥，眼睛一动也不动地死盯着玛莎。倒不是说薇拉数落玛莎来折磨她。薇拉那双灰色的眼睛一个劲儿地瞅她，有时小声自言自语说几句听不懂的话。玛莎用银匙在盘子里摸索着，怎么也没法把它送到嘴里。在薇拉·伊万诺夫娜冷冰冰的目光下，汤很快就凉了。马特廖娜惦记着自己那点事儿，很快就把汤端到别处去了。玛莎面前放着盛第二道菜的大盘子，她几乎连一口都没碰，也随第一道菜端走了。后来玛莎就着甜煮水果吃了一块白面包。顺便说一句，这已成了她一辈子最爱吃的菜。姥姥对她说：走吧。

她听话地坐到钢琴前面厚厚的三卷什么百科全书上，再把手放在键盘上。手腕甩动，指头击打在键盘那可憎的黑白齿上，玛莎体验到了在她一生中最为犀利刺骨的冷酷。薇拉·伊万诺夫娜知道孩子厌恶弹钢琴。她坐在玛莎身边，望着她，一直在低声低语说着什么。玛莎眼里流出了泪水，泪珠沿着两颊流淌，流下冰凉的泪痕。

然后，她被送去角落里的房间。桌上放着一张裱在框里的塔尼娅的照片，纸箱里也装着好多照片。玛莎打开她的笔记本，把母亲的照片夹在书页中——通常选的是母亲站在某个村舍的门口那张，一边是一片篱笆，一边是一丛鲜花，她笑得很灿烂，窄小的脸蛋都快容不下她的笑容了。这张生活照是谢尔盖拍的，上面写满了那个夏日清晨的幸福，以及塔尼娅主动向谢尔盖求婚后他们第一次共度良宵留下的余韵。他早就默默地爱上了塔尼娅，但却行动迟缓、踌躇不定，因为塔尼娅背后那个将军的影子让他感到犹豫……

玛莎在纸上写写画画，有时会为一张照片停顿良久。她上课也是一坐就是几个小时。薇拉·伊万诺夫娜有些奇特的考虑，不放她出去散步。马特廖娜偶尔会带她去商店，比如面包店和鞋店。几乎所有的商店都在楼下，走到底楼就行，步行的路程并不长；她们偶尔会走到咸鱼场大街去，那里的房子有女像柱（也就是玛莎口中的“巨人”）做装饰，令她相当中意。更迷人的是，从她们家住的十一楼向外望去，亚乌扎河[1]、教堂和建筑物周边的围墙一下子增长了好多倍，不再显得秀丽可爱，而是充满了各种各样微妙的细节。

每天晚上等马特廖娜安顿玛莎上床之后才开始出现最为可怕的事情：玛莎睡不着觉，在大床上翻来覆去，总是在等待屋门敞开，薇拉姥姥要走进她屋里的时刻。姥姥来得很晚，玛莎不知道这是几点钟的事。薇拉穿着樱桃红的长衫，背上是光滑的长辫子。她坐到床边，而玛莎蜷缩成一团，眯起了眼睛。有天晚上玛莎记得尤其清楚，十一月的节日之前房子装饰着彩灯，成了红黄相间花条式的。薇拉·伊万诺夫娜坐在红色的光彩之中，拖着长音清晰分明地低声说道：

“凶手，小凶手……是你打的电话，是你打的电话，他们才坐车走的……都怪你……现在你活吧，活吧，高兴吧……”

薇拉·伊万诺夫娜走了，玛莎才能最终哭出声来。她把头埋进枕头里，在泪水中入睡。

每到礼拜天，玛莎盼了一个星期的亲爱的亚历山德拉才来。她陪玛莎待几个钟头，直到吃午饭。伊万·伊萨耶维奇，也就是她的万尼亚叔叔在下面门洞子里等着。有时是他一个人，更多是

1 莫斯科河的一条支流。

跟妮卡在一起。他们大家一同出去玩儿：要么去动物园，要么去天文馆，要么去杜罗夫动物剧院。对于玛莎来说，分别永远比会面更为强烈，而这短短的散步本身又让她想起了住在圣母升天巷的其他人的幸福。

山德拉有几次还把玛莎带回家去。她明白，现在孩子很苦闷，孩子心里很难受。但她却无论如何也想象不到最令玛莎备受折磨的却是疯老太太的谴责。玛莎什么话也没说，因为在这个世界上玛莎最害怕的事情就是亲爱的亚历山德拉和妮卡得知老太太有这样举动之后不再到她这儿来了。

深秋季节，玛莎第一次做了个噩梦。其实梦里什么事情也没有发生，只不过是她的屋门开了，一个可怕的人要进来。从走廊开始就感到恐怖，而且越来越吓人——玛莎惊叫着醒来。是什么人，为什么要打开与现实生活总是有些错位的这扇门呢？……听到叫喊声的马特廖娜总是跑过来，给玛莎弄好被子，抚慰她，画个十字——于是玛莎就能好好地睡到早晨。以前玛莎就是因为总等着姥姥来而睡不好觉，现在索性连姥姥走后也睡不长久。她害怕那个越怕就越爱做的噩梦。每天早晨，马特廖娜要费很大力气才能把玛莎叫醒。孩子迷迷糊糊地上课，迷迷糊糊地回家，在薇拉·伊万诺夫娜面前像服劳役似的弹奏音乐，然后睡个短短的午觉，缓解一下神经的消耗……

位于亚乌扎河上他们家所在的地方历来就被认为风水不好。在过去，它的上面是虱子丘[1]，沿岸则是铜锡匠人和陶工的窝棚。对岸

1　亚乌扎河畔的贫民区。

坐落着希特罗沃广场，它的附近曾居住着旧货商人、妓女和流浪汉。他们的后代又租住在此地，搬进了世纪之初在这里建造的公共出租屋。正是这些如今挤在破烂不堪的公共房屋里的人们，经常指着这座比当地所有教堂都要高的巨大建筑，玩味着它不乏诙谐的建筑风格，看着它高层顶端的尖顶、拱门和柱廊，然后说道："这不是个好地方……"

大楼里有许多居民暴死，紧排密布的窗户和短短的小阳台又吸引着自杀者。一年之内，救护车呼啸而来有好几次，它们拉走白罩单底下盖着的那已经摔扁了的躯体。在俄罗斯非常流行的统计法早就明确地告诉人们，在阴沉的冬日里自杀数量增多。

那一年的十二月出奇地阴沉，太阳没有一次透进低暗的云层——这是最后一次空中飞行的最佳季节。

格拉德舍夫一家平常在餐厅里用午饭，在厨房里吃晚饭。晚上，当玛莎快要吃完马特廖娜按照农村的做法像炸饼那样炸的土豆时，薇拉·伊万诺夫娜走进了厨房。马特廖娜告诉她说今天又有人"蹦了"——著名飞机设计师的女儿，一个年轻的姑娘从七层楼上跳了下去。

"大概是因为爱情。"马特廖娜如此评述这条消息。

"都是宠坏了，才会这样做。不能看着小姑娘胡来不管。"薇拉·伊万诺夫娜严肃地说。她从茶壶往杯子里倒了开水就出去了。

"马特廖娜，她怎么样了？"玛莎放下土豆问道。

"还能怎么样？摔死了呗。下面可是石头，又不是稻草。唉，罪过呀，罪过……"她叹了一口气说。

玛莎把空盘子放进洗碗池就回自己的屋里去了。他们住在十一层。她的屋子不带阳台。她把椅子拉过来，爬上了宽大的窗台。在十层楼和十一层之间有像柱形栏杆的遮挡物。玛莎想开开窗子，但涂着油漆的插销拉不开。

玛莎脱了衣服，把自己的东西都放到了椅子上。马特廖娜过来道了一声“晚安”，玛莎微笑一下，打了个哈欠，立刻就睡着了。在铜锡匠人沿河大街生活的日子里，她这还是第一次轻松、幸福地入睡，第一次没有听到薇拉·伊万诺夫娜在子夜时分走进她屋里低声说出的诅咒，那天夜里也是噩梦之门第一次没有敞开。

自从听说“蹦了”的姑娘那天开始，玛莎便发生了一些变化。原来，摆脱是可能的，只不过她不知道罢了。想到这一点，她心里轻松了一些。

第二天早上，山德拉来电话问玛莎是否愿意跟妮卡一起去全苏戏剧家协会少先队冬令营。只要是跟妮卡一起走，玛莎就愿意去任何地方。妮卡是她从前那段生活遗留下来的唯一的女孩子。玛莎从前在西南站那边住，原先的女伴儿们消失得无影无踪，像是跟她的父母一齐死去了。

新年前剩下的那几天里，玛莎生活在幸福的期待之中。马特廖娜收拾好她的箱子，给箱子蒙上个帆布罩子，还在套子上缝了块四方的白布，写上玛莎的名字。将军的司机从西南站运来了她的滑雪板。没找到滑雪杆，就在“儿童世界”买了副新的，红色的。玛莎一边用手摸着滑雪杆，一边还闻着：这香味儿比什么好吃的东西都要强。

三十一日早晨本应该送玛莎去普希金广场，约好在那里跟妮卡会面。还有几辆大轿车也去那里。玛莎觉得老院里她所有的女伴儿都会到那里去：娜佳、奥莉加、阿廖娜。

结果，三十号的晚上玛莎高烧四十度。薇拉·伊万诺夫娜叫来了医生，还打电话通知了亚历山德拉·格奥尔基耶夫娜。于是旅行便取消了。

玛莎在高烧中躺了两天，有时睁开眼睛问："几点了？已经到时候了……我们不会迟到吧？"

"明天，明天。"几乎寸步不离玛莎的马特廖娜总是对她这样说。玛莎仿佛透过了什么间隙才看见马特廖娜、亚历山德拉、薇拉·伊万诺夫娜，甚至还有姥爷彼得·斯捷潘诺维奇。

"我到底什么时候去冬令营？"玛莎病情好转之后清楚地问道。

"假期都过去了，玛莎，现在哪儿还有什么冬令营呀？"马特廖娜向她解释说。

真是太痛苦了。

晚上亚历山德拉来了，安慰她半天，许诺说带她去扎戈良斯基[1]自己家里过夏天。

夜里她又做那个梦了：冲着走廊的门开了，有个非常可怕的人慢慢地接近她。她想喊——喊不出来。她挣扎一下，跳下了床，在一种半清醒半睡眠的怪异状态中把椅子推到窗台跟前，爬了上去；不知从哪里来的那么大劲儿一下子就拉开了插销。第一扇窗户开了。第二扇打开更不费劲儿，她就从窗台上滑了下去，甚至都没有感觉到铁皮挡板冰凉的触感。

她衬衣的下摆挂在了尖锐的边缘上，稍稍阻隔了一下，她就

1　莫斯科州的一处别墅定居点。

软绵绵地掉到了十楼堆满了雪的栏杆上。

过了一个钟头之后，马特廖娜才完成进餐，走出了贮藏室。她感到阵阵冷风袭来。寒气是从玛莎那间开着门的屋子里吹过来的。她进屋一看，窗户四敞大开，叫了一声就扑过去关窗子。窗台上已经积了不少高低不平的小雪堆。她把窗户关上之后才看到玛莎不在屋里。她两条腿都软了，坐到了地上。看了一眼床底下，又走到窗户跟前。当时正下着大雪，除了宁静的白絮徐徐飘飞之外，什么也看不见。

马特廖娜光着脚就穿上了套靴，披上头巾和干活儿用的旧大衣就朝电梯跑过去。到了楼底下又跑过铺着红色大地毯的前厅，匆匆走出沉重的大门，又绕过楼房的拐角。松软的雪平展展，散发着节日的光彩。

“也许，是让雪盖住了？”她想着，还一边用毡靴蹚着他们住宅窗下一直堆着的厚雪。没有小姑娘。于是她又返回去上楼，把主人们都叫醒了……

玛莎是一个半小时以后被人从栏杆上取下来的。她已经失去知觉，但身上一块伤痕也没有。彼得·斯捷潘诺维奇把用被子捂得严严实实的小姑娘送到救护车上，回到了家中。这一个半小时薇拉·伊万诺夫娜始终坐在她的床边，一动也不动，一句话也不说。送走玛莎之后，彼得·斯捷潘诺维奇把薇拉·伊万诺夫娜带到自己的书房，让她坐在冰凉的皮椅上，紧紧抓住她的肩膀，摇晃她一下：

“你说话呀！”

薇拉·伊万诺夫娜不合时宜地一笑，说道：

“这都是她暗地里安排好的……杀死了我的塔尼娅……”

“什么？”彼得·斯捷潘诺维奇又问了一遍。他终于明白，他的妻子已经疯了。

“这个小凶手……都暗地里安排好了……她……”

又来一辆车子带走了薇拉·伊万诺夫娜。将军不想等到天亮，立即把车叫来了。于是这天夜里他再一次下楼来到救护车前。乘电梯上楼时他发誓连一天的日子也不跟这个老婆在一起过了。早晨他给亚历山德拉打了个电话，干脆简短地通知她所发生的事情，并请求她一等玛莎出院就把玛莎接到自己家里去。又过了一天，将军动身去远东视察。

从那以后，玛莎只有一次又见到了她的姥姥薇拉·伊万诺夫娜——在葬礼上。将军恪守了自己的诺言：薇拉·伊万诺夫娜剩下的八年是在一家特权医院里远离贵重的家具、瓷器和玻璃制品度过的。干瘦的老太太灰发稀疏，玛莎一点也认不出这就是身穿樱桃红长衫，夜里走到七岁的小姑娘跟前低声诅咒的那个头发蓬松、十分漂亮的姥姥薇拉·伊万诺夫娜……

幸运结束的不幸事件过后一个星期，其貌不扬、一副乡巴佬模样的犹太医生费尔德曼把亚历山德拉·格奥尔基耶夫娜推进堆满旧床、一包包床上用品和各种盒子的贮藏室，让她坐到摇晃的木凳子上，他自己坐在一把三条腿的椅子上。从长衫的敞口处可以看见旧的翻领针织衫和斜打的领带结。连他的秃顶都显得很不整齐：一片片长着头发，一块块又不长头发，像是没有煺好的毛皮。他把职业医生的双手叠到自己胸前，说了起来：

“亚历山德拉·格奥尔基耶夫娜，如果我没有弄错的话……在别处根本无法进行谈话，这是唯一不受干扰的地方……我想跟您严肃地谈一谈。我想让您明白，孩子的心理健康完全掌握在您的手中。孩子遭受的创伤太深了，很难预料将来的后果。我完全相信，我的许多同事会坚持让她住院，认真地用药物进行治疗。或许这正是所需要的，因为不知道情况会如何发展。但是我认为有可能把这件事情结束……”他感到话说得不大对头，窘住了，“我指的是儿童心理有强大的保护机制，或许这些机制会发生作用。所幸玛莎对已经发生的一切还没有清醒的意识。自杀的念头在她的脑子里还没有形成，自戕未遂的事实是她下意识形成的。这样说吧，她所发生的一切看起来好比是一个人抓住了热东西烫得又把手抽了回来。我跟玛莎谈过好多次。她不愿意跟人接触，但是一旦接触，她就说实话，真心话，您知道吗？”他按下这个半科学化的话头，又说道，“她聪明、纯真、美妙，有一种非常好的气质……孩子好极了。”他精神焕发，甚至连模样都变得好看了。

“他像是我的哪一个熟人。”山德拉心里一闪。

“您知道吗，苦难会毁掉一些人，但也会造就另一些人。她目前需要的是暖房，是温箱。要是我的话，今年就不让她上学了，就是说，防止各种意外……老师不好，同学粗野。最好让她在家里待到明年。环境要宽松，非常宽松。”他精神一振，又说道，“她和那个外婆要断绝一切接触。外婆把玛莎父母的死亡完全归咎于孩子，这连成年人都未必能够承受。这一切都是可以排除的，可以排除。尽量不要回忆最近一段时间发生的事情，甚至不要当着孩子的面提及她的父母。这是我的电话号码，有事来电话吧。”他拿出事先准备好的一张小纸，“玛莎我不会不管，我要关心她，别客气，别客气……”

亚历山德拉没有料到玛莎这么快就会回来。这半年来第二次由将军的司机把玛莎的东西运到新住宅来，都跟那些没有派上用场的箱子和滑雪板一起散乱地放在那里。和医生交谈之后，亚历山德拉立刻就回家去取玛莎的东西，并且当天就把她带到圣母升天巷……

正值一月中旬，新年枞树还未撤去，桌子还像过节时那样张开摆着。来了女客——亚历山德拉的大女儿，已经怀孕的莉季娅。饭食很简单，都是过节吃的凉杂拌、通心粉和肉丸子，还有重新热过的在玛莎临来之前亚历山德拉匆匆烤出来的小吃。至于医生提出来的要爱护玛莎，情况是再好不过了。玛莎奇迹般地得救，她现在健康并且待在奶奶家里，亚历山德拉发自内心一个劲儿地祈祷感谢上苍。她觉得此时此刻连自己的亲生子女都没有人比得上这个完全不是他们这种门第出身的脆弱的灰眼睛女孩子受到如此的疼爱。妮卡紧拥着玛莎，搂抱着她，想方设法逗她开心。玛莎在桌子旁边坐了一会儿，然后坐到童用小藤椅上。这把藤椅是玛莎来的前几天伊万·伊萨耶维奇不知从什么地方弄来的。他还花了两天的时间修理好折断的扶手，在座位上垫了一块带穗的呢子。

因怀孕而感到软弱无力的莉季娅不一会儿就走了——她现在和丈夫一起住在伊万·伊萨耶维奇的房间里。

尽管全家都在期盼玛莎的到来，她真的来了还是显得突然，所以她睡觉的地方还没有准备好。妮卡去跟着妈妈睡，把玛莎安排到妮卡的小屋里。妮卡在这儿住了一个夏天，个子都长高了。玛莎困得连眼睛都睁不开了，但是一让她躺下，睡意就立刻消失。她睁眼躺在那里，一边还在想明年要跟妮卡一起去冬令营。

亚历山德拉把餐具收拾好，洗干净，走到小姑娘跟前，在旁边坐下。

“把手给我。”玛莎请求地说。

亚历山德拉抓住玛莎的手，小姑娘很快睡着了。可是当亚历山德拉想小心翼翼地拿回这只手时，玛莎睁开眼睛说：

“把手给我……”

亚历山德拉就这样守着睡着的小孙女，一直坐到了天亮。伊万·伊萨耶维奇想在这个默默无言的位置上替换她，但她只是摇了摇头，用手势叫他去睡觉。这只是漫漫长夜中的第一天。要是夜里没有人领着——无论是奶奶的手，还是妮卡的手——玛莎要么不能入睡，要么时而在睡着之后喊叫醒来。于是亚历山德拉或者妮卡就把她拉过来，安慰她。似乎存在着两个玛莎：白天的玛莎恬静、亲切、惹人喜爱；夜晚的玛莎如遇人迫害，惊魂不定。

玛莎的床边安了一张折叠床。通常都是妮卡在上面睡觉，她比妈妈更善于护卫玛莎那脆弱的梦乡，而且即使被玛莎打扰醒了也能马上重新入睡。妮卡比二女儿薇拉强，平时就是妈妈的好帮手。薇拉在大学念书，嗜学如命，除了在校上课，还学德语或者什么朦胧的美学。

妮卡已经快满十三岁了，作为女人已经长够了个头儿，也掌握了女性的各种技能。额头中间的一团小粉刺说明女性天赋躁动的时刻也临近了。

玛莎搬到圣母升天巷住时，恰好赶上妮卡对女孩子一般的乐趣——玩洋娃娃已变得兴味索然。活泼的玛莎一下子就取代了妮卡用来长时间演练模糊的母性本能的所有洋娃娃——卡佳、丽娅丽娅等。全部娃娃连同灵巧勤快的亚历山德拉为它们缝制的一大堆裙子、外衣都转给了玛莎。妮卡开始觉得自己是一家之主，这个大家庭里有女儿玛莎和一群玩具孙女。

过了许多年，当妮卡生了卡佳之后，她才向妈妈承认她显然是把最初的母性热情都献给了侄女。因为在玛莎生活在他们家的头几年里，妮卡体验到了令人激动不安的钟爱，体验到了内心对另外一个人的完全接受，这是她对自己的子女从未有过的。尤其是第一年，妮卡怀着对不幸玛莎的同情，整夜整夜地拉着她的手，天天早晨给她梳理辫子，放学后领着她在受难节林荫道散步。妮卡在玛莎的生活中占据着十分重要但又很难确定的位置：是心爱的朋友？还是哪方面都非常好，哪方面都很理想的大姐姐？……

第二年玛莎又进了学校。妮卡负责送她上学，伊万·伊萨耶维奇在放学时接她，或者带她回家，或者带她去剧院。玛莎搬来之后过了不久，亚历山德拉就安葬了她那位去世了的著名保护人，离开了剧院。现在她开了个内部小店，为政府官员的女眷们服务。这是凭关系办的，前些年亚历山德拉结识了不少高官作为强大靠山。

给妮卡和玛莎剪裁宽大的连衣裙剩下不少绉绸边角料，都给娃娃做衣服用了。她们俩这一辈子都不喜欢玫瑰红和天蓝色，不喜欢缝皱边和带细褶的衣服。稍稍长大一点之后，她俩开始穿牛仔服和男式衬衫。

尽管妮卡的面容在亚历山德拉看来生得并不十分女人气，但她不到十六岁就已经在谈情说爱方面成绩卓著。电话铃声没日没夜地响，伊万·伊萨耶维奇望着亚历山德拉时怀着一片期待的心情，看她什么时候能够终止女儿这不安分的沸腾生活。然而妮卡的成就仿佛是让亚历山德拉自己也跟着得意。九年级快念完时，她和一个非常讲究时髦的年轻诗人搞起风流韵事，不等最后一个学期结束便随他一起去科克捷别利了。等到了辛菲罗波尔才发回一封“事后”的电报告诉家里这件事。

玛莎自十二岁起成了妮卡的受托人，心里又惊又喜地接受她的忏悔。妮卡只管用双手攫取大大小小的欢乐享受，而对各种苦果和碎石细沙则毫不在意，把它们轻松地吐出去。顺便说一句，她连学校教育都吐出去了。亚历山德拉想起自己年轻时的德性，既没有抱怨，也没有做毫无意义的查访，只是很快地把妮卡安排进了戏剧美术学校。那里有她搞戏剧工作时认识的好朋友。妮卡学了一点画画儿，以必须达到的四分通过了考试，便舒舒服服地脱掉了中学校服。又过了一年，她已经若明若暗地嫁人了。

玛莎成为年事已高的养父、养母的最后一个孩子，现在全家人的生活都在围着她转。她夜间的梦魇结束了，由于过早地涉及疯狂之深渊，又形成了她对神秘事物的高度悟性和对外部世界的敏锐感觉以及艺术想象力。这些都是发展诗歌天赋的条件。十四岁那年她迷上了帕斯捷尔纳克[1]，崇拜阿赫玛托娃[2]，在珍藏的笔记本里写隐秘的诗句。

1　俄罗斯著名诗人，诺贝尔文学奖获得者。

2　俄罗斯著名女诗人，“白银时代”的代表人物。

第十章

傍晚在人们称为“雾角”的那块地方的群山之上悬浮着白云，而家里面悬浮着默默等待的气氛。妮卡在等布托诺夫来。她认为在夜里会见之后的下一步棋应当由他走。而且她记不起来是否跟布托诺夫说过她要走了……

玛莎也在等，她的等待更为紧张，因为连她自己都不知道更为热切期盼的究竟是谁——是已经攒够了补休假要到这儿来待几天的丈夫阿利克还是布托诺夫。她总是觉得虚幻地看到布托诺夫从山上跑下来，跃过刺人的灌木丛，在山麓的砂石上跳着走，越来越近。要是当时她跟他在厨房里坐一坐，说说话，那幻觉或许就会消散……

“他并不聪明。”她想起了妮卡说过的话。按照玛莎那种微不足道的救命逻辑，似乎不聪明的人不可能成为爱情幻觉发端的根源。

小丽莎也被等待折磨得越来越难受。尽管前一天没少拌嘴，对塔尼娅有一肚子牢骚，可今天早上丽莎就觉得没有塔尼娅连日子都过不下去了。她等了塔尼娅整整一天，一个劲儿地抱怨，到了晚上等得实在太累了，歇斯底里大发作，两手用力向后弯。妮卡对小丽莎的苛求奢望从来不当一回事，只是微笑了一下说道：“她也有罗曼史……跟我的脾气一样：要什么就得马上给我递过来。”

然而在此时此刻，母与女的期望却有着部分的吻合：两个人都在期望罗曼史的延续。

“喂，行了……穿上衣服，咱们到你的塔尼娅那儿去一趟。”妮卡安慰女儿说。女儿跑去穿她那件漂亮的连衣裙。她裙子后背的扣子没系上，抱着满满一堆玩具又回到厨房的妮卡这儿来，问哪一件玩具可以送给塔尼娅。

“你舍得给的那一件。”妮卡微笑一下说道。

美狄亚望着眼泪汪汪的外孙女，心中暗想：“热情奔放，实在太迷人了……”

“丽莎，过来，我给你扣上扣子。”美狄亚吩咐说。小姑娘听话地走到她的跟前，背转身去。小扣子吃力地穿过更小的扣眼。丽莎淡色的头发散发着乳儿的甜香。

十五分钟之后，她们已经到了诺拉家，坐在她那摆满紫藤和柽柳花束的小房子里。夏季的小房洋溢着乌克兰式的舒适，墙粉刷得白白的，泥土地上铺放着几块擦脚垫。

丽莎把带来的玩具兔子藏在裙子底下，想引起塔尼娅的兴趣，但是塔尼娅垂下眼睛，老老实实地吃着粥。诺拉按照她平时的习惯轻声含糊地抱怨说昨天太累了，大家晒坏了，走得太远了，等等。又琐碎又不嫌烦得慌。妮卡坐在窗户旁边一直往主人住的地方那个方向看。

“连瓦列里也整整一天没有出门。”诺拉朝主人那边点了一下头说，“在看电视。”

妮卡轻轻站起来，在门旁边转过身子，说道：

“我去阿达阿姨那儿待一会儿……”

电视机的音量放到最大。桌子上摆满了大块的食物。主人米哈伊尔不喜欢小块的东西。别看他们家的人口不多，阿达用的煎锅都快赶上水桶那么大了。她在疗养院的厨房干活儿，厨房的规模也就是供着公共食堂使唤的那么大，剩饭菜正好够他们养的那两头猪吃。瓦列里和米哈伊尔刚刚饱餐一顿，喝得有点晕乎乎地坐着。阿达刚好出去到他们称作“地窖”的地方拿甜煮水果。她就跟在妮卡的身后走进屋里，拿着两个体积有三升的罐头。阿达和妮卡热烈亲吻。

“李子。”妮卡猜着说。

“妮卡，你倒是坐下呀。米哈伊尔，倒点儿喝的！”阿达对丈夫发号施令。布托诺夫还是直盯着电视。

“是这么着，我来见个面问候问候。我的小丽莎到您的房客这儿来串门。”妮卡说明来意。

“你自己才不上我们这儿来呢，光是来找我们的住户。”阿达责备地说。

“其实我来过好几趟，您不是在班儿上，就是去做客。”妮卡又辩解说。

阿达蹙起小额头，擦了擦胖大脸盘上的鼻子说道：

“真的，到卡缅卡的亲家那儿去了。”

米哈伊尔已经倒好了一杯格鲁吉亚恰奇酒。他什么事都干得漂亮，这是瓦列里从他邻居维佳那儿知道的：酿恰奇酒、做熏肉、腌咸鱼。无论米哈伊尔在什么地方生活——摩尔曼斯克、高加索、哈萨克斯坦——他最感兴趣的都是老百姓的饮食，他记住所有最好吃的东西。

“庆贺见面！”妮卡高声宣告，“祝您健康！”

她把酒杯朝终于放下了电视的布托诺夫伸了过去。她看着布托诺夫的目光，感到他不太喜欢。布托诺夫对此刻的妮卡本人也不太喜欢：她的头让一块绿丝头巾包得结结实实，看不见令人悦目的头发，脸又显得太长，像马脸一样，连衣裙是碘紫色的，有花纹图案。布托诺夫料想不到，妮卡穿的正是给著名的画家作画而摆出各种姿势的时候才穿的，最合身的衣服。也正是这位画家让妮卡把头巾扎得紧一些，长久地，几乎是噙着眼泪，一边仔细端详着她，一边在说：

“多么漂亮的脸呀……老天爷，多么漂亮的脸呀……简直就是法尤姆肖像[1]……”

可是布托诺夫并不知道法尤姆肖像。妮卡不请自来是不受欢迎的，布托诺夫很生气，目前他还没有给她这种权利。

“这是我们维佳的朋友，著名医生。”阿达夸赞地介绍布托诺夫。

“昨天我们和瓦列里一起去了海湾，我们已经认识了。”

“哪儿比得上你呀。”阿达讥讽地说，话里话外指着什么布托诺夫所不知道的事情。

“这倒是真的。”妮卡粗鲁地答道。

这时小丽莎开始尖声尖气地说话。妮卡隐隐约约地感觉到虽然罗曼史如此美妙地开始却有些不大协调的地方，闪了一下她那碘紫色的长裙，从门缝里溜了出去。

1　罗马时期埃及上流社会木乃伊上的自然主义风格木板肖像。

夜晚是妮卡跟玛莎一起度过的，谁也没有来她们那儿。她们一块儿抽了烟，又坐了一会儿，聊了一阵子。玛莎对妮卡承认自己恋爱了，给她朗读了自己夜里写下来的诗，又念了两首。妮卡这辈子头一次对亲爱的侄女的创作产生一种酸溜溜的感觉。整整一天她都没能抽出工夫来跟玛莎分享她昨天的成功，然而成功现在已经完全变味儿了。再说妮卡也不愿以这种无意的竞争去伤玛莎的心。但是玛莎一心只想着自己的事，什么也没看出来。

“妮卡，怎么办，妮卡？”

玛莎满脑子都是自己刚刚萌生的爱意，像小时候那样从下往上满怀期待地仰望着妮卡。妮卡不知布托诺夫因为什么缘故要惩罚她，这个傻侄女爱谁不好又偏偏糊里糊涂地爱上了他。但是妮卡既没有表现出对布托诺夫的怨恨，也没有流露出对玛莎的气愤，只是耸了一下肩膀，答道：

“把他拿下，不就没事儿了？”

“怎么——拿呀？”玛莎又问。

妮卡的火气更旺了：

“怎么，怎么！你还小呀？抓住他的……”

“这么简单？”玛莎惊奇地说。

“比炖萝卜还简单。”妮卡气呼呼地说。

瞧这个什么都不懂的傻帽儿，还写诗呢。要找麻烦就由她去吧……

“你知道吗，妮卡，”玛莎忽然下定决心说，“我现在就去邮局给阿利克打个电话。也许他一来，什么都按部就班了。”

“按部就班，按部就班。”妮卡恶狠狠地笑起来说道。

“回见！”玛莎猛地从凳子上跳起来，抓起夹克衫就往大路上跑去。五分钟之后，十点钟的最后一班车开走了。

玛莎在市邮电局见到的第一个人就是布托诺夫。他背朝她站在电话亭里。他的大手把话筒攥在里面，用小拇指拨着圆盘。没有打通，他挂上话筒就出来了。他们打招呼问候。玛莎排在打电话的队伍里，前面还有两个人。布托诺夫往旁边闪了一步，让下一个人进去，看了看手表说：

“占线都四十分钟了。”

上面悬挂着许多日光灯管，在白天它们不停地闪烁着蓝光。光很刺眼，就像恐怖片里要出什么事情的时候那样。玛莎感到一种畏惧，担心这个身着天蓝色牛仔衫的魁梧的电影主角会毁掉她那理智而又和谐的生活。他朝她走近一步，还接着说自己的事：

“老娘儿们东扯西扯……要不就是电话坏了，可我要打通这个电话真急死了……”队排到了玛莎这儿。她拨完电话号码，热切地盼望听到阿利克的声音，他会让一切按部就班的。可是电话没人接。

“也占线吗？”布托诺夫问。

“家里没人。”玛莎咽了口唾沫答道。

“咱们顺着沿岸大街走一走，回头再打电话。”他建议说。

布托诺夫忽然发现她的模样挺讨人喜欢，头发剪得很短，圆圆的耳朵很动人。他表示友好地把一只手放到她那灰色的绒布衫上——玛莎的个头儿只到他的胸部，长得细小纤瘦，像个小男孩儿。

“可以和她一起跳空中飞人。”他想着。

“听说这条街上有什么大桶和一种特殊的酒……”

“新世界香槟。”玛莎走着答道。

他们往下，朝沿岸大街走。玛莎一下子像是从银幕上那样从旁观的角度看清了一切：他们快步走着，样子显得自由自在同时又目的明确。他们沿着疗养院的后墙疾行，在疗养院的每个入口都摆着有夹竹桃的花盆。他们走过假石膏廊柱和闪耀着细碎光芒的长青黄杨树。他们走过那为了一天到晚给别人看已经显得疲惫不堪、很不整洁的棕榈树。肥头大脸的当地妓女谢拉菲玛在镜头深处一闪，还有几个眼睛凸出、身体强壮的矿工，当然，还有音乐《噢，加格拉海滨》……此时玛莎的双脚有弹性地踏着布托诺夫步伐的节拍，身体像过节那样觉得轻松，甚至还有一种无言的享受，体会犹如香槟已经喝下。

布托诺夫很喜欢玛莎领他去的那个小酒店。端来的香槟酒是冰凉的，非常爽口。从去沿岸大街的路上开始放映的这部影片依然还在继续。玛莎看见自己坐在圆凳上，位置似乎是在右面靠后边一点。她看见半转过身朝着她的布托诺夫。最好玩的是，同时还看见站在她背后、镶着金牙、身穿金闪闪短上衣的酒吧女侍者。又像装卸工、又像服务员的几个男孩子从酒窖里拉着木箱进后门，像实拍电影那样长方框取影，像实拍电影那样有景深。此外，玛莎还注意到，她本人作为衬景显得非常漂亮，稳重、笔直地坐着，侧面轮廓美丽，头发优美地滑到后边长长的脖子上，像窄窄的海岬。

是的——是的，电影允许这场游戏，允许这种轻佻——情欲——香槟的飞沫——他和她——一个男人和一个女人——夜间的大海——妮卡，你真是天才，你真是能干——任何生活的重担，任何紧张的活动都不影响你自我认识，自我完善，自我……

“这儿棒极了。”玛莎学着妮卡的腔调说道。

“酒是不错……再倒一点吗？”

玛莎点了一下头。

聪明的玛莎，有教养的玛莎。在这一群人中她最先开始看别尔嘉耶夫和弗洛连斯基[1]的书，喜欢对《圣经》、对但丁、对莎士比亚的评注，甚至超过了阅读原著本身。要是不算那个不怎么样的函授师范学历，她还在家自学掌握了英语和意大利语，写过两个小薄本，实话实说，虽然是还没有出版的诗集。玛莎能够跟来访的美国教授谈到艾兹拉·庞德[2]，和信奉天主教的意大利记者聊起尼西亚公会议[3]。可现在她沉默无语，一句话也不愿意说。

“再倒一点吗？”布托诺夫看了看手表说，“怎么样，试着再打一次电话？”

“往哪儿打？”玛莎奇怪地问。

“往家里呗，往哪儿呀……”布托诺夫笑着说。

电影似乎稍稍向后推迟，让位于先前的烦扰不安。但在他们返回邮电局的路上，疗养院的布景又重新被拉开了。

布托诺夫一下子就打通了电话，简短地提了几个业务上的问题，从妻子那里得知去瑞典的事儿推迟了，就挂上了话筒。玛莎紧跟在他后面打电话。现在她只有一个愿望：阿利克别在家。他果真不在。她不想给亚历山德拉打电话——他们睡得很早，再说妮卡明天也就要到莫斯科了，她已经给亚历山德拉写好了一封信。

---

1 俄罗斯两位著名的哲学家。

2 美国诗人、文学家。

3 公元三二五年在尼西亚召开的基督教大公会议。

“没打通？”布托诺夫漫不经心地问。

“家里没人。我丈夫不知到哪儿快活去了。”

这话纯属谎言，实际上她也并没有这样想。阿利克非常可能在值班。而且，虚假还表现在她说这番话时那种随随便便的口气……

但是按照继续上映的电影法则，一切都很正常。

“怎么样，走吧？”布托诺夫看了玛莎一眼，疑惑地问道，“要不，叫辆出租车？”

“这儿根本没有出租车，我们一辈子都是夜里步行。得走两个小时……”

他们从有照明的大街拐到旁边的路上，走了五十来米。这里既没安路灯，也不种夹竹桃，街道立刻就变成了乡村的那种土里土气的，黑漆漆的。道路还时而斜歪着往上爬，时而磕绊着向下滑。地下伸手不见五指，而天上的黑暗却不是同级等量的。海面上空似乎亮一点，西方的天边让人隐约想起日落黄昏。连星辰光亮都微弱无力，丝毫不引人注意。

“咱们走这儿能抄点近路。”玛莎在人们踩出来的泥土路上很快地往下钻，不知是往阶梯那儿走，还是往小桥那儿走。

“莫非你能看得见东西？”布托诺夫触到了她的肩膀。

“我跟猫一样，有夜视。”他在黑暗中看不见她在微笑，认定她是说笑话，“这是我们家里常有的。顺便说一句，挺方便的；能看见别人看不到的东西……”

这是女人发出的意味深长的信号，这是飞跃，能够缩短人与人之间像海底深渊那样遥远却又可以在刹那之间缩短的距离。

并不能说玛莎已经酝酿好了某种计划，而是某种计划把玛莎给酝酿好了。她像孩子们玩的桌球一样，掉进了小洞，顺着凹槽向前滚动，除了那个用细绳编织起来的空洞球囊，她已经别无去处。不过这些都是后话了，玛莎在漫漫无眠的冬夜里沉思的时候，才想到上面的这幅景象。

这时，她正牵着布托诺夫的手走过小桥、爬过阶梯，然后走上小路。走了大约一公里半后，她把他带到了一条坚硬的土路上，路两边还栽着锥子形的白杨树。选的这条路线很聪明：一开始走小路，然后走捷径上大马路。在马路上，两人的手分开了，布托诺夫迈着自信的快步向前走，而玛莎几乎要跟不上他。布托诺夫想着莫斯科的事情，想着推迟的行程，心里琢磨着这会有什么影响。

而玛莎就在他身后两步看着他的背影。这背影是那么冷漠，拒她于千里之外，她有一阵子简直想挥舞着小拳头冲过去，撕破那件蓝色的衬衫，放声尖叫……

他们走进了小镇。玛莎明白，几分钟之后他们就要分手了，这可不行。

“站住！”当他们走过“圣地”时，她在布托诺夫的身后朝他说道，“到这儿来。”

他顺从地转向一边，现在玛莎走在前面了。

“就在这儿。”她说着就席地而坐了。

他在她身边停住了。布托诺夫忽然觉得听到了玛莎心脏的跳动。她自己也感到心脏怦怦直跳，像是往四周发出警报。

“你坐下。”她请求地说，于是他挨着她蹲了下来。

她抱住了他的头说道：

“亲亲我吧。”

布托诺夫像是对家里养的宠物那样微笑一下说道：

“特别想吗？”

她点了一下头。

布托诺夫并没有感到丝毫的兴奋，但是职业医生认真的习惯还是驱使着他有所行动。他把她拉过来，吻她，很奇怪她的嘴竟然那么热乎。他干什么事情都按规矩走，这里也不例外：先把对方的衣服脱下来，然后自己再宽衣解带。他用一只手顺着她裤子的拉链摸，碰到她颤抖的双手也正在拉开那个很紧的拉链。从她身上穿的粗硬衣服滑了下去，她又去摆弄布托诺夫衬衫的扣子。他笑了起来说：

“我说，在家里不让你吃东西还是怎么着？”

她做出的挑逗有点使他激动，但是他还没有感到自己已经准备好了。他在拖延。玛莎的双手在热烈地触摸——妮卡，妮卡，我占有了！——忘乎所以的呻吟声——布托诺夫！布托诺夫！——于是他便明白，可以采取必要的动作了。

布托诺夫觉得玛莎的身体里面要比外表更具魅力，而且出乎意料地炽热。

“你这里边是什么？火炉吗？”他笑着问。

但是她连笑也顾不上，脸上满是泪水。她只是喃喃地说：

“布托诺夫，你真棒！布托诺夫，你……”

布托诺夫感受到了，在这方面的成就姑娘是远远超过他的。他确认玛莎也属于罗莎那一类人，是疯狂型、速射型，甚至她们的外貌都有些相像，只不过玛莎没有长着非洲式的鬈发。他紧紧抱住她那小小的头，连耳朵都压疼了。他猛地做了一个动作，以致使他都能感觉到她的心跳，仿佛自己正置身于她的胸腔之内。他吓坏了，担心会伤害她，可是已经晚了——“对不起，对不起，小家伙……”

当布托诺夫跪起身子把头扬起的时候，他感到他们俩似乎落到了探照灯光之中：四周的空气泛着青光，每一根草都看得清清楚楚。什么探照灯也没有——苍穹之中一轮明月，巨大，扁平，闪烁着银光和蓝光。

“对不起，演出结束了。”他拍了一下她的大腿说道。

她从地上站起来，他看见她身材很好，只是腿有一点弯，长得像罗莎那样，上面不太合拢。他喜欢这个露出来的三角形窄小缝隙——怎么也比奥莉加那双互相磨蹭生出许多红斑的粗腿强多了。

他已经穿好衣服，她还站立在月光底下，他没有真正理解她为什么这样慢慢吞吞。现在布托诺夫想睡觉，可是在睡觉之前还得考虑成熟推迟旅行的事……

现在小镇已经看得清清楚楚。布托诺夫见到了那条直通维佳家的小路，维佳家正对着阿达家的后面。他把玛莎揽过来，手指划过她纤细的脊背：

“要我送你，还是自己跑回家？”

“自己。”她说完并没有走，而是拦住了他，“你可没有说过你爱我……”

布托诺夫笑了起来，他的心情很好。

“那么咱们刚才干什么来着？”

玛莎跑回家去——一切都焕然一新了：手、脚、嘴唇……身体发生了莫名的奇迹——说不出的狂喜——莫非这就是妮卡毕生追求的东西？倒霉的阿利克……

玛莎看了一眼孩子们：已经收拾好的背囊立放在屋子中间。丽莎和小阿利克睡在折叠床上，卡佳直挺挺地睡在沙发床上。妮卡不在，玛莎想她大概睡在萨穆伊尔的屋子里。真忍不住要立即把她叫醒，把一切都告诉她，但后来还是决定不在深更半夜打搅她。玛莎没去开萨穆伊尔的屋门，踮着脚进了蓝屋。

布托诺夫在那天晚上的奇遇并未到此结束。他看见维佳的家门微微开着，觉得奇怪：他平常尽管都不上锁，也会从外面把门挂上。门咯吱响了一声，布托诺夫走进来，把旅游鞋扔到地板上，走进第二间屋。高高的床铺按照乌克兰的方式安置收拾得很讲究：有皱边垂饰，床罩，几个整整齐齐的枕头，阿达每天早上都按顺序摆好。在白色织被的下面，头枕已经睡坏了的枕头，睡着长发散落的妮卡。其实她听见吱吱的门声，已经醒了。她睁开眼睛，在脸上做作地挤出几个洋溢着喜悦的笑容。

“给您一件意想不到的礼物！送货上门！”

对于布托诺夫来说，第二次站到运动器械前面永远比第一次成功。妮卡单纯、快活，没有傻里傻气地指责他，破坏昨夜的气氛，也没说一句女人受了委屈之后会讲出来的话。布托诺夫依然遵照与女性交往的那些原则。其中第一条由于玛莎过分机灵今天没有来得及用上，现在他用上了第二条，也是最主要的一条：永远不要跟女人表白。

黎明时分，双方彼此都非常满意，妮卡离开了布托诺夫，临走没忘在他的记事本上留下自己的电话号码。妮卡回到家里，美狄亚已经端着一杯散发着清香的咖啡坐在那里了。从她的脸上猜不出来，她是否通过厨房的窗户看见妮卡回家。话又说回来，对美狄亚想隐瞒什么也没有必要：年轻人一向坚信美狄亚对所有的人和所有的事都一清二楚。妮卡亲了亲她的脸颊，马上就出去了。

一般来说，他们夸大了美狄亚的洞察力，但是今天她却洞若观火。半夜两点多钟，美狄亚无论如何也睡不着觉，就到厨房去喝她所谓的“失眠汤”，其实就是一勺罂粟籽加蜂蜜熬的汤。月亮和她同时出来，照亮了山岗。一对年轻人正在那儿寻欢作乐，白色的身躯耀眼闪烁，认不出是谁。过了一会儿，她非常用心地把汤药小口喝完，躺在自己的屋里。这时她听见旁边屋的门开了，随后又是弹簧轻轻的响声。“是玛莎回来了。”美狄亚想着想着，打起了瞌睡。现在看着早上回来的妮卡，美狄亚沉思了片刻：说实在的，这一带像模像样的小伙子只有一个——运动员瓦列里。他留着神甫一样的马尾头，有钢铁般的结实身体。于是，美狄亚有些困惑地记下了这件事，把它装入自己的记忆之箱，那里已暗藏了她对亲属之中年轻人不稳固的婚姻、狂热的罗曼史等生活方面的许多观察。

妮卡拿着一大堆刚从绳子上解下来的衣服，又走了进来。

“给立陶宛人准备好了。临走之前再熨一熨。”

晌午，邻居就要开着车带妮卡、卡佳和阿尔乔姆去辛菲罗波尔。

离正午还有半个钟头的时候，妮卡拿着刚刚洗好、叠放整齐的一摞衣服走进蓝屋，这间屋子是玛莎给立陶宛的亲戚们腾出来的。这是今天上午头一次单独跟玛莎在一起。妮卡听到玛莎的自白大吃一惊。

“妮卡，太可怕了！”玛莎脸都瘦下来了，却神采奕奕，“我多幸福呀！原来这么简单……而且激动人心！要是没有你的话，我怎么也不敢……”

妮卡跌坐到那摞衣服上。

“不敢……什么？”

“就像你说的，我把他拿下了。”玛莎傻里傻气地笑着说，“原来，你是对的。你永远是对的。需要的只是把手伸出去。”

“什么时候？”妮卡只能挤出这么一句。

玛莎开始详细地讲述在邮局如何如何……但是妮卡止住了玛莎：她没工夫听天方夜谭式的故事。她只提了一个听起来也不乏天方夜谭味道的问题：

“在什么地方？”

“在‘圣地’！这一切都是在‘圣地’发生的。就像意大利的电影里那样。现在可以在那里竖起十字架以纪念我对丈夫的忠贞不渝！”玛莎一如既往“聪明”地一笑。

妮卡万万没想到，她一气之下出的那个主意竟会被玛莎匆匆忙忙、一点也不走样地全部接受。而且布托诺夫也不是省油的灯……

“好呀，玛莎，现在你有东西可写了，写爱情的浪漫诗……”妮卡预言道。她说得一点也不差。

“这不太好……干脆，把这个运动学医生送给她算了，”妮卡想着，“好吧。反正我马上就走了。该怎么样，就怎么样吧……”

第十一章

从前莲娜·斯捷潘尼扬有个小皮箱。木制的弯箍包着外面，里边贴着红白玫瑰色相间的印花格布。皮箱内部摆满一个个带隔档的小盒子，一排排盒子放置得整整齐齐、错落有致。她带着这个箱子于一九〇九年从日内瓦回国，带着这个箱子从彼得堡旅行到梯弗里斯，带着这个箱子于一九一一年来到克里米亚，还是带着这个箱子于一九一九年回到费奥多西亚。临动身去塔什干之前，她在这里把箱子送给了美狄亚。

三代小姑娘都贪婪地站在箱子跟前一动也不动。她们都相信美狄亚的箱子里装满了财宝。实际上里面也的确有几件并不太值钱的首饰。一块没有镶上边的珠母浮雕宝石在一九二四年卖掉换吃的了，还有三只银戒指和一条配成套的、腰身特别细的高加索男用腰带。除了这点微不足道的首饰之外，箱子里还有鲁滨孙幻想能够得到的一切：蜡烛，火柴，各种颜色的线，大小不等的针和扣子，缝纫机上用的线轴（实际上没有缝纫机），裤子和皮大衣上用的挂钩以及钓鱼和编织用的各种钩子，沙皇时期、克里米亚政权时期、德军占领时期用的邮票，细绳子，条带子，花边和镶饰，用香烟锡纸包起来的在西诺普里家小孩儿满周岁时第一次剃头剪下来的十三绺各色头发，许多照片，哈拉兰博斯用过的老式烟斗，还有许多别的东西。

下面的两个盒子里保存着信件——一封封来信必定放在完好的信封里，整整齐齐地用裁纸刀从侧面拆开，按照年代叠放在一起。这里还存放着各式各样的证明，其中也不乏稀奇好笑的。例如，为了保证志愿军[1]运输需要没收公民西诺普里自行车一辆的证明。这是名副其实的家庭档案库，它就像任何一个真正的档案库，遮掩着不可外扬的秘密。不过，秘密掌握在可靠之人的手里，美狄亚尽可能精心地将其保守下来，至少是第一个秘密被保住了。

这个秘密就是写给玛蒂尔达·齐鲁利的一封信的内容，这是一封巴统的来信，日期是一八九二年二月。信的俄语写得很糟糕，署名是一个格鲁吉亚名字“美狄亚”。现在的美狄亚当然知道这位和她同名的巴统亲戚，她是玛蒂尔达的嫂子，丈夫西多尔就是玛蒂尔达的哥哥。家族传闻说，这位格鲁吉亚的美狄亚因为一场事故死了丈夫，然后她也在丈夫的葬礼上悲痛而死。正是为了纪念她，家里才给美狄亚取了这么一个对于希腊人来说非同寻常的名字……语法文字的错误纠正之后，读起来是这样的：

“亲爱的朋友玛蒂尔达，上星期就听说你的特伊西亚斯和卡尔马克兄弟都淹死了。前天他的尸体在科布莱蒂[2]被冲到了岸上。认出他的证人是瓦尔塔尼扬和大盖帽儿库尔苏阿。人已经埋了，但愿他灵魂升天，别的就没什么说的了。你跑掉之后他变得更凶，打普拉东叔叔，跟尼科斯没完没了地干仗。老天爷放你走了。我

1　俄国内战时期的一支白军部队。

2　格鲁吉亚沿海城市。

的腿疼很严重。那年冬天几乎走不动路。西多尔也帮着我。他要得大奖了。现在就马上举办婚礼吧。给你寄去我的爱。老天保佑。美狄亚。”

父母去世之后过了好几年，美狄亚才找到这封信。她一直跟兄弟姊妹瞒着这件事。当亚历山德拉年纪轻轻就开始惹是生非时，美狄亚出于一种含蓄的教育目的跟她讲了这件事。她仿佛是在力求驱走亚历山德拉的厄运，让她趋吉避凶，让她不再重蹈从这封信里看出来的母亲玛蒂尔达曾经走过的历程。美狄亚坚信轻浮会导致不幸，但是她却无论如何也想象不出轻浮也会同样成功地造就幸福，或者根本无所谓什么幸福还是不幸。然而亚历山德拉自幼言谈举止便受着左脚的支配，美狄亚永远也无法理解这个不可思议的“左脚”法则。这个法则就是任何苛求、愿望、脾气或者情欲说来就来。

家庭的第二个秘密就和亚历山德拉的这个特性有关。一段时间里连美狄亚也瞒着，它放在单门衣橱的下层，放在萨穆伊尔·雅科夫列维奇的军用挂包里。

在萨穆伊尔痛楚地熬过他生命中最后一年的小屋里，美狄亚现在为自己布置了一块角落。她把丈夫的圈椅安排在靠窗户的地方，旁边摆个小柜子，上面放着平时常看的几本书。她总是把这间屋的白窗帘换上更白的，擦掉书架上面和萨穆伊尔盛东西的柜子上面暗白色的尘土。柜子里边的东西她没有动过。

那年美狄亚一年到头都在看《诗篇》[1]，每天晚上看一节赞美诗，

1 《圣经》中最大的诗歌集。

看完了再从头来。她自己那本《诗篇选集》是教会斯拉夫语版本的，还是上中学时就留下来的老书。第二本是哈拉兰博斯的希腊语版本，她看着太难，因为写书的语言不是本都希腊人用的语言，而是与之差别很大的现代希腊语。第三本是原文译文并排的希伯来语和俄语双语本，上个世纪末维尔纽斯的版本。现在这本书和另外两本希伯来文的书都放在小柜的顶盖上。美狄亚有时还是想看俄语的《诗篇选集》，因为尽管有的地方意思似乎已经明白一些，但只能意会无法言传的斯拉夫语美感还是模糊不清……

美狄亚清清楚楚地记得那个年轻人黝黑的面孔：上嘴唇厚厚的，被人中分为两半，鼻子尖尖的，褐色西装上衣有着平滑的大翻领。萨穆伊尔当时正坐在费奥多西亚汽车站前面的长凳子上等着去辛菲罗波尔的汽车。年轻人步伐坚定地走到他跟前。小伙子胳膊肘在腰上夹着三本书，在萨穆伊尔身旁停住，径直问道：

“对不起，您是犹太人吗？”

备受疼痛折磨的萨穆伊尔默不作声地点了一下头，没有像平常那样说句什么笑话。

“给您，拿着吧。我爷爷去世了，谁也不懂这种语言。”年轻人开始往萨穆伊尔手里边塞已经用破了的书，这时候能看出来他特别不好意思，“您也许什么时候还能看一看。我的爷爷叫哈伊姆……”

萨穆伊尔无言地翻开最上面的那本书。

“西都尔[1]……我在犹太小学没怎么好好念书，年轻人。”萨穆伊尔若有所思地说。一见萨穆伊尔犹豫不决，年轻人便着忙起来。

---

1 犹太教使用的祈祷书。

“请您拿着吧，拿着吧。我怎么也不能把它们扔掉。我们要它有什么用，我们又不信教……”

穿褐色上衣的小伙子把三本书留在萨穆伊尔坐的长凳子上就跑开了。萨穆伊尔用痛苦的眼睛看了看美狄亚说道：

“瞧见了吧，美狄亚……”萨穆伊尔猜想到美狄亚能够看到他自己所能看到的一切，甚至所见更多，只是讷讷不出于口。他一下子又机灵地把话锋一转：“现在得把这么沉的东西背到辛菲罗波尔再背回来……”

最后一线希望破灭了。相信命中注定而不信偶然意外的美狄亚理解了这个再清楚明白不过的信号：做准备吧！他们去州立医院要做的活组织检查从这一时刻起已经没有必要了。

夫妻相对注目，就连早就习惯于不论脑子里想起什么都一点不剩地马上全倒出来的萨穆伊尔也没说话。

辛菲罗波尔的医院没有给他做活组织检查。第二天做手术取出了大部分大肠，在腰部做了造瘘术，安了一个导管。三个星期之后，美狄亚带着他回家了——等死。

然而手术之后他慢慢地见好了。真是怪事，别看瘦得出奇，他却变得结实了。美狄亚只给他做粥喝，用她自己采集的草药熬汤。从医院回来之后不几天他就开始读这些古书。祝福这个他所不认识的哈伊姆，奥利尚犹太小学最不中用的学生却在生命临终的最后一年回到了本族人民之中，而信奉东正教的美狄亚高兴了。她以前从未研究过神学，或许正因为如此才感觉到亚伯拉罕[1]的怀抱

1　《圣经》中犹太人的始祖。

距离基督徒居住的地方并不太遥远。

萨穆伊尔生命中的最后一年过得非常好。户外的秋季宁静、温和，带来累累硕果。已经很久无人照料的、荒芜废弃的鞑靼人老葡萄园让大地喜获最后的丰收。在这之后的几年里，老藤彻底退化，几百年的操劳化作流水。那一年梨、桃和番茄也压弯了枝头。人们排着队买面包，糖已经抢光了。女主人们熬制、腌制番茄酱，在房顶上晾晒果干。像美狄亚这么能干的就做不加糖的鞑靼水果软糕。乌克兰品种的家猪吃树上掉下的甜果都长肥了，小镇上空弥漫着果实腐熟散发出来的蜜味儿。

美狄亚当时主管一个小医院——到了一九五五年才派来一位医生，而在此之前她是小镇上唯一的医士。每天清晨她端着一盆温水去丈夫的屋里，拆下病人腰上做得又糙又笨的器械，清理之后再用甘菊加鼠尾草熬成的药汁把创口洗净。萨穆伊尔直皱眉头，倒不是由于疼痛，而是因为难为情。他嘟囔着自语：

“怎么这样不公平？一口袋金子归我所有，落到你手里的是一口袋马粪……”

她喂他稀粥，用能盛半升的大缸子给他喝汤药，再把盘子放在腰部，等粥在体内经过短暂的路途后经由张开的伤口流出。她知道这样做有什么用处：草药涤净他体内的毒素，而食物基本上是没有消化的。他们两个人准备迎接的死亡将要来自消瘦而不是中毒。

萨穆伊尔有洁癖，不愿意看这暴露出来的令人不快的生理现象。起初他还总是把脸扭过去，后来他感到美狄亚丝毫不去掩饰她的关切之心：伤口边缘发炎红肿或者有些变样的稀粥流得比往常慢了些，这两者都比伤口散发的恶臭更为令她焦急不安。

疼痛非常厉害，但不经常发作。有时一连几天平安无事，然后又出现体内障碍，于是美狄亚就用热开过的葵花籽油洗涤伤口，于是一切又都调整好了。这到底还是生命呀，美狄亚准备无止无休地承受重担……

每天早上她陪着丈夫度过三个小时，到八点半钟出门上班，中午回来吃饭。有的时候，老护士塔玛拉·斯捷潘诺夫娜跟她一起当班，午饭后放她的假，那美狄亚就不用再回去上班了。于是萨穆伊尔就到院子里去，美狄亚让他坐在圈椅里，自己坐到旁边的小矮凳上，用那把刃锋已经差不多磨掉的小刀削梨皮，或者剥去烫过的番茄的皮。

萨穆伊尔在生命临近终结时变得沉默寡言。夫妻俩就静静地坐着，享受着对方的存在，享受着安谧，享受着现在已是纯洁无瑕的爱情。美狄亚从不忘却他那罕见的和善天性，从不忘却被他视为洗刷不掉的耻辱而在美狄亚看来则是温柔的心真诚外现的那个事件。丈夫以一种无言的勇气忍受着疼痛，无畏地直面死亡，实实在在、发自内心地向人世间，尤其向她美狄亚表示谢忱，为此美狄亚现在感到喜悦。

萨穆伊尔一般把圈椅放在视野良好的地方，能够看到那些平顶陡坡的山峰、淹没在玫瑰色和灰白色薄雾轻烟之中的平坦丘陵。

“这里的山像加利利[1]的山。”他总是随着亚历山大·阿绍托维奇·斯捷潘尼扬这样说。其实他不过是听美狄亚说起而已，却从来没有见过这个人，就像从来未见过加利利的山一样。

1　以色列北部地区。

五十年前，在萨穆伊尔给自己过成年节的那天，他曾经学过那本书的一些片段。当时他是学得最差劲的，现在这本书他看得很慢。被遗忘的词汇或许像气泡一样从记忆的底层升起。如果不是这样，方块字母不愿向他揭示含蕴的意义，那他就在并排的俄语译文中寻找大致的提示。

他很快就明白，这本书没办法准确地翻译过来。在生命的末尾，他开始发现一些以前从未意识到的东西：话语传递的思想并不是分毫不差，而在很大程度上只是近似的表达。思想和话语之间存在着某种缝隙和缺损，只能靠意识和觉悟去努力填充，去为语言的局限性做些补偿。在萨穆伊尔看来，思想就像一块水晶，要想触及它，就必须绕过文本——话语是不准确的，它们有着各式各样的字形、词形和发音，它们的边界随着时间变化而游移不定，可以说语言本身就玷污了这珍贵的水晶。他注意到，书中的有些意思出现了变动：他所掌握的两种语言，即俄语和希伯来语，表达的思想有些不同。

萨穆伊尔笑了起来："形式上是民族的，内涵上是神性的……"这是在习惯性地开玩笑。

他的力气很少。现在无论做什么事情，他都做得很慢。连美狄亚也注意到他的动作已经改变了：他把茶匙拿到嘴边，用干枯的手指擦拭近几个月长出来的小胡子和不太长的灰白斑驳的大胡子，连这样的动作都显得意义重大甚至近乎壮举了。然而他的头脑很清醒，思维尽管缓慢但是非常明晰——这似乎是作为对他体力衰退的一种补偿，或许是美狄亚的草药真见效了。他知道生命余下的时间已经不多了，但让人觉得惊讶的是他以前长期的匆忙感和特有的奔波劳碌全都荡然无存。现在他很少睡觉。白天和黑夜对他来说都是漫长的，但他并不为此而感到苦恼：他的意识向新的时间调整。回顾往昔，他惊叹过去的人生如此短暂，而他背对晚霞面朝东方，面对越来越暗、泛着青蓝色银光的天空，面朝在半个小时之内由玫瑰紫变为暗蓝色的丘陵坐在藤椅上度过的每一分钟又是那样的久长。

遥望着那一边，萨穆伊尔又完成了一个新的发现：原来他整个的一生不仅是在匆忙中度过的，也是在深刻的、自我隐瞒的恐惧中度过的，更准确地说，是在许多恐惧中度过的，其中最强烈的恐惧就是害怕鲜血。现在忆起可怕的瓦西里谢沃事件，萨穆伊尔由衷地感激神灵——本应由他指挥枪杀，但因他神经发作，丢人地晕倒而未能亲眼看见，这种软弱对于男人来说有失体面，但神经质的妇道之举却又使他免于杀人作恶。

“胆小鬼，懦夫。”他在内心里暗暗承认，但同时又抓住这个机会自嘲一番：美狄亚因为他的胆怯而爱他，他又因为美狄亚的宽容迁就而爱她。

“你的胆怯总要藏在婆娘那里。”现在萨穆伊尔如此评价自己。

精神分析学医生可能会从萨穆伊尔的病例当中总结出一个用神话名字命名的情结[1]，或者至少可以解释清楚青年牙医这种超常的性侵略倾向，借助在体态丰腴的女性肉体中简单的进退动作来下意识地排遣对血腥生活的恐惧。在与美狄亚结婚之后，他以美狄亚的勇敢来掩饰自己永久的恐惧……他的俏皮话，逗乐儿，总

1　心理学术语，指的是一群重要的无意识组合。此处暗示的是恋母情结（俄狄浦斯情结）等以神话命名的情结。

想引起周围人发笑的愿望是与直觉认识联系在一起的：笑声能战胜恐惧。原来，绝症也能使人免于对生活的恐惧……

世界主义是最后一条准备咬住每个犹太人脚跟的恶犬。甚至在“世界主义”这个术语确立之前，在它还没有因为日丹诺夫[1]的第一则通告而背上“资产阶级反动意识形态”这个不容置疑的定义之前，萨穆伊尔就一直在焦虑地关注着报纸，看着这泡沫一会儿膨胀，一会儿萎缩。他从直接领导历史的人群中可耻地逃跑了，变成了旁观实验进行的看客；他随后身为假牙医师的职业从社会地位来看微不足道，但在物质上却绰绰有余，也得以让他预见了又一次民族迁徙。当时，克里米亚鞑靼人、德意志人、部分本都希腊人和卡拉伊姆人已经被驱逐出克里米亚，而他有了一个聪明的办法，那就是先发制人，签下合同去北方工作五年，然后在那边，问题很有可能就自行解决了……

在得病之前，他经常和他的朋友、苏达克疗养院的理疗师帕维尔·尼古拉耶维奇·席默斯一起散步，就在斯捷潘尼扬家曾经的别墅旁边那座精心侍弄的公园里。两人交相耳语，讨论那段伟大的历史，讨论其中的作战与行动，还有那些轰动一时的瞬间。

一九五一年十月底，一个周日的清晨，席默斯医生带着半升稀释的烈酒从苏达克过来找他。这个礼物相当奇怪，因为医生自己从来不喝酒。并且，令萨穆伊尔大为惊奇的是，医生还请美狄亚让他们俩独处一会儿。

随后，席默斯医生吧嗒吧嗒地敲着他那不太合脸型的下巴

1 斯大林时期主管意识形态的苏联主要领导人之一。

（不过得说一句，这和萨穆伊尔的牙医工作一点关系也没有），然后用手指叩了下桌边，宣布说：末日降临了。原来，就在前一天，疗养院里举行了一次党代会，会上某些土头土脑的笨家伙指责了他，说他的沙可[1]水疗法是在搞世界主义——可他多年来都在不断地推广这倒霉的水疗法，还有上世纪末德国生理学家开发的其他理疗办法。

“那个院长简直是白痴，他还以为沙可是乌克兰人。这次是有人指点他了……萨穆伊尔，我是这么想的：如果我把证明书给他看会怎么样？这东西就放在我家里。”席默斯低声说道。

“证明什么的？证明沙可是乌克兰人吗？”萨穆伊尔惊奇地回答。

“证明我是基督徒啊。他们觉得我是犹太人，这就是大问题。可我父亲一九〇四年就受了洗，还给全家人做了洗礼，反犹骚乱前不久就洗礼了……怎么办？怎么办啊？”他垂头丧气，用双手抱着自己光秃秃的脑袋。

他依然是个真正的犹太人，因为东正教徒在这种时候可不会忘记把带来的那瓶酒打开喝掉。萨穆伊尔挠了挠小胡子，用他惯常的方式回答道：

“证明书你还是留着葬礼上用吧，这样那些神甫送你下葬的时候就会给你唱他们基督教的祷文。这条路走不通的，俄罗斯人不管怎么样都觉得你是犹太人，而犹太人又会觉得你连外族人都不如……至于沙可这事儿，你告诉那帮蠢驴，就说沙可医生是从某

1　法国神经学家，现代神经病学的奠基人。

个人那里偷了这个发明……从博特金[1]还是斯帕索库科茨基[2]那儿偷的都行……要说是巴甫洛夫[3]院士就更好了。你这么看着我干吗？你只管在治疗室门口写上‘巴甫洛夫院士水疗法’这几个字，他们就没话说了。巴甫洛夫不会生你的气，他战前就死了。”萨穆伊尔狡黠地笑了笑，“要是你真的有那么信东正教，也可以去教堂给他点支蜡烛，我家美狄亚会教你的，她知道这事儿怎么做……”

可怜的席默斯气鼓鼓地走了。不过他考虑了一下，还是在板子上写下了“巴甫洛夫院士水疗法”这样一行大号红字，然后把板子挂了起来。可为时已晚——他被开除了，尽管那块告示牌还在门上挂了两年多……而在席默斯被开除之后，萨穆伊尔感觉自己内心的悔恨逐渐取代了一开始的恐惧。真是头号蠢货，为什么我能说这么蠢的话……还是说，在萨穆伊尔此时看似健康的身体里，疾病已经悄然行动起来了呢？……

对于这一带来说，温暖持续得异常长久——直到十一月底。但是从十二月初的头几天就开始下冷雨，很快又变成了雪、暴风雪。尽管大海离这儿相当远，海平面也比这里低得多，但海上的烦扰也传到了小镇，而且每夜愈演愈烈。狂风卷起一团团的清水和浑水，铺在地上的厚厚的水垫如此坚实，根本无法想象上面有什么东西，只有在高于这寒冷浆层五公里以上的地方才能见到太阳放射的无穷无尽的光芒。

萨穆伊尔不到外面去了。美狄亚把藤椅拿到夏天用的厨房里，

---

1 俄国医生、病理学家和生理学家。

2 俄苏科学家、外科医生。

3 俄苏生理学家、心理学家、医师，诺贝尔生理学或医学奖得主。

再挂上冬季用的锁头。现在她在家里用灶台做饭，用小火炉取暖。这还是他们搬到费奥多西亚来的那一年火炉工砌的。鞑靼人家里一般都不砌炉子，屋里的地也是土地。搬来的第二年他们才铺上了运来的地板。

萨穆伊尔请求在他屋里挂上厚实的窗帘，他不喜欢透过来的朦胧暗光。他拉下深蓝色的窗帷，点起了台灯。在断电的时候——这是常有的事——他就点上泛着浅白色亮光的旧矿灯。窗户现在都是关着的，美狄亚经常点起自制灯盏，灯油是用药草制的，房子里散发着甜蜜的东方香泽。萨穆伊尔不看报纸，甚至就连科技文化各界不时出现的世界主义漏网之鱼都不再引起他的兴趣。他已经按次序读到《利未记》了。与摩西五经的前两部相比，这本《利未记》没有什么吸引力，它主要是写给神甫们看的。在犹太人的生活中应当遵从的六百一十三条诫命中，这本书的内容就包含了将近一半。萨穆伊尔长时间地仔细钻研这本怪书，可还是弄不明白，究竟为什么“在爬行纲带翼的、四条腿的动物中”只能食用“为了在地上跳动而双膝高于足部的动物”。这样一来能吃的只有大家常见的蝗虫和谁也没有见过的哈尔戈和哈拉普，其余种类则均被视为龌龊的。没有，绝对没有任何符合逻辑的解释。《利未记》一点也不灵活。里面许多地方讲的是耶路撒冷圣殿里的礼拜仪式，由于圣殿久已不复存在又决无可能在何时重建，这样的内容也就没有任何意义了。后来萨穆伊尔还发现这本笨拙法典的框架在《出埃及记》中就已勾勒出来，又在《塔木德》中完全形成，它包括了人们会遭遇到的各种境地，不论能够想象的还是无法预料的，书中准确地指点人们在什么情况下如何行动。这些乱七八糟、头绪繁杂的诫命遵循的唯一目的就是——使以色列人民的生活神圣化，从而彻底摒弃迦南地的律法。这是一条从小就给他规定好了的生活之路，但是他拒绝了。不仅如此，对只求建立相对秩序，并不刻意造就圣洁的迦南律法他也予以拒绝，而且从小就卖力气唱对台戏……

现在，萨穆伊尔致力于研究古犹太的立法，这才想到本国人民，其中也包括他自己都是在严重违法地生活着。说穿了，其实是普遍违法的法则，它比无辜与放肆、睿智与愚笨兼收并蓄的迦南律法还要恶劣……他现在渐渐领悟了，唯一实实在在遵照法则生活的人就是他的妻子美狄亚。她温顺而又执着地养育孩子，辛勤劳作，祈祷诵经，遵守所有的斋戒。这种顽强并不是她性格异常的一个特点，而是她自愿担负起来的职责，她在履行早已在所有的地方被所有的人废弃的法则……

其实他还知道别人也有这样的。比如他去世的叔叔埃夫拉伊姆，他是被喝醉酒的士兵顺手给打死的，事后那名士兵竟然头也不回地消失在街头巷尾。再有弱智的花匠赖斯也可能是这种人，年轻的鞑靼人在他小小的头脑里仅仅恪守两条规则：对所有的人微笑，精细地——像痴呆人那般——收拾好疗养院园地的每一条小路……

萨穆伊尔曾经有个习惯，不管脑子里想起什么都不假思索地告诉美狄亚。而现在他却把思绪埋在心里——不是因为怕她不能理解，而是由于自己感觉到不能明明白白地讲清楚。但从他那少言寡语的几句话里，美狄亚渐渐懂了他内心所发生的根本变化并为此而感到高兴。但是她过于关注他的身体状况，这又影响到理解这种变化的深度。他背部开始出现疼痛，现在她给他打针让他入睡。

十二月过去了，风暴停息了，但天气还像以前一样阴森寒冷。大家从一月中旬起就开始等待春天。给亲戚回信一向非常认真的美狄亚现在只寄明信片，简短地写上几句：来信收到，谢谢，我们一切照旧。美狄亚，萨穆伊尔……

她已经没有工夫写信了。整整一个冬天她只写过两封像样的信——一封给莲娜，一封给山德拉。

二月份拖得没完没了，活像故意作对似的，这个月还是二十九天。但自从三月上旬太阳一露面便时时刻刻也不放过，地下马上绿起来了。在下班回来的路上，美狄亚爬上阳光晒得暖融融的山坡，采折几株紫罗兰和阿福花，把它们放在萨穆伊尔身边桌子上的小碟里。他几乎站不起来也坐不下去，因为坐着的姿势疼得似乎更厉害。他现在每天只吃一顿饭，因为进食过程对他来说太累人了。他的面容还在继续发生变化，美狄亚觉得他的脸显得非常高雅，漂亮极了。

三月的最后一个星期天风和日丽。萨穆伊尔请求把他领到户外去。美狄亚把藤椅刷洗干净，在阳光下晒干，铺上一条旧被子。然后给萨穆伊尔穿上衣服，她觉得那件大衣的分量比他本人还重。从木床到藤椅的二十步他走得非常慢，极其吃力。近处的斜坡上有几棵柽树，枝头里像是憋足了淡紫色，招之欲出。他望着桌子一样的平顶山那边，群山也望着他，非常友好，平等一致。

“老天爷，太好了……多美呀……”他重复着说，眼泪随即从内外两处眼角同时涌出，淹没在长成楔形的大胡子里。

美狄亚坐在他旁边的长凳子上，没有发觉他停止呼吸的那一刻——因为泪珠从眼里又流淌了几分钟……

他是在死后的第五天下葬的。干枯的身躯耐心地等待着亲戚们，没有表现出腐烂的征候。亚历山德拉带着谢尔盖，费奥多尔带着格奥尔基和娜塔莎，兄弟季米特里从立陶宛来，带着儿子格维达斯。第比利斯的男亲戚也都来了。男人们用手抬着萨穆伊尔，送到当地的墓地之后坐下来吃简单的葬后宴。美狄亚决定不烤馅饼，像过节那样款待宾客。她只摆上了蜜粥、面包、奶酪、一碟鲜嫩的中亚绿色蔬菜和白煮蛋。当娜塔莎问美狄亚为什么她这样安排时，美狄亚答道：

"他是犹太人，娜塔莎。犹太人根本没有酬客宴。从墓地回来往地上一坐就做祷告，再斋戒几天。跟你说实在的，我觉得这个风俗是对的。我不喜欢咱们的酬客宴：总是吃那么多，再喝那么多。就这样吧……"

从丈夫过世起，美狄亚穿起了丧服，使大家感到惊讶的是她竟显得如此美丽，还体现出前所未有的非凡的和善。伴随着这种新的表现，她开始了漫长的寡居生活。

如上所述，那整整的一年美狄亚都在读《诗篇》，她如此尽心地等待丈夫来自冥府的音讯，就像人们盼望邮递员带来一封久已发出的信件。然而还是杳无消息。有好几次她觉得期待已久的梦境刚刚开始，丈夫还是活灵活现的，但是这种期待忽然被意外地破坏——在梦里是来了个怀着敌意的陌生人，在现实当中则是一阵风吹来，窗户一响，驱走梦乡。

第一次梦见丈夫是在三月之初，差十几天满去世周年。那个梦很奇怪，没有给她带来慰藉。过了几天以后梦境才得到圆解。

美狄亚梦见萨穆伊尔身穿白衫——这很好——双手都给石膏或者白垩弄脏了，脸色也特别苍白。他坐在写字台旁边，用小槌子在敲打什么让人讨厌的、尖利的金属物品，但这并不是假牙。然后他朝她转过身子，站了起来。原来，他手里拿着一张斯大林像，不知怎么搞的，人像两腿朝上。他拿起槌子，用它敲打玻璃边，然后整整齐齐地取出人像。但是就在他摆弄玻璃时，斯大林消失不见了，在他先前的位置上出现了亚历山德拉年轻时的大照片。

当天就公布了斯大林患病的消息，几天之后又宣告他逝世。美狄亚看到了深切的悲伤和真挚的眼泪，也看到了不能分担这一痛苦的人内心无言的诅咒，她本人对这一事件漠然置之。美狄亚更为急切挂念的是后一半梦：山德拉做了什么事？她的出现预示着什么？美狄亚隐隐不安，甚至准备去邮电局往莫斯科打个电话。

又过了两个星期，到萨穆伊尔去世周年了。那一天淫雨霏霏，美狄亚从墓地赶回家中已是浑身湿透。第二天她决定收拾丈夫的房间，整理他的遗物，把一些东西送给别人。最主要的是要找到一些工具和已经答应送给费奥多西亚女友儿子的德制小电动机……

她把衬衫叠成一摞，有套好西装留给费奥多尔——也许他能穿。还有两件高领衫，上面还留着丈夫的体味。她把这两件衣服拿在手里握了一会儿，决定谁也不送，自己留着……在柜子的底下她发现一个装着各种证明的军用挎包。里边的证明有：卫生人民委员部所属假体修补学校毕业证书，工农速成中学毕业证书，几张奖状和官方的贺信。

“我把挎包放到箱子里去。”美狄亚想着，打开了一般不引人注意的侧兜，里面有一个签着山德拉名字的小信封。信是寄给萨·雅·门德斯的，在苏达克邮局留存待取。真是蹊跷。

她下意识地打开信封，头一行字就叫她愣住了：

“亲爱的萨莫沙”——是山德拉的笔迹。谁也没有这样称呼过他。辈大的叫他萨莫尼亚，辈小的叫他萨穆伊尔·雅科夫列维奇。

“你比我想象的要机灵得多，”美狄亚接着往下看，“情况真的就是这样，但不会产生任何后果，要是你一下子就把你的发现永远忘掉，那就再好不过了。我和姐姐完全不一样：她是圣洁的，我比猪还脏。纵然我去死，也比她知道谁是这个孩子的父亲强。所以我求求你：立刻把这封信毁掉。小姑娘绝对是我的，只是我一个人的。请你不要想你还有个孩子——这只不过是美狄亚众多外甥女当中的一个。孩子好极了。小红头发，爱笑。看样子长起来也快活，但愿她模样不随你。这意思就是说，秘密只有天知地知。谢谢你的钱。这钱派上用场了，但说实话，我不知道我是不是希望从你那里得到帮助。最主要的，别让姐姐看出什么来。不然的话，我本来就问心有愧，要是叫她知道了，我可怎么办呀？她又怎么办呀？祝你健康快乐，萨莫沙。山德拉。”

美狄亚站着把信看完，很慢，看了两遍。是了，就是这样。那年夏天他们经常去海湾，亚历山德拉和萨穆伊尔两个人。也是那年夏天，她弄丢了那枚少女时期得来的戒指。然后，美狄亚坐到藤椅上。从未有过的精神重压袭上心头。她一动也不动地直直坐到天黑，然后站起身来开始收拾上路用的东西。那天夜里她没有躺下睡觉。

第二天早上她站在汽车站那里，黑色连衣裙外边套着浅色华达呢大衣，黑色披肩围得非常整齐，肩扛大背囊，手里提着自制的小篮。小篮底上，旧式制毯呢做的小提包里放着她决定在途中才寄出的请假条、一些钱和那倒霉的信。她坐上了去费奥多西亚的第一辆班车。

第十二章

美狄亚站在汽车站那里，肩上扛着背囊，她觉得自己并不比奥德修斯逊色。可能还要略胜一筹——毕竟当奥德修斯站在特洛伊海岸上的时候，他即便猜不到自己还要漂游多少年才能回家，但他对自己与家乡之间的距离还是心中有数的。

至于美狄亚呢，她习惯了用她快步行走的时间来测量距离，根本想象不到自己这次要走的这条路究竟有多长。除此之外，奥德修斯还是个冒险者兼航海家，他千方百计地拖延回国时间，还虚情假意地做做样子，让人以为他的目标是回到自己在伊萨基岛那间简陋的“王宫”，和他勤俭持家的老迈妻子重逢。

美狄亚终其一生都是在同一个地方度过的，只有一次同山德拉还有她的大儿子谢尔盖一起，去了一趟莫斯科。这种扎根一处的生活却发生过急促而剧烈的变化——革命风暴、政权屡次更迭、红军、白军、德国人、罗马尼亚人，一些人被迁走了，另一些没有根基、没有祖辈的人则被移进来——这一切终于让美狄亚变得像大树一样坚实，根系交缠，咬定青山。头顶一轮东升西落、年年运转、亘古不变的太阳；身边吹拂着一阵阵的海风，随着时令变化带来不同的气息：岸上干涸的海藻，阳光下枯黄的水果，或者艾草那苦涩的味道。

但与此同时，她的生活也和海洋息息相关。她家里的男人打从小时候起就常常出海。她的父亲是在海上遇难的；亚历山大·阿绍托维奇·斯捷潘尼扬带着阿纳希特和阿尔森走海路永远地离去；一艘破旧的轮船，把她的姑母和两个弟弟从巴统接走；连她的姐姐阿内利娅远嫁给来自山城梯弗里斯的一个格鲁吉亚人，离开娘家时，她也是从可爱的费奥多西亚新码头出发的。

美狄亚已经把这趟旅程推迟了几十年，如今却一夜之间就打定主意出发了。虽然水路怎么也通不到那遥远的城市，但她决定，至少是旅程开端的一段路，也就是从刻赤到塔甘罗格的这一段，一定要坐船走完。

她先从小镇去费奥多西亚，再从费奥多西亚到刻赤，旅程的这前两段路就和在自家院子里散步一样平常。她在傍晚时分抵达刻赤，来到了自己世界的天涯，潘提卡佩翁[1]古城就是这个世界的最东端。

到了港口，美狄亚才获悉，客运航线要到五月份才开航，目前从刻赤去塔甘罗格仅有零星几艘船，只运货不载客。她这才意识到自己犯了第一个错误，心里难过起来：她本不该受大海的诱惑拐一个大弯，还是该直接走占科伊[2]那条路线。

她心怀厌恶地转身，离开了迈俄提斯湖[3]那潭带点臭气的灰黄色水面，去看望她的老朋友塔莎·拉温斯卡娅。塔莎年轻时就迷

1 克里米亚东岸的古希腊城市，由米利都人建立。遗址位于今日的刻赤市内。

2 克里米亚北部城市。

3 古希腊人对亚速海的称呼。

上了“掘坟”专业，这是她丈夫拉温斯基开玩笑时的用词。拉温斯基是一位知识渊博的藏书家、年迈的老医生，他和狄安娜石窟[1]一样，简直成了当地的名胜古迹。

拉温斯基夫妇住在当地博物馆的后院，他们的住所就像是这座博物馆的分馆——松散的刻赤碎石头、古希腊积下的灰尘和干巴巴的纸张填满了整间屋子。

塔莎没能一眼认出美狄亚，她俩已经多年没有见过面了。自从萨穆伊尔生病之后，为数不多的朋友们要么出于礼貌，要么因为自私，几乎再也不去小镇拜访他们了。

看清来者是谁后，塔莎一下子冲了过去，没等美狄亚放下背囊，就紧紧抱住了她。

“等下，等下，塔申卡[2]，我先把大衣脱了，”美狄亚把她轻轻推开说，“让我洗个脸吧。萨穆伊尔说过，刻赤是世界的尘埃之都……”

其实，眼前正是多雨的春季，根本不可能有什么灰尘，但美狄亚对已故丈夫的话语坚信不疑，真觉得自己身上沾满了尘土。

塔莎习惯性地把一摞摞散乱的书、一张张涂着小图并潦草写着几行字的稿纸从桌边移开，再把少得可怜、寒碜至极的膳食放在报纸上，竟然没有任何美化点缀的意图。

至于她威严的老丈夫谢尔盖·伊拉里奥诺维奇，他曾见证过娇妻的青春岁月，现在则豁达地闭眼不见她老态初显的颓貌、下巴上粗硬稀疏的毛发和向前突出的门牙。他一直把塔莎对家务的极

1 俄罗斯北高加索地区的著名景点，位于皮亚季戈尔斯克市。

2 塔莎的小名。

度厌恶当作一种迷人的特质。他没放弃那套老式的用餐礼节，但用来招待美狄亚的竟是干鱼和鱼罐头，在这座渔业发达的城市里，这种招待可是相当荒唐的。

不过，桌上的葡萄酒味道很好，是别人送的。大夫虽然早已退休，但还是会偶尔出诊，受他医治的亲友们除了照例付给酬金以外，还是要遵循几乎已从人们短暂记忆里消逝的饥荒岁月的那种做法，往家里送些吃的喝的。

他得知美狄亚的旅程受阻之后，马上打了电话给港口官长。官长答应明天一早就安排美狄亚上第一艘顺路的班轮，但不保证她旅行舒服。

三人在餐桌前一直坐到深夜，喝光了那瓶好酒，接着又喝了些粗茶。塔莎没问美狄亚为什么要去塔甘罗格，就开始讲她在亚速海沿岸发现的什么中石器时代的方格图案。美狄亚好长一段时间弄不明白是什么东西让她这么兴奋，直到塔莎拿出一张又脏又破的图画，摊开在美狄亚没吃完的半条鱼上面——这张画纸上用稳健的手法绘出了方方的网格，类似于玩井字棋用的图案。塔莎宣称，这个格子图案是最为经久不变的文化符号之一，早在旧石器时代就已经出现，在埃及、克里特岛、前哥伦布时代的美洲等地均被发掘，现在，在亚速海沿岸我们这里，也发现了……

谢尔盖·伊拉里奥诺维奇老态龙钟地在沙发椅上打着瞌睡，又因为他天生的礼貌而时不时醒过来，睡眼惺忪地点点头表示同意，并嘟囔着说几句称赞的话，然后又打起盹儿来。

美狄亚对塔莎的学术研究一点也不感兴趣，但耐心地等待这场讲座结束，同时又对塔莎只字不提她在列宁格勒的女儿和孙女的情况感到讶异。

每当塔莎讲到转折处，美狄亚就要点头赞同，暗自想着：有时候，人的天性真是顽强，激情真是坚韧，万变不离其宗。就像这些格子、椭圆和斑点等图案，只要画了出来，就能在世界上无数偏僻角落里留存上千年——在博物馆的地下室里、在垃圾场、在干土上或破旧栅栏上由玩耍的孩子们刻下的划痕中，都能发现这类印记……

第二天早上，一个穿着海军制服却没有肩章的高个胖子来到还在沉睡的拉温斯基家，接走了美狄亚。一个小时之后，美狄亚乘坐一艘旧货船，在刻赤海湾上随波摇晃着前行。这艘小船看起来那么亲切，就像是来自她祖父哈拉兰博斯的老船队。

汽船的老烟囱哧哧作响，明明鼓足了劲儿，却还是有气无力，直到傍晚才拖拖拉拉地开到塔甘罗格港。这十二个小时里，美狄亚一直坐在甲板的长木凳上，后背挺得笔直，双膝紧紧合拢。此时，蒙蒙细雨稍微下大了些，变成灰暗的雨丝。她走下舷梯，感觉自己不像个活人，倒像是她刚刚起身的那条木凳的一个结构。

她站在码头上环顾了一下：四周空空荡荡的，只有一盏孤灯和一个男孩。男孩是从刻赤一起搭船来的，天未黑时一直埋头读一本厚厚的书。看年纪，他是属于马上要步入成年的少年，听到“年轻人”的称呼，还是有些尴尬。

“年轻人，请问到顿河畔罗斯托夫市，该怎么走比较方便，是坐火车还是坐大巴？”

“坐大巴。”男孩简短地回答道。

男孩身边放着一只带双把手的篮子，用一块旧布包着，上面印着似曾见过的可爱图案。美狄亚盯着这只篮子细看了一下：风吹日晒让旧布褪了色，勉强还能认出上面画的是洋甘菊，朵朵鲜花构成圆圆的花束……男孩好像察觉到她的目光，使劲儿踢了踢篮子，说了句没头没脑的话：

“要把它放进后备箱，您就有座了。”

“您说什么？”美狄亚吃了一惊。

“我哥哥要从罗斯托夫来接我。开车来。我觉得会有位置让您坐的。”

“是这样吗？那太好了。”

自从她读到那封匆忙又潦草的可怕信件之后，黑压压的一团一直积在她的心头上，一刻也不肯消退，但这并不妨碍她欣喜地感叹起来：“主啊，感谢你在我行走的条条路上没有完全抛弃我，感谢你像对待多俾亚[1]那样，派出你的旅行天使来帮助我……”

少年旅伴浑然不知自己正履行着“旅行天使”的使命，他用靴子的鞋尖把篮子推到一边，解释道：

“哥哥的车很宽敞，‘胜利’牌的，只怕里面可能已经装了什么东西。”

男孩的语言很规范，语调听着有些熟悉——看来他的家庭背景很不错，厚厚的读物也显然起了作用。

过了大约一刻钟，一个矮壮的年轻男人走了过来，他亲了亲男孩的脸，又拍了下他的肩膀：

“廖申卡，好小伙！怎么没把姨妈带过来呢？”

1　天主教和东正教《旧约》中《多俾亚传》的主人公，遵父命去取回父亲早年存于友人处的钱财，得天使拉斐尔同行，并在拉斐尔的帮助下驱走恶魔、迎娶妻子，治愈了父亲的眼疾。

“她答应夏天过来，现在她腿疼。”

“太可怜了……她一个人在那边可怎么办？”

他并不是随口一问，而是在等着男孩回答。

“我觉得她没问题的。她把一间房租了出去，那个租客很体面，列宁格勒来的，在气象站上班。他还帮着给她运来柴火。瞧，姨妈送了些东西。”他朝着篮子点了点头，“我本来不想收，可她坚持要我带上。”

男人摆了摆手，说道：

“嗯，她当然会这样的。”

他走过去想提上那只篮子，男孩却叫住了他：

“托利亚[1]，你瞧，这位女士也要去罗斯托夫。你那儿有座吗？”

托利亚这才转身向着美狄亚，就好像他刚刚注意到她——虽然他们哥儿俩说话的时候，美狄亚一直站在旁边。

“有座。我载您一程吧。您去罗斯托夫哪里？”

“去火车站。”

“把包给我吧。”他伸出手来，把背囊搭在自己肩上。

美狄亚默默自语道：“主啊，感谢你的一切恩惠，感谢你赐给我的一切，让我海纳百川、包容一切……”

她时常像这样与上帝对话——既有早就烂熟于心的祈祷词，也有她自己那生动而感激的声音……

在甲板上坐了好长一段时间，身子骨刚刚勉强活动开，现在又要坐车了，但坐进去却感到温暖又舒适。湿漉漉的衣服虽不能

1　阿纳托利的小名。

说干透了，但很快就吸收了来自她身体的暖意。她打起瞌睡来，迷迷蒙蒙地听到这对兄弟谈话的只言片语：谈到姐姐的婚礼、男孩正在读一年级的那所师范学院、辛菲罗波尔市，还有他刚去旧克里木[1]看望的姨妈。

“我真该去看看妮娜。”睡梦中，美狄亚模模糊糊地想起了在费奥多西亚的这位老邻居，老街的那场大火烧掉了她的房子，她便搬到旧克里木去了。美狄亚在睡梦中记起了妮娜，记起了她那位在失火当晚就精神失常的老母亲，还有妮娜的妹妹——当时，她妹妹的手臂被烧伤了，美狄亚就连忙用粗糙却可靠的民间偏方给她做了治疗。

午夜时分，四周一片漆黑，汽车把美狄亚送到了火车站。司机搭着美狄亚的背囊，带她走到售票处。一个小窗口前默默无声地排着一条长龙，另外两个窗口则死死地关闭着，仿佛从来就没有打开过。

美狄亚在一个关闭的窗口前面停了下来，向司机说了几句感谢的话。他从肩上取下背囊放在地上，有点犹豫地建议道：

“要不我还是带您去我家吧，明早再想法儿上车。您看看这儿排队成什么样了……”

美狄亚还没来得及感谢司机的好意，她身旁的小窗口突然打开了。她顾不上吃惊，便直接要了一张去塔什干的车票。

“只有普通硬卧，”售票员提醒美狄亚说，“还要转乘两次，一

1　克里米亚东部的一座城镇。

次在萨拉托夫[1]，一次在萨利斯克[2]。”

“好的。”美狄亚回答道。

人群顿时喧哗起来，冲向那个突然打开的窗口，随即又爆发了激烈的争吵——有些人想换回原来的排队顺序，而另一些人此前是排在后面的，现在挤到离售票口不远的地方，他们坚决不肯换位置。

涌动的人群为了公平而争得不可开交，进行肉搏战。美狄亚手里紧握着车票，过了一分钟才艰难地从人堆里挣扎出来，从阿纳托利手里接过了背囊。他只能惊奇地摊开两手说：

“嘿，您运气真是太好了！”

他们马上走上站台，没能看到接下来发生的奇景：把票卖给美狄亚的那个窗口居然又立刻关上了，分成两拨的人群在两个关闭的窗口前面乱作一团，好多人焦急地伸出手去，拍打那死死合上的窗板。

美狄亚的那班火车本来晚点五个小时，居然在她走上站台十二分钟之后就进站了。启程离开罗斯托夫之后，美狄亚才反应过来：为什么那块印着洋甘菊的破布看起来这么眼熟——原来那是三十年前她自家用的窗帘，是她在大火之后连同其他许多必需品一道送给妮娜的……这么说来，男孩说的那个住在旧克里木的姨妈就是她的老邻居妮娜，两个小伙子的母亲就是那晚她救治过的女孩子……美狄亚暗自笑了一下，心里踏实了：尽管这世上的人潮愈发汹涌混乱，但人间规律和往日别无二致，她依旧可以弄明白——小

1 俄罗斯城市，位于伏尔加河下游。

2 俄罗斯城市，位于罗斯托夫州。

小的奇迹照旧闪现，人们不时有离有合，这一切组合在一起，绘成一幅美丽的图案……

她从背囊里拿出两块干面包和一个带盖子的德国大暖瓶。里面的茶水还是她在刻赤的时候倒进去的，但依然温热香甜。

她在车窗边坐了大概四昼夜，偶尔也会挺直身子躺在下铺上，随着火车的晃动而断断续续地入睡。睡梦中，依然感到心底有化不开的沉甸甸的黑团。

火车缓慢向前，在无数个小车站停靠，又在无数个交叉口毫无意义地久久等着错车。从起始站开始，列车延误得很厉害，时刻表也就自动作废了。沿线的各个大小车站，都有疲惫不堪的人群等着上车。在这趟缓慢又肮脏的列车上，没有多少乘客像美狄亚这样出远门，大多数人都是提着篮子、口袋和包袱上车找个座位或者站在过道里，只走几站路就下车了，留在车厢里的是一股浓重的气味和一地的瓜子壳。

美狄亚见证了克里米亚的多次动乱，她记忆里有用来隔离伤寒患者的棚房，也有挨饿受冻，但她从未经历过那些伴随着国家历史发展而出现的大规模人口迁移，只是从身边亲友之口听说过一些，都是关于挤满移民的闷罐车和牛马车、在车站排长队接开水之类的故事。

如今，年逾半百的她终于脱离了宁静的定居生活，这时才惊奇地看到人群在堆满了废铁和碎石的、无人管理的大地上来来往往地走动着。沿着铁路的边坡，在稀疏的初春小草下面，沉眠着八年前宣告结束的那场战争——几乎被填平的弹坑里积蓄着褐色的脏水，炸毁的建筑留下了牢牢长入地面的废墟，人的遗骸撒满了从罗斯托夫到萨利斯克，再从萨利斯克到斯大林格勒[1]的辽阔大地。

美狄亚觉得，大地对战争的记忆好像比世上众人更深刻。现在人们正用整齐划一的方式高声哀号着，悼念最近去世的斯大林。他是几个星期前刚逝世的，美狄亚的同路人聊天的时候，不断提起他的死。

她听到了许多离奇的故事：一个上了年纪的铁路工人刚为母亲送葬回来，他压低声音讲道，在向斯大林遗体告别的那天，莫斯科发生了一起大规模挤压死伤惨案，还说这都是犹太人捣的鬼。另有一个靠一条木腿走路、闷闷不乐的人，胸前挂满了五颜六色的勋章条，他说，在莫斯科市中心意外挖出了一座地下城，里面全是美国的超级绝密武器。去参加某个地方会议的两位女老师，用教师特有的大嗓门一路讨论着今后谁会领导国家实现共产主义理想的问题……从伊洛夫利亚[2]到萨拉托夫的这段路上，一个喝得微醉的汉子一直戴着棉帽，默默地听着这两人连珠炮似的大声讨论，临下车的时候，突然把棉帽一摘，露出头顶上的斑秃，朝地板啐了一口唾沫，恶狠狠地说道：

“你们两个不开窍的蠢女人！谁来带也不会比现在更差了。”

美狄亚对着窗外微笑了一下。从年轻时候起，她习惯于把政治变化当作天气变化一样来对待，也就是随时准备着经受一切——冬天受冻，夏天流汗……不过，她都会未雨绸缪，提前做些准备，入冬前囤好烧火的干柴，入夏前买好熬果酱用的白糖——如果商店里还有白糖的话。她从来不指望从当局那里得到什么好处，

1　今俄罗斯伏尔加格勒市，二战期间发生过著名的斯大林格勒保卫战。

2　俄罗斯伏尔加格勒州的市级镇。

小心翼翼地同那些与有权有势的人保持距离。

至于那位伟大领袖呢，他还有一桩家庭内部的私账没算清。在革命发生多年以前，领袖在巴统把姑姑的丈夫伊拉克利哄得晕头转向，使他卷进了和银行劫案有关的丑事，搞得亲戚们不得不筹集很大一笔钱去交纳保释金……

在领袖去世的那天，小镇里挂出了哀丧的旗帜，还办了集会。从苏达克来了一位党领导，不是最大的头头，而是新来的一位。他发表了讲话，会上响起了庄严的哀乐；两个当地妇女——食品店的索尼娅和教师瓦莲京娜·伊万诺夫娜哭了起来；再之后，大家决定给“莫斯科克里姆林宫”拍一封电报，表示悲痛。美狄亚穿着那身丧服，此时看起来比谁都得体。规定时间内，她一直站立着，而后回家去打理她的葡萄园，忙碌到晚上。

对她来说，这一切只是别人生活里传来的遥远轰鸣。现在这些旅伴，这些组成人民的个体，正在大声惊呼、流泪，担心自己变成孤寡，来日难测。而另一些人则沉默不语，暗地里为暴君之死雀跃不已，但即便是这部分人，现在也不得不重新做出一些安排，去学习如何生活在一夜之间发生翻天覆地变化的世界里。

奇怪的是，美狄亚也正体会着类似的情感，虽然其原因不尽相同。那封信依然躺在她背囊的最深处，使得她用全新的眼光去审视她自己、她妹妹和她故去的丈夫，而且最重要的是，逼着她容忍一件她曾以为绝对不可能发生的事情。

她的丈夫多年来一直把她当作女神，爱护她，赞颂她的美德——尽管有一部分美德是他自己虚构出来的；亚历山德拉则是她了如指掌、肝胆相照的妹妹。这两人之间本不该发生什么男女关系，而且不仅仅因为实际生活中没有可行性。美狄亚觉得，有某种最高禁忌居然被打破了，可从山德拉那封笔调活泼的信来看，从她轻描淡写的语气来看，她根本就没有发觉这是暗中通奸的乱伦罪行，只是表露了不要声张、免得闹得不愉快的愿望……

让美狄亚特别痛苦的是，目前这个状况既不需要她做出什么决定，也不需要采取什么行动。她一生中曾历次遭遇不幸——双亲故去、丈夫患病，每次都要求她劳心劳力地付出，而现在发生的事情不过是一件往事的回响。萨穆伊尔已经不在人世，但他的女儿妮卡还在，再说也不可能在他死后向他摊牌了。

丈夫伤害了她，妹妹背叛了她，甚至连命运也凌辱了她，夺走了她生儿育女的能力，把丈夫那个本该属于她的孩子送进了妹妹那轻快活泼的身体里……

况且，美狄亚本来喜欢四处走动，现在却不得不整天死死地坐在窗边。只见窗外的风景一闪而过，车厢里的乘客微微蠕动，但这所有的动静都是外在的，使她心头的黑暗更加深重了。

这次旅程持续了三天半。由于行进路线画出一道向北的弧线，而后又深入大陆腹地，显得相当奇妙，她感觉像是跑到春天的前面去了：离开染上绿意的克里米亚，来到乌拉尔山脉的边缘，再次看到了峡谷的积雪，看到了被冰寒封冻的土地，而后又在哈萨克大草原上重新赶上了春天的步伐，目睹了一片郁金香点缀着的灿烂花海。

火车一大早抵达塔什干。她背上已经干瘪的背囊走下车厢，知道她亲戚的住所离车站不远，于是向人打听，路该怎么走。

那条街叫“十二棵杨树街”，不知这里是否真的长着杨树，如果有的话，也已谦逊地躲藏在一片鲜花盛放的杏树林里——公路边和灌溉渠旁全是杏树。清晨的天空刚露出一点亮色，这是美狄亚最喜爱的时光。经历了一段艰难又肮脏的铁路旅程之后，她特别敏锐地感受到清晨的圣洁，闻到飘浮在空气之中十分熟悉的清晨气息和混杂在里面的陌生气味：其中有他乡燃料散发出的烟味，还有一股刺鼻的肉香味。然而，丁香花的浓郁芳香压过了一切，丁香花朵像葡萄串一样沉甸甸地挂在黏土夯实的杜瓦尔[1]和木板栅栏上。鸟儿也好像是用外语歌唱，声音听起来不太清脆，更像是急促的哒哒声。

美狄亚走在望不到尽头的长条街上，享受着运动的感觉。她像士兵那样把自己的大衣叠起来，塞在背带下面，此时她感觉背囊的带子勒得有点紧，便轻轻扭了下肩膀。她用双眼注意着门牌号，也捕捉着周围各种细节，关注着各种新鲜事物。比如，一只棕红色的斑鸠安静地落在栅栏上，这类鸟儿她从小就很熟悉，但在克里米亚，它是种胆小的野生鸟类，从来不会飞进镇里。美狄亚任由像细浪一样柔和的晨风吹拂着，她知道，日出时分总会有这样一阵微风。旅途中像是压在后背上的一股沉重的气息，此刻无影无踪了……突然间，在东边，一阵高喊随风传来。这喊声也像是海浪，嗓音很高，是儿童的声音：

“水！水来了！ Сувгя[2]！”

马上有几个小孩子从便门和大门后面蹦了出来，栅栏上面也

1　中亚地区一种黏土制或鹅卵石制的围墙或房屋砖墙，建在房屋和院子周围，多见于村庄和城市私人区域。

2　乌兹别克语，意为“水”。

露出几个小小的脑袋。一个胖胖的老妇人走出来，往水渠那边走去。她脚踏毡靴，上身穿着前襟已磨破的乌克兰式衬衫。

美狄亚停下了脚步。她知道马上会发生什么，也在等待着这一刻。水渠并不深，渠底覆着一层光滑的淡褐色薄膜，就好像是从煮过的牛奶表面取下来的。刚刚脱离枝干的粉红色花瓣，在黎明的微风中缓缓飘落到水渠的薄膜上。接而传来一阵汩汩声，水流伸出褐色的小舌头，卷起散落的花瓣，变成一团红云向前飞去。

刚才的喊声消散在街道尽头，只听见水流潺潺作响。老老少少都忙活起来，打开水渠的闸门，把水引进自家院子。早上的灌溉时间到了。

在莲娜的宅院旁边，美狄亚碰见了一个十岁左右的男孩。他长着浅色头发，刚把水放进院子，然后用那看起来不太干净的褐色的水洗了一下他满是雀斑的脸蛋。

“你好啊，舒里克。”美狄亚对他说道。

他吃了一惊，稍稍往后退了半步，然后就高喊着消失在灌木丛里：

“妈妈！有人来了！”

美狄亚进院子看了看四周：里面有三栋小房子，其中一栋修了凉台和高高的门廊，另外两栋刷成白色，显得较简陋一些。三栋房子围成一个正方形，中间还盖了一座平顶凉亭。夏季用的开放式厨房建在侧面，上面带着遮阳棚。此时，亲爱的莲娜走出厨房，向着美狄亚一步一步地走过来。她头发斑白，体形丰满，胸前围着白围裙。她没能一眼认出美狄亚，但反应过来之后，马上张开双臂跑过来，还发出了傻傻的欢呼：

“我的天，幸福突然降临啦！”

四周的门窗开始哐哐作响。犬舍里的老牧羊犬终于醒了过来，感觉到自己有些失职，发出了猛烈的吠叫。美狄亚觉得院子里好像有无数的人拥了进来，但这群人都是她的家人，是她的亲近之人——莲娜的女儿娜塔莎，还有娜塔莎七岁的儿子帕夫利克，莲娜的小儿子格奥尔基，这一冬季他已长成了帅小伙，此外还有一个拄着拐杖的瘦小老太太。

“应该是老保姆加利娅。”美狄亚猜测道。

门廊上站着娜塔莎的大女儿——十三岁的舒莎。她穿着白色睡衣，把东方美人式的高傲容颜侧向一边，亚洲人特有的闪亮的黑色长发几乎遮住了全身。黄头发的舒里克则躲在一棵桃树的后面，悄悄向这边张望着。

“唉，天哪，费奥多尔不巧出差去了，昨天刚走！”莲娜伤心地说道，依然紧紧地抱着美狄亚不放，“你怎么不提早说一声？这样若拉[1]就会接你的！”

一大家子人把美狄亚围起来，等着轮流和她亲吻。只有加利娅含糊不清地嘟哝了一句，发现一阵黑烟从煎锅里升起，便蹒跚地走到无人照管的炉子边，那里真是一片狼藉。

“啊，我给你倒茶，倒茶！哎，不对，我在说什么呢，咖啡，咖啡！哎呀，幸福来得太突然啦！”莲娜咯咯地笑着，把每个词都重复了一遍，同时用她那独一无二的手势给自己的脑袋扇风。

这个动作本来已从美狄亚的记忆里完全遗失了，但现在，她看

1　格奥尔基的小名。

到莲娜挥动着小手，一阵幸福感猛地从心底升起。

一九二〇年，美狄亚在费奥多西亚火车站送别了她哥哥费奥多尔，他带上新婚妻子莲娜奔赴新的岗位。莲娜是美狄亚坚决介绍给他的，两人临出发才约定终身。自那以后，这两位闺密只见过两次面：第一次在三二年，也就是美狄亚和萨穆伊尔搬到小镇之后不久；第二次是在四〇年，当时住在塔什干的西诺普里家族的大大小小全部来看望美狄亚。

那是战前最后一个夏天，美狄亚家里聚集了一大批亲朋好友：山德拉带着谢尔盖和莉季娅；弟弟康斯坦丁，他在第二年，在开战之后的头几天就牺牲了；还有塔莎·拉温斯卡娅……屋子里挤得水泄不通，孩子们清脆的叫声、七月炙热的阳光、克里米亚葡萄酒的香气交织成有声有味的美妙回忆。

恰在那一年，费奥多尔被授予国家奖，正等待着新的任命，差不多要升到部长级别了。

美狄亚当时没法休假，每天去上班，回家后就是煮饭、煮饭、煮饭……妹妹山德拉和妯娌莲娜本来很愿意帮她的忙，但是美狄亚不喜欢其他人来干预自己的家务，担心会弄乱放在固定位置的东西，破坏她固有的秩序。随着岁月更替、迈向老年之后，她才不情不愿地接受了事实：她的夏季厨房如今由年轻的女性亲戚来打理，结果什么东西都不好找了。

因为人多，厨房里老是挤成一团，美狄亚和莲娜这两个闺密几乎没有什么深谈的机会。美狄亚记得她们只谈过一次话，是在亲戚们回塔什干之前最后一个晚上。在告别晚餐之后，她俩进厨房洗碗，莲娜一边拿长抹布擦着一堆盘子，一边伤心地抱怨说，费奥多尔实在太轻率了，要把脑袋伸进虎口。她很有先见之明，不愿见到丈夫平步青云，从一个不起眼的土地测量员快速成为整个乌兹别克斯坦水利系统的首席主管。

“他怎么不明白呢，”莲娜难过地说，“我父亲以前是克里米亚政府的成员，填履历表都不敢提这件事。爬得越高，目标越大，枪打出头鸟嘛……”

如今在塔什干，美狄亚幸而是唯一的贵客。早晨送孩子们上学后，莲娜和美狄亚就去离家不远的乔尔辛集市买些羊肉和早春的新鲜菜，有时还要买几只鸡回来。两只鸡不够大家吃，三只又太多了。

家里人的饭量都很大，让美狄亚很是吃惊。三月底是个物资贫乏的时节，还完全看不到东方集市盛夏时的那种繁荣景象，但她们总能把篮子装得满满当当，回家时要坐有轨电车。

正餐通常吃得很晚，在八点左右，也就是费奥多尔下班回家的时间。在这之前，孩子们随便吃点东西，靠面包片和饼子来垫肚皮。不过正餐会持续一两个小时，而且，除了烤包子和拉条子这些当地常见的面食以外，餐桌上总有一些亚美尼亚风格的稀有美食——莲娜还没忘记怎么烤果仁蜜饼。

到了夜深时分，房间里沉寂下来之后，她们两人就坐在收拾得干干净净的餐桌旁边，看着莲娜那副一年最多能赢一次的复杂的单人纸牌阵，翻来覆去地回忆往事，从两人的中学时光开始叙旧，为那些她们曾经爱过的人，为那些消失在时间长河里的人欢笑、叹息和哭泣。

在美狄亚的灵魂深处，那块沉重的石头缓缓地滚动着，但两人的谈话内容怎么也扯不到那封信。不知什么东西阻止美狄亚开口，而且她突然觉得，她不久前刚经历的这番不幸显得有点不体面……

白天忙得透不过气，夏季灶台、院子里的火炉和烧个不停的煮衣锅更是增加了热度。锅里煮的是家人的内衣被单，莲娜历来特别喜爱浆洗过后带着点淡蓝色、显得十分板挺的被单。美狄亚坐在一边观察着这里的生活方式，心怀赞许地发现老斯捷潘尼扬的传统家风依然存在，也就是对身边的人们慷慨解囊，对自家的饭食则抠抠搜搜。准备买茄子和核桃的时候，莲娜总会扳着指头精打细算，为他人花钱呢，则从不吝啬。

命运在莲娜青春时期弄得她家破人亡，又在战争期间夺走了她十九岁的大儿子，却从未让她经受过贫穷困苦，好像她生来就注定要穿金戴银、锦衣玉食。有这么一件令人惊讶的事：在她来塔什干居住的头一年，老阿什亨找到了她（寻找过程中美狄亚也帮了帮忙）。这老太是在梯弗里斯伺候莲娜姨妈的女仆，姨妈是位有钱的寡妇，刚刚故去，膝下又没有子女。阿什亨根据姨妈的遗嘱，把家传的珠宝装进脏兮兮的旅行袋里，从梯弗里斯步行过来找莲娜。

莲娜本已失去了往日生活里拥有的一切，此时她便立刻把两枚戒指戴在手上——一枚嵌着珍珠，一枚镶着蓝钻；双耳也戴上了有小珍珠的黑玛瑙耳环。其他首饰藏在篮子的最底部，为即将出生的大儿子做些准备。老阿什亨在她家里安顿下来，住了六年，直到去世为止。

至于在塔什干的这座房子，它是费奥多尔刚到此地时就分配给他的住所。莲娜按照她家里从前的习惯进行了布置，同时也考虑到当时相当微薄的收入水平，做了些调整。最好的房间当作书房给了丈夫，卧室里摆上了两张旧床。这些床铺是先前接替老房主住进来的乌兹别克人从室内扔到棚子里的。前任房主是这里的副省长，年老体衰，一九一七年初，因万分苦闷，最终开枪结束了自己的生命。

在这个棚子里，莲娜还发现了一些没扔进炉子当柴火烧掉的残破家具。她在两张方凳上铺上鲜艳的头巾，当成小号床头柜，然后又去集市买了些家用铜器，这么一装饰，他们的住所就不知怎么地变得与梯弗里斯的老房子、苏达克的别墅和日内瓦的住宅有些微妙的相似——室内装饰处处体现了已故的阿尔米克·季格拉诺夫娜的品位。

后来，他们又给娜塔莎买下了院内第二栋房子，现在正和最后一批邻居商谈着，想把第三栋，也就是位于中间那栋右侧的一栋也买下来，因为莲娜希望以后让格奥尔基住进去安家。

莲娜在她写的信里多少总要提到有重要性的各种事件，美狄亚也由此知道了她这些家事。但她们两人最珍视的还是通信本身的交流形式，坚持保留少女时期的亲昵而私密的语气，保留当年的词语、书写的字迹，当然还有她们轻松流利运用的语言——法语。

每一封信都像是表忠心的秘密誓言，尽管四分之三的内容写的都是梦境、预感，还有对路边树木的描述或者对遇见某某人的记述。

写到女儿的婚礼时，莲娜非常详尽地叙述道：就在这对新人走出民事登记处的时候，突然下起一阵倾盆大雨，而且全城唯独这个市区下了雨。娜塔莎的白色婚服被雨水打湿，顿时缩了水，让她饱满的膝盖露了出来。然而，莲娜没有介绍娜塔莎的丈夫名叫维克多·金，是朝鲜族，通讯工程师，因有非凡的语言天才而闻名于全城。他掌握了通用的俄语、家里讲的朝鲜语、学校必修的德语和选修的乌兹别克语。除此之外，在二十五岁的时候，还不知不觉地学会了英语，现正学习汉语，虽然他自己认为至少需要五年时间才能掌握这门语言。

婚礼之后过了半年，莲娜在另一封信里讲到自己去库伊留克郊区的情况，重点描绘了她看到的稻田——许多被水淹没的小块田地，上面种着一排排叶子修长的水稻，让人印象深刻。同时，她轻描淡写地只提了几句娜塔莎的公公婆婆：一对满脸皱纹的朝鲜族夫妇，外表长得很相似，甚至分不出男女，让人很难判断这两人当中谁是丈夫，谁是妻子。

不管怎样，六个月之后，当美狄亚收到刚刚降生的舒莎的第一张照片时，她对舒莎的模样并不感到意外：一张小小的圆脸，一双眯眯的小细眼，当时怎么也看不出她会出落得如今这样美丽。

有时候，莲娜白天安排美狄亚到满是嫩叶的葡萄架下面，在帆布折叠床上躺下，再往她手里塞一本法语书——这些藏书是从这里唯一一家旧书店里收来的。美狄亚心不在焉地翻阅着《危险关系》[1]或者《帕尔马修道院》[2]等书，人生中头一次体验到闲散慵懒和身体彻底放松所带来的享受，就像是令肌肉处于紧张状态的电流突然被断掉，每一根韧带都幸福地舒展开来了。

她稍微读会儿书，又稍微打个瞌睡，也略略观察一下孩子们。舒莎总是那副高傲冷淡的神情，像是沉浸在自己的思想世界里。

1　法国作家皮埃尔·肖代洛·德·拉克洛所著的书信体小说。

2　法国作家司汤达所著的长篇小说。

她的弟弟帕夫利克整天在屋子里拉着小提琴，出现在院子里的时候，会显得有点过于礼貌。美狄亚在他们身上努力寻找着家族特征，但未能找到：这两个孩子的亚洲血统完全压过了希腊和亚美尼亚的基因。

但是，说来很是奇怪，莲娜家的养子，那个长着一头黄毛、安安静静的男孩子舒里克，从各方面来看更像是西诺普里家族的人。虽然他那蓬松的细发与本家的赤褐发色确实没有丝毫关系，但他肤色白皙，瘦小的脸上点缀着浓密的棕色雀斑，而且最主要的是——他的小指很短，几乎连无名指的第一节指骨末端都够不到。美狄亚一开始没有注意到这一点，等她反应过来的时候，简直是无比惊讶，不过她并没有向任何人透露她的观察结果。

“真是个好孩子。”美狄亚凝视着舒里克，轻声说道。那孩子正在刨一根干枯的丁香树枝，想换掉被烧焦的咖啡壶把手。

“他就像我的亲生骨肉一样。”莲娜回应道，“虽然在我心里没人能代替亚历山大，但舒里克确实是个很好的孩子。他妈妈是从伏尔加河畔流放到这里的德意志人[1]，战后没过多久就因为肺结核死去了。孩子一开始进了孤儿院，受了很多苦。有一回费佳[2]去看望他，因为他妈妈以前在浩罕[3]，在费佳主管的一个工程项目工作。费佳去看了他一两次，然后就把他带回家来了。他很适应我们家，非常适应……”

美狄亚默默地听着，观察着。第五天的正餐之后，她发现莲

1 伏尔加德意志人在二战期间因斯大林的命令而被强制迁移到中亚和西伯利亚地区。

2 费奥多尔的小名。

3 乌兹别克斯坦东部城市，位于费尔干纳盆地西南边缘。

娜端着一碗汤去靠近门口的小房，也就是加利娅住的地方。莲娜注意到了美狄亚的目光，于是解释道：

“那里住着穆夏，加利娅的妹妹。”

“穆夏？”美狄亚吃了一惊，因为她从未听说过这个名字。

“是啊，穆夏。她瘫痪了，很可怜。她女儿不愿意照顾她，加利娅就把她带过来了。”莲娜回答说。美狄亚一下子想起了阿尔米克·季格拉诺夫娜身边那个瘫痪的老奶妈，斯捷潘尼扬家一直用一把德国定制的铜管椅子推着她到处走，到了克里米亚，又到了瑞士，时间总共有十多年之长。阿尔米克·季格拉诺夫娜还要给这个说不出话的枯瘦老婆子亲自喂饭吃，因为老太太不肯吃别人端上的东西。

一切的一切，多么惊人地周而复始……

“上帝会永远让他们富足有余，”美狄亚无意中冒出了这个念头，尽管莲娜一家今日的丰衣足食还不能叫作富有，“没人能像莲娜一样妥善处置财富。”

莲娜喂穆夏吃完饭之后（美狄亚始终没有见到她），便马上去责骂加利娅，问她为什么把那半罐葡萄叶给丢掉了，去年摘下这些叶子是为了做多尔玛[1]准备的嘛……此时，新长出的嫩葡萄叶就在美狄亚头顶上轻轻地晃动着，她不禁笑了起来……

费奥多尔在阿姆河下游和咸海的视察终于结束了，他从努库斯[2]打来电话，说他很快就回来。

“太好了，我见一见他，就回家去。嗯，复活节之前一定要回

---

1 土耳其名菜，流行于东地中海和中亚地区。

2 乌兹别克斯坦西部城市，位于阿姆河畔。

家。”美狄亚是这样打算的。

但是，直到拉撒路圣周六（也就是圣枝主日[1]的前一天）的中午，费奥多尔才回来。汽车的噗噗声传了过来，舒里克跑过去想打开大门，但费奥多尔已经走进院子里了。他戴着一顶有点土气的白色帽子，最近晒得通红的皮肤发出闪闪亮光。舒里克轻巧地扑进他怀里，搂住了他的脖子。费奥多尔亲了亲舒里克白皙的头顶，把他从自己身上抱了下来，然后把一只手放在舒里克的头上，一起走过花园。

“爸爸回来了！”莲娜在窗边用响亮的嗓音喊了一声，她激动得就好像费奥多尔走了两年而不是两周。

美狄亚翻了个身子，坐在折叠床的床沿上，还没来得及起身，费奥多尔就一把将她抱了起来，像搂小孩子一样把她紧紧地搂在怀里：

“我亲爱的乖妹妹哟，你来看我了！”

美狄亚呼吸着他头发和身体的气味，闻出了来自遥远记忆里的味道。那是她父亲工作时穿的线衣的气味，很少有人会觉得这种味道好闻，但在美狄亚容纳万物的记性中，这是一份珍贵的礼物。

就和美狄亚刚到的那个早晨一样，一切都围着费奥多尔转了起来。载他过来的司机打开大门，把车上的大小包裹和袋子卸了下来，里面都是丰盛的礼品。莲娜立马开始忙活，处理那条巨大的腌鲟鱼。舒里克站在她身边，小心翼翼地用手指去戳那看起来很凶猛的鱼脸。虽然莲娜事先就为丈夫的到来做了准备，但这条

1　拉撒路圣周六是复活节前一周的周六，圣枝主日是复活节前一周的周日，二者都是基督教中的重要节日。

鲟鱼还是让她慌了手脚。她叫娜塔莎和加利娅赶快去摆桌子，自己开始料理这条鱼。她手里握着刀，因为近视而把脸埋进了被剖开的鱼肚子里面。

司机也叫费奥多尔，是个四十岁左右的帅气男子，但脸颊曾因为火药爆炸受了点伤，有斑斑黑点。他又从那辆像是无底洞的越野考察用的嘎斯车[1]里拉出一箱没贴标签、不知装着什么东西的酒瓶子。

大家用餐时，费奥多尔吃得很少、喝得很多，他一直用厚实的手搂着美狄亚的肩膀，用首长那种铿锵有力的声音讲述着他最近这次视察的情况。费奥多尔的副手也来了，还有一对上了年纪的老友和一个年轻漂亮的希腊女子玛丽亚，她是在战后因政治原因流亡过来的侨民，也是美狄亚平生遇到的第一个真正的科林斯[2]人。

舒里克和帕夫利克静静地坐在专为孩子们安排的座位上。莲娜一直忙碌着来回跑，一会儿跑到夏季厨房，一会儿又跑去看院子里的火盆。没有标签的瓶子里装的原来是刺鼻的烈酒，很像廉价的白兰地，倒挺对美狄亚的口味。费奥多尔喝酒用的是一个闪着银光的大号酒杯，他那张因前不久暴晒而发红的脸庞渐渐变得发紫，露出了沉重的表情。

稍后，格奥尔基的两个同班同学顺路过来，主人也安排他们就座。莲娜依然坚持自己的习惯，一见热菜有点凉就立刻撤走，又马上把新菜端上桌。

1　苏联“高尔基”汽车厂生产的汽车。

2　希腊历史名城，希腊神话中，伊阿宋就是在此抛弃了他的妻子美狄亚，也就是与本书主人公同名的那位女巫。

美狄亚在最近这次漫长的旅行中，一路吃的只有灰色的小面包干，现在面对丰盛的餐桌感到由衷的高兴，但她和费奥多尔一样，几乎没有碰那些美食。当时正值大斋期，从小就习惯于斋戒的美狄亚不仅是心甘情愿地接受这些戒律，而且吃斋期间身心会变得更加强健。莲娜则正好相反，少年时强制性的斋戒使她十分痛苦，到了中亚之后她就不再去教堂做礼拜，更不用说守斋了。

美狄亚对此心知肚明，但她也知道莲娜会时不时地陷入毫无缘由的抑郁中，她认为莲娜脱离了教会是此状的原由。

这件事也是她们书信往来中的一个话题。两人都足够开明，她们都明白一个人的精神生活绝不限于他与教会的关系。美狄亚是自行把教会生活视作自己唯一选项的。

早在战争打响之前，当地那座由哈拉兰博斯的弟弟狄奥尼修斯担任堂长的希腊小教堂就被封闭了，她便转到俄罗斯正教会的教堂。当时她给莲娜写信说：“我的智慧有限，脾气又任性，所以才需要教会的纪律，就像慢性病人需要服药一样。我一生幸运之处在于，我妈妈启发了我的信仰，她是个质朴的人，品性特别善良，又不知道什么叫疑虑，所以我一生中从不需要绞尽脑汁，去徒劳地思考一些哲理问题。这些问题不是每个人都要去解决的。基督教对生死善恶问题的传统解释，让我觉得足矣。不要偷窃，不要杀生，而且任何情况下，恶绝不会变为善。谬见虽能普遍蔓延，但此事与你我无关。”

莲娜并没有遇到过杀人或偷窃的诱惑，她身上只有家务的重担。如是比她柔弱的女子定会被这种担子压垮，但她不仅能够胜任，而且还乐在其中。

住房不断扩建，家庭也越来越热闹。莲娜现已开始饶有兴趣地打量格奥尔基的女同学们，心里估摸着哪一个将来会嫁给他。

可见，未来的孙辈已在探头张望着莲娜的生活，准备紧随她收养的舒里克和从不露脸的穆夏来进一步扩充家庭队伍。这些被接纳进家庭的人就是莲娜的宗教信仰，美狄亚很清楚这一点。

临近午夜，客人们已四散回家，桌面上也一扫而空，但费奥多尔的手还一直放在美狄亚的肩膀上。

“怎么样，妹妹，”他用希腊语问道，“你喜欢我家吗？”

“很喜欢，费奥多尔，很喜欢。”她垂下头说道。

莲娜正在收拾碗碟，她早就把加利娅打发睡觉去了。美狄亚本想去帮一手，但费奥多尔拦住了她：

“坐下吧，她自己能收拾好的。你觉得我的小儿子怎么样？认出咱家的血脉了吗？”

他这些话是用希腊语问的。证实了男孩身上有被他人稀释的本家血统，美狄亚脸上顿时烧得通红，她的头垂得更低了：

“认出来了。就连那根手指……”

“所有人都认出来了，只有她是和你一样的纯洁的傻瓜，什么都没发现。”他的声音里意外地充满了懊丧和苦涩。

美狄亚站了起来，为了中断这场对话，特意用俄语回答道：

“时候不早了，哥哥。晚安。也祝你晚安，莲娜。”

美狄亚躺在床上，身上的被单因为浆洗过而绷得紧紧的。她久久无法入睡，枕着蓬松的枕头，把那些很久之前的片断话语、转瞬即逝的眼神和他人的沉默不语拼凑在一起，终于恍然大悟：原来除了她自己以外，山德拉小女儿的身世对所有人来说都不是秘密。

看样子莲娜也知道真相，只因顾及美狄亚的感受，才按捺住了自己多嘴多舌的性子。可是，莲娜是不是也和她一样天真呢？她知不知道，她接纳进家里、和亲生儿女们一起抚养的是孩子们同父异母的兄弟呢？

“聪明的莲娜，伟大的莲娜呀，”美狄亚想道，“她根本不愿知道这件事的真相……”

这个意料之外的醒悟让美狄亚辗转反侧——假如这对闺密真的把这件事说开，她们的关系肯定还会更加密切。

窗外天色渐亮，鸟儿轻声歌唱。美狄亚悄悄地起了床，准备去教堂做礼拜。她从小就很喜欢圣枝主日。

她早早地来到医院街上的那座教堂。还有一个小时礼拜才会开始，连教堂的大门都还关闭着，不过市场已经很热闹了。她穿过一排排货摊，漫不经心地打量着周围。

小贩当中几乎看不见妇女，都是穿着厚厚长袍的乌兹别克男人。然而，顾客却全是女人，主要是俄罗斯妇女。在美狄亚看来，塔什干基本上就像是一座俄罗斯人居住的城市，只有在集市上，还有抵达那天在火车站上，她才见过乌兹别克人。她住在俄罗斯人聚居的市中心，没去过老城区那边，那里还保留了亚洲式的城市布局和充满鞑靼文化氛围的旧时克里米亚风格，特别是和巴赫奇萨赖的样式很接近，那是美狄亚十分熟悉的一种风格。

“全都勾销了，”她心里想着，“化成了辽阔无边的俄罗斯省份。”

她围着集市转了一圈，再度走向教堂。这次教堂大门已经打开，一个戴着白色头巾的老太婆在教堂的奉献箱旁边扭动着身躯，活像一只肥硕的大兔子。奉献箱上摆着一只玻璃杯，杯子里插着几枝灰黄色的柳树条。

“啊哈，这里也长着呢。”美狄亚高兴地想道。

她拿过两张裁成四分之一大小的纸片，其中一张写上“愿灵安息”，然后按她习惯的顺序罗列出一串的名字——狄奥尼修斯神父、巴托罗缪神父、哈拉兰博斯、安东尼达、格奥尔基、玛格达林娜……在另一张纸片写上了健在的家庭成员的名字，最上面的标题是“愿彼安康”。

每次在教堂里用工整的大字写下亲人们的姓名，她都会有同样的感受：仿佛她在河上漂流而下，前面是她的兄弟姐妹，还有他们年轻的子女和孙辈，他们像大雁一样组成三角队形，向前飞翔；她后面是去世的双亲和祖辈——总之就是她所有的先人，有些人名她记得，还有些名字则已经散失在时间的长河里。先人的队伍也像一个扇形，不过要庞大得多，长长的队尾渐渐隐没在河水的微微涟漪中。美狄亚毫不费力地把这无数的人、把生者与死者都容纳在心，每一个人的名字，她都要用心去写，回忆那个人的面孔容貌，还有他的味道——如果可以这么说的话……

她不慌不忙地做这件事的时候，莲娜过来找她，拍了拍她的肩膀。两人相互亲吻了脸颊。莲娜环顾四周，看到教堂里信徒们个个衣衫褴褛，老婆子们也个个面容丑陋。透过熏香的芬芳，她能明显地闻到肮脏破旧衣裳的臭味和年老多病的身体气息。站在旁边的老太婆身上还传来一股猫的味道。

“在梯弗里斯，在索罗拉基[1]要顺着台阶往上走的那座亚美尼

1 第比利斯市中心的一个历史街区。

亚小教堂，难道也会变得如此穷苦潦倒吗？”莲娜心想着，“可小时候，那些场景是多么美丽又庄严啊！奶奶戴着雪青色的丝绒帽子，线条柔和的下巴上系着丝绸飘带，节日般的打扮真是漂亮。妈妈和阿纳希特姐姐身穿浅色的服装，站在礼拜人群的最前排，面对挂在那堵发白的高墙上独一无二的里普西梅和加娅内[1]圣像。满堂是蜂蜡香、熏香、花香的芬芳……”

一声高呼响起：“你的国度有福了……”礼拜开始了。

莲娜目视着美狄亚，她站得很稳，双眼紧闭，低垂着头——她有这个技巧，可以长时间站立着，无需改变姿势，也不需要左右脚交替着来支撑。

“她就像大海中泰然耸立的山岩。”莲娜充满爱戴地想着美狄亚，想到她孤独的苦楚、无后的悲剧，还有他人对她的欺骗和背叛之罪，突然间为她的命运流下了热泪……然而，美狄亚完全不去想这些事。三位老太婆用颤颤巍巍的高亢嗓音唱起了《天国八福》。莲娜眼中忽然又滚落出新的泪珠，这次不是为了美狄亚，而是为了整个人生。这是非常强烈的体验，十倍地增强了多种多样的情感，为失去的故乡而深切痛苦，同时又感到去世的父母和阵亡的儿子犹如死而复生，近在身边。这是彻底忘我的幸福时刻，此刻填满她心灵的不是自我的琐事，而是光明的神赐。情感的满溢令莲娜内心极度酸楚，她不禁喃喃自语起来：“主啊，求你像带走西坡拉[2]一样把我带走吧，我就在这里！”

不过，此类奇事并没有发生，她也没有晕倒在地。相反，那一

1　里普西梅和加娅内都是亚美尼亚正教会的圣人。

2　摩西的妻子，随摩西一同前往埃及解救以色列人。

阵强烈的幸福感转瞬即逝，她这才发现礼拜已经过去一半了。神父正含糊不清地念着一大段她从小就熟记于心的祷词。

莲娜突然感到一阵烦闷，觉得双腿沉重、精神疲惫。她本想离开教堂，但又不好意思当着美狄亚的面直接走掉。

神父端着圣餐杯走了出来："心怀对上帝的敬畏和信仰，上前来吧。"可是并没有人上前，他就退回到圣坛去了。

好不容易等到美狄亚亲吻了十字架后，莲娜终于从教堂里走了出来。她俩互相祝对方节日快乐，然后郑重而有点冷淡地亲吻了彼此的脸颊。

关于心中的痛苦和委屈，美狄亚一句话都没说。此后，她俩至死一直给对方写一些温柔的信，叙述着自己的梦境、回忆和一些粗略的想法，把家里又有孩子降生的消息告诉对方，还会分享煮果酱的新配方……

三天之后，美狄亚离开了。费奥多尔曾试着挽留妹妹，但看到她那平静而坚毅的眼神之后，便买了一张机票，在圣周的星期三送她去了机场。

这是美狄亚平生第一次坐飞机，但她以平常的心态对待这件事。她只想快点回家。莲娜察觉到她的急切心情，内心里还有点委屈。现在，躺在美狄亚背囊最深处的那封信已无法刺激她的情感了。飞机在莫斯科着陆后，美狄亚在伏努科沃机场待了八个小时，等着换乘飞往辛菲罗波尔的航班。在这期间，她没有给山德拉打电话。此后也没有。

第十三章

五月五日，美狄亚家里的人员发生了一些变化。早晨妮卡带着卡佳和阿尔乔姆离开了，午后又来了几个立陶宛人——美狄亚的弟弟季米特里的儿子格维达斯带着妻子阿尔东娜和有病的儿子维塔利斯。季米特里患心脏病，耽误了诊治，于三年前去世了。维塔利斯患脑退化麻痹症，经常发作，痛苦地抽搐，他只能歪歪扭扭地走路，非常勉强地说出话来。儿子的病弄得格维达斯和阿尔东娜郁郁寡欢，痴呆呆地面对无时无刻都在折磨着他们但是又解决不了的问题：这是为什么？

他们每年早春到这里来一次，在美狄亚这儿住上两个星期，直到游泳季节开始。然后格维达斯带他们去苏达克，在海边前德国移民居住地美狄亚的朋友波莉亚阿姨家租一套方便的住宅，然后就独自离开。七月中旬他再回来接家里人去凉爽的波罗的海沿岸避暑。

维塔利斯酷爱大海，只有到了水中他才感到自己是幸福的。他还非常喜欢丽莎和阿利克，他们是仅有的能够和他交往的孩子。很难说维塔利斯在冬月里是否仍然思念丽莎和阿利克，但是跟他们久别之后的初次见面对他来说不亚于过节。

大人们让孩子准备迎接维塔利斯，孩子们的心里充满了良好的心愿。丽莎有个由玩具熊和玩具兔组成的动物园，她拿出了里面最好的准备作为礼物，阿利克在一堆沙子里建造了一所宫殿供维塔利斯拆着玩——他们经常做这样的游戏：阿利克修筑，维塔利斯毁掉，两个人都高兴。

玛莎搬到萨穆伊尔的房间，给立陶宛的亲戚们腾出了大一点的蓝屋。

玛莎从一大早起就兴奋得心神不定，满脑子全都是单词、语句，她勉强才把这些东西都记了下来。结果渐渐形成了这么一段诗："多么过分也要接受:无论是好上加好，是雪，是雨，是内心的信仰，是我们无法控制的一切……"诗句到此为止了。

同时玛莎也在完全自主地安慰小丽莎，小女孩忍呀，忍呀，结果还是母亲刚一走就大哭了一场。然后玛莎让孩子们吃饭，安排他们睡觉，扔下没有洗的餐具，躺到萨穆伊尔的屋里，拉上窗帘，把身子蜷缩成一团，回想着昨天度过的一晚：包括酒吧女侍者金光闪闪的短上衣，包括布托诺夫手拨电话号码的动作。她还回想起在远足时布托诺夫第一次偶然接触她的身体，当时她的反应是手似触电般火灼，旋即一阵冰凉，像染上疟疾一样。

"这就是命运的焦点，又是命运的焦点。"玛莎想着，"第一个焦点是七岁那年，那天早晨父母坐车走上莫扎伊斯克公路；第二个是十六岁时在艺术学校阿利克走到我的跟前；第三个是现在——二十五岁时。生活的变化，命运的转折。对此我早有预感，期待已久。亲爱的阿利克，只有他才是唯一能够理解我的人。不幸的阿利克，他能够比任何人都深刻地理解命运，感觉命运……我一点办法也没有。不可逆转。我一点也帮不了他……”

别人也一点都帮不了玛莎：她有对命运的感觉，却没有和别人私通的经验。

“爱情时而为宾，时而做主，时而是盗马之贼，时而是被盗之马，时而在正午送爽，时而于子夜驱寒……”终于睡着了。

晚上照例是坐在一起玩儿。在妮卡和她那把吉他的位置上现在坐着留火红胡子的“大块头”格维达斯和生着阳刚面孔却留着在理发馆修成一绺绺女式发型的阿尔东娜。

格奥尔基的旁边是诺拉。两人的交谈显得很不自如，时而间断冷场。妮卡不在，要是有了她，大家说话都会轻松流畅，无拘无束。美狄亚很满意：格维达斯像往常一样带来一大包立陶宛的小礼品，而且还塞给她可观的一笔钱修理房子。现在他在跟格奥尔基讨论如何把水引来。下镇有自来水，但一直没有引到上镇，尽管年年都承诺说要做这件事。这里住户不多，大家都用运来的水，把水贮存在老灌井里或者大水槽里。格奥尔基不太相信抽水站——水不见得能上来。

阿尔东娜常常走出厨房去，在蓝屋门口听听维塔利斯是不是在睡觉。这孩子以前在夜里总有几次尖叫惊醒，但是这一天走得很累，他睡得很实在。

玛莎没有参与谈话。都十点多钟了，她还怀着布托诺夫会来的希望。看见诺拉站了起来，她高兴地问道：

“要我送你吗？”

格奥尔基半吞半吐，欲言又止，而后醒悟过来，说道：

“还是我送吧，玛莎。”

“我反正想要走一走。”玛莎站起身来。

他们前往克拉夫丘克家，鱼贯而行，一路沉默，最后在后篱笆门那个地方停了下来。诺拉家里没点灯，也没有声音。塔尼娅在睡觉。诺拉真后悔出来得这么早。格奥尔基打算对她说点什么，可又不知说什么好。再说玛莎也碍事。玛莎仔细打量着这座能够给克拉夫丘克带来进项的房子，有几个小棚子、后来加盖的小房和小凉台，可是只有主人屋里亮着灯。

“我去阿达阿姨那儿……”

玛莎敲了敲女主人的门，走进去了。阿达正摆着雷卡米耶夫人[1]的姿势，探出玫瑰色的乳胸，半躺半坐地看电视。

“喂，玛莎，是你吗？进来。怎么见不着你呀？妮卡总来，你端着个架子……哎呀，瞧你怎么这样瘦呀！”阿达不太赞许地说道。

“我一直这样，四十八公斤……”

“……骨头架子……”阿达哼了一声表示不满。

玛莎商量好从六月一日起给莫斯科来的女友租间房子，又问米哈伊尔·斯捷潘诺维奇能不能去辛菲罗波尔接她一趟。

“我怎么会知道他有什么安排。你自己去问吧。他在棚子里跟房客一直不知鼓捣什么……该睡觉了，可他们还在那儿……”阿达跟所有的当地人一样，老早就躺下睡觉，所以不大高兴。

玛莎走到棚子跟前。门半开着，墙上用钉子钉着的长绳挂着一盏灯，照亮了一个椭圆的区域，有两个人——米哈伊尔·斯捷潘

1 法国社交名媛。

诺维奇和布托诺夫——正弯腰低俯在工作台上。

"喂，你干吗？"米哈伊尔连头也不回，问道。

"米哈伊尔叔叔，我来问车的事……"

"啊，是你呀……"他吃惊了一下，"我还以为是阿达……"

布托诺夫是从明处往暗处看她，所以玛莎没弄明白，他是否认出她了。于是她走到灯光底下，微笑一下。布托诺夫的嘴紧闭着，两绺头发耷拉着，没有扎上皮筋，他用闪着黑油亮光的手背把头发撩开，眼睛里没有任何表情。玛莎害怕了：这是他吗？昨夜月光下的奇遇莫非是一场梦？她忘记为什么到这儿来了。其实，她知道为什么到这儿来：要见到布托诺夫，要碰一碰他，证明一些从本质上来说既无法证明也无法反驳的东西——那就是既成事实。

"你问什么车？"米哈伊尔·斯捷潘诺维奇提出问题，玛莎这才清醒过来。

"去接从辛菲罗波尔来的女朋友。"

"什么时候？"

"六月一号。她要在这儿住您的里屋。"

"突——突！"米哈伊尔·斯捷潘诺维奇瓮声瓮气地说，"得活得到六月一号才行吧。快到时候了再来问我吧。"

玛莎还在拖延，还在期望着布托诺夫会说点什么，或者哪怕是往她这边瞅一眼也好。但是他眯缝着眼看工作台，耸了耸昨天穿的那件背心紧包着的肩膀，连头也不抬。可是他心中在暗笑：母猫的屁股着火了。

"好吧。"玛莎小声说了一句。出了门就靠在棚子的壁上。

"发动机没问题，斯捷潘诺维奇。"她听见了布托诺夫的声音。

“我说什么来着，”米哈伊尔·斯捷潘诺维奇应声答道，“是电机出毛病了，我就是这么想的。”

“他没认出是我吗？要么是不愿意认出来？”玛莎难过地想着。她既不同意前者，也不认可后者。脑子里又想不出第三种可能。这里一片黑暗，昨天乖戾的月亮照亮了别处的丘陵和小山，其他的情人们在它做作的光辉下，在镁灯那凝结的闪光里寻欢作乐。

她勉强忍住眼泪，往家里走时不是沿着近路，而是经过“圣地”，哪怕是为了证明一下确实存在着昨天发生一切事情的那块地方……这叫什么事情？真的可能吗？对一个人来讲，它意味着命运的改变，意味着万丈深渊、天崩地裂，而另一个人却不管发生什么事情都视而不见？

她坐到“圣地”的最中心，像土耳其人那样把双腿盘起来。她的左手撑在地上，右手按着在这里放了一天的她那条格子手帕。上面卷曲发硬的精斑恰好证实了昨天确有此事。她终于哭了出来。哭了一会儿之后，她按照多年养成的习惯，把自己的思绪和情感整理成押韵短诗，喃喃地诵了起来：“我摈弃可以废绝的一切：你和我，担心和无虑，追求如醉如痴的情欲和在酗酒中度过的清醒生活……”

诗和脑子里想的对不上号儿，还有点适得其反……“我摈弃可以废绝的一切：昏厥、健忘和记忆……”

神志并没有清醒起来，但心里稍微轻松一点。她把手帕塞进兜里往家走，大家早就睡了。她走进孩子的房间，屋里散落的月光和花格窗帘的影子到处微微颤动。孩子们睡着了。阿利克尽管没有清醒过来，却一字一顿地问：

“玛莎？”随后又模模糊糊地嘟囔了几句。

玛莎在旁边的那间萨穆伊尔的屋躺下，既没洗脚也没点灯。睡不着觉，诗句也想不出来。妮卡已经走了，真可惜，要不她还有个人能说说自己新的感受。玛莎点起台灯，从书堆里拿起一本看得最破的——这是能够给人安慰的狄更斯的书。

不久她就听到有人在轻轻地敲窗户。她把深色的窗帷推开，遮住小窗户的是布托诺夫。

“你开门还是开窗户？”

“你从窗户里爬不进来。”玛莎答道。

“脑袋能进去，别的地方就好说了。”布托诺夫似乎有所不满地答道。

玛莎拉了一下插销说：

“等等，我把桌子推开。”

布托诺夫钻进来了。面色阴沉，一句话也没说。当他用双手把玛莎搂紧时，她只是轻轻地哎哟一声。

摸起来她像罗莎一样。玛莎的上天之门又敞开了，不过天门完全不在她一会儿翻着帕斯卡[1]，一会儿翻着别尔嘉耶夫，一会儿又翻着散发出桂皮味道的东方贤哲们刻意辛勤求索的地方。现在玛莎不费吹灰之力轻松自如地到达了那里。那里没有时间范畴，只有超然的空间，那里是强光闪烁的高山地带，伴着不受任何物理法则规定控制的动作，伴着飞翔和漂游，完全忘却其余，仅存由于快感而融为一体的身躯内外结合的唯一现实。

1 法国哲学家、数学家、物理学家。

她还在缓缓地从最后一个峰顶滑下，用嘴唇轻轻咬着他前臂的皮肤，这时却听到一个朴直的、贱民般粗俗的问题：

“你这儿有抽的没有？”

“有。”她光光的小脚掌随即落到了地板上。她用脚摸索了一会儿——地上不知哪儿有那么一包烟。脚找到了烟，她再用手够到它，点着了一支又递给布托诺夫。

“我一般不抽烟。”他像是在谈自己的隐私。

“我没想到你会来，你连看都不看我一眼。”她抽着第二支烟说道。

“你到那儿去干吗，真把我气着了。”他简单地解释说，“想睡觉。我走了。”

他站起来，抻好衣服。她推开窗帷——天亮了。

“你放我出门还是爬窗户？”他问。

“钻窗户，这样近点儿。”玛莎笑了起来……

维塔利斯的消遣是最具孩子气的：无论手里拿到什么都往地上扔。所以阿尔东娜总是给他拿着一个搪瓷家伙儿，不是玻璃的。他还很满意地拆掉玩具、撕毁图书并且低声发笑。有时他的发作带有侵犯性：他把拳头攥到一起凶恶地喊叫。

这个孩子从一落生就给家里人的生活带来不和。格维达斯和他母亲奥什拉吵得不可开交。母亲坚决反对他跟比他大好几岁的阿尔东娜早早结婚，更何况她还带着头婚生的孩子。在母亲的坚持下，格维达斯一再推迟婚期。但阿尔东娜带着无可救治的孩子——这从刚刚出生便确诊了—— 一出产院他们马上就结婚了。奥什拉甚至都没看这个孩子一眼。

阿尔东娜的大儿子多纳塔斯体验了两年与有病的孩子相比，健康的孩子所具有的那种不大体面的优越感，他内心的妒意渐渐转化为对弟弟公开的敌意。他认为只能把弟弟称作“该死的螃蟹”。起初他搬过去跟着父亲过，时间不长，在父亲的新家住不惯，又迁到考纳斯[1]他奶奶家。

不幸的阿尔东娜连这个也要忍受。每礼拜一次，在星期天，她早早收拾好挎包，装上吃的和玩具，坐第一班火车去考纳斯，再乘最后一班车回来。她前夫的母亲曾备受磨难——在立陶宛的小田庄生活时，被流放过，又寡居——默不作声地接过吃的。漂亮的、宽肩膀的多纳塔斯抑制着或喜悦或贪婪的目光从她手中拿过值钱的玩具，再给她看整整齐齐的作业本，上面一成不变的四分和三分正好一半对一半。她教孩子学数学和立陶宛语，然后孩子送她到篱笆门。再远奶奶不让去。

阿尔东娜感情沉重地把病儿留给格维达斯，离开维尔纽斯，再忧心忡忡地离开考纳斯。最痛苦的是她感觉自己像个工具：所有的人都需要她的关心和照顾，需要她操劳，可谁也不需要她的爱，不需要她这个人。对小儿子来说她始终是喂奶和取暖的身体，而大儿子似乎只是为了礼物才容忍她。格维达斯是在克里米亚土地上、在爱情方面遭受重大挫折之后才娶了她的，和她的关系平稳、安定，没有任何内心的激情。

“太立陶宛化了。”有一次她很罕见地生着气对他说。

“只能这样，阿尔东娜。不这样咱们活不下去。只有按照立陶

1 立陶宛第二大城市。

宛的方式才行。”他又一次肯定地说。而她，血管里流淌着一丝条顿[1]之血的土生土长的立陶宛人，却忽然涌上一种异样的情感：我要是格鲁吉亚人，或者亚美尼亚人，哪怕是犹太人该有多么好！

然而她天生就不会痛哭以求幸运的解脱，也不会把双臂弯到背后，更不会祈祷消灾——只有忍受，像农民那样麻木不仁地忍受。她当过农艺师，在生维塔利斯之前曾经营过暖房。生下维塔利斯之后的第一年她就失去了温室的慰藉，劳苦不堪，心力交瘁地学着做已经没救了的残疾孩子的母亲。当她把孩子往小木床里放时，她托着歪歪扭扭的小不点儿，孩子发出微弱的吱吱声，这哪里像人的哭声，她的手简直放不下去。

第二年早春，她把硬纸壳做的杯子填满了土，栽上秧苗，在窗前开了一块园子。她的手往土里一插一插的，把经过超强忍耐和由于超强紧张而积蓄的狠劲儿一股脑儿释放到松软的褐色沙土畦子上去。畦上插满了葱茎和生着莲座叶丛的水萝卜。这些带点辣味的菜在菜畦里长得好极了……

那时格维达斯开始在维尔纽斯的郊区盖房子。在盖房开工之前先立起了高高的篱笆墙：邻居的眼睛死盯着小残疾人，真让人受不了。

格维达斯对建筑倾注了他的全部身心。房子盖得漂亮极了，搬进去之后生活也好了一些——维塔利斯在这所房子里站起来了。但还不能说他学会了走路，只能说他学会了坐姿转为站立并且移动。

在海边生活一段之后，男孩各方面也有所好转。所以格维达斯

1　古代日耳曼人的一个部族，后泛指日耳曼人及其后裔。

和阿尔东娜在房屋造起之后仍然坚持每年都要像朝圣一样来克里米亚，尽管把家撇下只为做件蠢事——去休息几天——并不是那么轻而易举的。

美狄亚的身边曾经有过几十个小孩儿，其中甚至包括小残疾人维塔利斯那已经去世的爷爷季米特里。她的双手能够非常敏锐地感觉到幼儿身体重量的变化：从八俄磅[1]的新生儿（那时襁褓、被子和尿布这一大堆的重量已经超过孩子本身）一直到养得胖胖的一岁幼儿——尽管他们还没有完全学会走路，整天像几普特重的面口袋一样伸出两只小手。然后小胖子长大了，学会了走路和跑步。三年之后并不显著地增了几公斤的体重，跑过来跳着挂到你的脖子上，又显得分量那么轻。十岁的时候，孩子得了重病，躺在那里发高烧，出疹子昏迷，应当把他放到另一张床上去，可是死沉死沉，抱不动……

美狄亚给别人看孩子又有一个小小的发现：四岁以前孩子们都聪明伶俐，惹人喜爱；四岁到七岁之间会发生一些难以琢磨的重大事情；而在临上学那一年的夏天，当父母一定要把未来的学生带到克里米亚来像是向美狄亚做汇报时，能够看出有的孩子无疑一辈子聪明，有的则恰恰相反。

在山德拉的孩子里，美狄亚认为谢尔盖和妮卡是聪明人，谢尔盖的孩子玛莎说不准。莲娜的孩子当中，聪明人是在前线上牺牲的亚历山大，他还极富魅力；在美狄亚看来，无论格奥尔基还是娜塔莎都不具备这种品质。其实美狄亚更为看重的是善良和好脾

1　一俄磅约合四百零九点五克。

气，尽管她有一种说法曾被妮卡给予高度评价并且时常引用：聪明能掩盖任何缺点……

在这个季节，美狄亚的心里特别关注维塔利斯。他是西诺普里家族之中最小的——莲娜的养子舒里克的孩子阿法纳西·西诺普里要在两周后才来到人世，此时还没有把他计算在内。一到晚上美狄亚常常抱着他，把孩子的后背贴在自己胸前，抚摸着孩子的小脑袋和软弱无力的脖子。他喜欢有人摸他：触摸大概可以部分地代替词语交际。

“我让他们去雅尔塔[1]过星期六和星期天。”美狄亚心里做出决定，“让阿尔东娜去植物园散步，过夜的话可以在卡斯特略家。”

美狄亚有个老友卡斯特略，二十年来，他一直在雅尔塔的尼基塔植物园进行着一项永无止境的建设工程。她还想让阿尔东娜摆脱母亲这个身份带来的漫长奴役，深夜里和她坐在一起，喝着美狄亚存在家里的花楸酒或者苹果伏特加，然后叹息一声：“唉，真是累得要死……”然后阿尔东娜会抱怨几句，也许还会哭上一阵，然后美狄亚会默默地把嘴对上厚壁的小酒杯喝上几口，再让她明白：这千辛万苦就是为了把“为什么”这个问题变成“目的是什么”[2]，这样一来，找寻罪人、自我辩解、自证清白——这些徒劳无功的努力也就到此为止了，残酷无情之人发明的罪罚相称法则也就不攻自破了，因为上帝不会让无辜的婴孩罹受这般惩罚。

或许，美狄亚会用平平常常的词句低声告诉她生活中的种种不幸，它们之所以发生，并不是因为不公正，而是因为生活本就如

1　克里米亚南岸城市。

2　此处引用的是《约伯记》中的理念，即对待受难不必问具体原因，而要问受难的目的何在。

此。美狄亚会回想起莲娜最优秀的孩子亚历山大，那个牺牲在前线的好小伙；她会回想起溺死的帕夫利克，还有那个和母亲玛蒂尔达一起离开人世的新生女孩。也许过上一段时间，阿尔东娜就会自己调整过来，仅仅是因为时间流向了正确的方向，因为习惯了这样的生活——习惯，就和老茧一样结实……

不过美狄亚从来不会先开始谈话，需要别人邀请她，需要别人来挑起话头；当然，还需要她的听众愿意耐心倾听。

几天之后，小孩子的一天被午睡不均匀地分为两个部分。睡完了觉由三个母亲——玛莎、诺拉和阿尔东娜——带着四个孩子组成闲游队，做定向的小步震荡运动来到小医院。维塔利斯一般都放在小推车里，背朝着路，脸对着母亲。这一次是丽莎和阿利克推小车。美狄亚从窗户里看见他们就走到了台阶上。

丽莎在维塔利斯眼前蹲下，掰开他的小手指，一边说着“偷东西的喜鹊熬粥喝，偷东西的喜鹊喂孩子”，一边轻轻晃着他的小拇指，尖声地说：“这个不给你！”

维塔利斯刺耳地叫喊，不知是哭还是笑。

“高兴了。”阿尔东娜像往常那样笨拙地笑着解释说。

美狄亚往孩子那边看了一眼，整整头上卷起的纱巾，又看了丽莎一眼，对阿尔东娜说道：“你们把维塔利斯带来，这太好了。我们的小丽莎淘气，惯坏了，可是跟他玩得挺好。就让他们多待会儿吧，对大家都有好处。”

美狄亚叹了一口气，不知是想起往事伤心还是因为疲劳，说道：“真倒霉，大家谁都爱漂亮的，爱强壮的……孩子们，回家去吧，我马上就来……”

他们往家那边走。玛莎揪了一根生着玫瑰色甜茎的粗粗的绿草，放到嘴里嚼着：美狄亚说漂亮和强壮的，指的是什么呢？莫非暗示她夜里的客人？不，这不像美狄亚，美狄亚不拐弯抹角。要么直说，要么不说……

布托诺夫每天夜里都到玛莎这儿来，敲窗户，从狭窄的空隙里把健硕的双肩挨个儿挤进来。他占据了整个小屋，他占据了玛莎的整个身体连同心灵，然后在拂晓离去，每次都给她留下对整个自身以及对变革生活的强烈新鲜感……她踏实地睡个小觉，梦中依然感到他的存在，两个小时之后醒来，在似乎体力无限充沛同时又无限衰弱的虚幻状态中起床。她把孩子们叫起来，煮饭，散步，洗衣，什么事情都干得自然轻松。只不过玻璃杯打得比平常更勤了，仿银食匙也不时掉到厨房的泥土地上。

没有写完的诗句显现在充满气泡的空间，但又侧转过去，闪了一下不平整的尾巴，随即浮游离去……

布托诺夫依旧什么话也不说，除了最简单的几句："过来吧……近点儿……等一等……让我抽一支……"他甚至从未说过明天还来。有一天晚上，他来到美狄亚的厨房，一边喝茶，一边和格奥尔基交谈。格奥尔基一天又一天地推迟出行，最后到底收拾好了。玛莎从厨房狭小的角落里寻找布托诺夫的目光，他的肩膀一动也不动，可爱的脸上也是一片凝结的气氛，全身看不出任何亲近的意思。玛莎都快绝望了：这是不是每天夜里都来找她的那个人？她不禁想起夜间的替身……

布托诺夫跟格奥尔基告别，对玛莎则是连最无关紧要的话都没说便走了。但夜里又来了，偷偷地。一切照旧，只是当肉欲之船在岸边搁浅，两个人喘息片刻时，他说：

“我头一个真正的情妇很像你……她是个骑手……”

玛莎请布托诺夫讲一讲这个骑手。他说：

“有什么可说的。是个好骑手。瘦瘦的，脚是歪的。在她之前我一直以为做孩子这活儿太没意思了。后来她不见了。我想是丈夫把她干掉了。”

“她漂亮吗？”玛莎几乎敬仰地问。

“当然漂亮。”他把手掌放在她脸上，摸了摸她的颧骨和往下越来越窄的下巴，“玛莎，我所有的女人都是漂亮的，除了老婆。”

在他走了之后，她还久久地想象那个骑手、布托诺夫的妻子，甚至自己——她把自己想象成骑手……

又过去了像三次人生那样充实的夜晚和三个清澈的白天。第四天布托诺夫来得不是时候，阿尔东娜正在厨房洗午饭后的餐具，玛莎在井边挂晾小孩的衣服。他从上面下来，不出声地坐在一块平石上。

“怎么了？”玛莎把拧干的睡衣扔回盆里去，害怕地问道。

“我要走了，玛莎。来告别。”他说得很平静。可玛莎吓坏了：

“不回来了吗？”

他笑了起来。

“你再也不到我这儿来了吗？”

“喂，要不，你什么时候到我那儿去怎样？拉斯托尔古耶沃，啊？”他慢慢地站起来，抖抖白裤子，亲了亲她紧闭的嘴唇，“你怎么了，不高兴了？”

她没有言语。他看了一下表，说道：

"行，我们走吧。我还有十五分钟。"

他们躲过正在集中精力擦拭盘子的阿尔东娜，第一次在光天化日之下走进萨穆伊尔的屋子。十五分钟之后他真的走了。

"犹如神灵离去……仿佛他从未来过。"玛莎拥抱着花条的擦脚垫，一直走过整个屋子，一边在想着，"阿利克快点儿来吧……"

现在一切都结束了，结束得如此突然，就像它曾突然开始那样。她现在只有一小包灰色的、半张半张的粗纸，上面用圆珠笔胡乱写满了东西。她想早一点给阿利克读自己写的新诗，而且要向他讲述她身上所发生的一切。

阿利克此时已经快到苏达克了。布托诺夫正跟他打个对面，坐米哈伊尔·斯捷潘诺维奇的那辆旧的"莫斯科人"往辛菲罗波尔走：他要乘坐阿利克来时那趟班机晚上飞往莫斯科。

美狄亚下班回家，头一个看见从下镇走来的阿利克——戴着蓝色遮阳帽和墨镜，城市模样的脸没有晒黑。过了一会儿看见阿利克的是带着孩子在"圣地"草丛里玩的玛莎。

他们喊着"阿利克！阿利克！爸爸！"，沿路朝下跑过来。他站住了，从肩上扔下塞得很满的小背囊，张开双手准备拥抱大家。玛莎第一个跑到跟前，以最最诚挚的喜悦心情搂住阿利克的脖子。丽莎和小阿利克兴奋地号叫着蹦蹦跳跳。

等到美狄亚赶上他们时，背囊已经翻开一半了。玛莎拆开了给她带来的许多信中的一封，丽莎把一包牛奶软糖和妮卡的礼物——像老鼠那么大的灰白色娃娃紧贴到身上，小阿利克出新花样地拿小盒子抠着玩儿。大阿利克正想把从背囊里拽出来的东西再都塞回去。

阿利克热烈亲吻美狄亚，同时把一个硬纸盒放到她手里，这是按照职业常规应送的礼物。

“请接受我们红十字会给你们红十字会的……”

那是几种紧俏的药，两盒膏药和去年在苏达克还弄不到的普通的橡胶手套。

“谢谢，阿利克。真高兴你终于来了……”

“哎呀，美狄亚·格奥尔基耶夫娜，我给您带来了一本书。”他打断了她的话头，“真是想不到！您的气色太好了！”

他把手放到儿子的头顶上：

“阿利卡[1]，你长高了整整一头，”他把手指捏成一小撮，又说，“是蚊子的头……”

玛莎急不可耐地左右来回倒着脚，连蹦带跳来到跟前：

“咱们倒是快点儿走呀。阿利克，你总算来了！”

美狄亚走在前面。“真是怪事，丈夫来了玛莎真的高兴，既没觉得不好意思，也没感到心中有愧。难道夫妻之间相互忠贞对他们来说就没有任何意义吗？活像那个魁梧的运动员没有天天夜里到她那儿去似的……瞧我这个糟老婆子。”美狄亚想到自己，微笑了一下，“有我什么事儿？不，我只不过是很喜欢阿利克。他很像萨穆伊尔，倒不是模样像，是黑眼睛里的活力，灵劲儿，还有与人为善的机敏……我喜爱犹太人，就像有人爱伤风或者爱便秘一样。尤其喜爱瘦瘦的、好动的、像鑫斯一类的……不过我终究还是纳闷：玛莎如何摆脱这风流事呢？”美狄亚还不知道布托诺夫已经

1　小阿利克的昵称。

走了。她还在痛心地想，又要见到别人在夜里干的事情，幽会，欺骗。“当我过去也摊上这种事情时，我对这种盲目的本能全然无知，这多么好呀！从那一年起，感谢老天爷，都过去三十年了……在《天国八福》中还是忘了写这么一句话：白痴们有福了……”

美狄亚回头一看：阿利克正背着小丽莎，手里拿着背囊，笑着露出了白牙。他可不像白痴。

第十四章

为了和儿子小阿利克区别开，丈夫阿利克叫大阿利克。不过他并不大。丈夫和妻子一般高。要是再考虑到玛莎在他们家算是个子最矮的，那么阿利克的个头儿无论如何不能说是他的优点。他给自己买衣服都是去“儿童世界”，三十年来他没有碰上一双合适的鞋，因为按他的脚只能买粗制的圆头童靴。

别看他长得小巧玲珑，但体格还不错，模样也挺漂亮。他属于那一类的犹太小孩儿——父母正在考虑是不是教子女认字母时，他们却能凭空学会识字而且读书之快让父母大吃一惊。

七岁时他目不转睛地阅读沉沉的数卷《世界历史》，十岁时迷上了天文学，后来又迷上了数学。他已经瞄准了高深科学，参加了数学力学系的数学小组。他脑瓜子转得飞快，致使数学小组负责人只是哼了一声：他已预见到这个少年天才将如何艰难地突破国立大学的录取标准。

由于一连串荒谬的医疗事故，亲爱的父亲暴卒，几天的时间使得阿利克走上了另一条生活之路。他父亲经历了战争，曾经受过三次伤却死于一次蹩脚的阑尾切除术。父亲患腹膜炎直至去世的那段时间，阿利克一直在十二个人的大病房里守坐在他身边，顺便了解到许多痛苦和同情——这都是神童教学大纲之外的事物。

父亲死后很快就下葬了，葬礼上军乐奏鸣，母亲发狂般哭号。以前的战友和现在的同事冒着十二月里潮湿的冬雨，踏着沃斯特里亚科沃墓地坑坑洼洼的泥泞，回到屠夫大街上他们家的大屋子里，喝光了一箱子伏特加便四散走开。就在当天晚上，敏感的阿利克改换了信仰，他弃绝了沽名钓誉的构思和原先为自己设想的履历——他所喜爱的两个人物的杂糅：埃瓦里斯特·伽罗瓦[1]再加上笛卡儿[2]——转向了医学。

从那时起，他就开始仔细研究他将要应考的几门科目：物理，在接受了数学知识的接种之后，他觉得这是一门折衷而不严格的学科；生物，这门学科的一般理论基础薄弱、过程的层次太多而且缺乏统一的语言，这些因素使他大为沮丧。

所幸他在自家附近的二手书店买到了一本三十年代出版的遗传学实践课本，由托马斯·摩尔根[3]亲自编写。他注意到，虽然遗传学在那个时代曾与它的作者一起遭到诅咒并且钉上十字架，可它是生物学中唯一一个可以清楚地提出问题并得到明确答案的领域。

由于他只拿到了银牌，没有取得金牌，要进大学无异于与五首凶龙大战一场。他唯一不费力气就得到的五分是作文——亚历山大·谢尔盖耶维奇[4]向他伸出了友谊之手。题目《普希金早期的抒情诗》在阿利克看来是上天赠给他的礼物。其余考试则要通过评委审查考核，因为他明确地知道他的成绩不能低于五分，而老

1 十九世纪年少成名的法国数学家。

2 十七世纪法国哲学家。

3 美国遗传学家，现代遗传学之父。

4 普希金的名字和父称。

师们也同样明确地知道什么学生不能给五分。

第一个四分是数学，他提出了异议。评委们都是从数学力学系找来的那帮人，因为医学院没有自己的数学教研室。一点儿也不笨的研究生很快就明白，这个孩子很强。而且他还表现出非凡的沉着和自制力，回答了四个小时的问题。当最后终于提出一个他无法答出的问题时，他笑了起来，对由五位成员组成的评委说道：

“问题提得不规范，不过我还是请求诸位注意到给我提的所有问题都超出了学校大纲的范围。”他明白自己反正无所顾惜，便孤注一掷了：“我能感觉到下一个问题将是费马大定理[1]。”

主考官们相互对视，其中一人发问：

“您能讲出这个定理吗？”

阿利克写了个简单的方程式，长出了一口气说道：

“n 大于2时没有正整数的解，但是我不想按照一般的做法证明这一点……”

科目评委会主席对这个毛孩子、对自己、对他们所陷入的尴尬境地都感到深深的厌恶，便在成绩单上写了个“五分”。

化学和生物的考试结果也是同样，但是效果没有这么强的说服力。英语他得了个四分，但这已经是最后一门考试了，他拿够了录取线的分数。他并没有提出异议，太累了。

他入学这段故事已在学校传为佳话。他是主人公，一切都像灰姑娘的故事一样。他的中学时代曾经因为身体上的根本不足而蒙上阴影：他是全班个子最小的，而且论年龄也是。即使大家都看到

1　十七世纪法国数学家费马提出但未给出证明的定理。

他智力上的长处，也无法避免他在体育方面受到贬低。其实他整个童年都一直是被人贬低的：家里女佣送他上学时给他下巴系上在女皮帽店买的羊剪绒护耳。于是他坚持不要用人再送他，要回家时害怕极了。课间大休息就像一场大灾：他去不了学校的厕所。憋得受不了时，他就去看医生，说自己头疼，等拿到医生请假证明就快点儿往家跑撒一泡尿……

对于失去身份，他的感受也很强烈。但他隐约领悟到失去身份对他来说或许更是个优势，而不是缺点。他父亲是军事出版社的一个编辑，一辈子都为自己是犹太人低人一等而抬不起头来。他对孩子帮不上任何忙，只有教育孩子好好念书。伊萨克·阿罗诺维奇受过良好的语文学教育，但是生活却把他推向一个角落，使他只能怀着感激的心情去编辑半文盲的元帅们撰写的战争回忆录。

奇怪的是男女合校却缓解了阿利克学校生活的遭遇。他最先出现的朋友产生于女孩子之中，即使作为成熟的男人，后来他也一贯声称女性无疑是人类最美好的部分。

人类最美好的部分在医学院里数量上也是占优势的。从入学的头几个月起，阿利克周围就是一片崇拜和赞赏。女同窗中有一半是外地来的，她们都有两年的医务工龄和丰富的阅历。她们挤在屠夫大街的大屋里住。年底，阿利克的母亲在新稠李地铁站旁边分到一套两室的住宅。就在这套还堆放着没拆包的书捆、人还没有住热乎的新居里，阿利克的两个女同窗，又机灵又招人喜欢的女医士——从索尔莫沃[1]来的薇拉·沃罗诺娃和从克留科沃[2]来的

1　俄罗斯下诺夫哥罗德市的一个城区。

2　莫斯科泽列诺格勒行政区下属的一个区。

奥莉加·阿尼金娜——结束了阿利克对风流韵事的空想并同时夺去了他像沉重负担一样的童贞。

从三年级起，大家已经开始值班实践，无论在被服间、住院医师室还是观察室，都可以见到这般迅速、轻易的交媾，就像夜里喝点茶那样无拘无束，而且带有简朴的医学色彩。阿利克倒并不大重视这种垫着公家铺盖进行的性交，在那些年里，他更为关心的是科学——自然科学和哲学。

从新稠李到皮罗戈夫医学院这段路程对他来说是真正的哥廷根[1]。起点是一年级联共党史课必读的列宁同志的著作。然后他一头扎进马克思，钻研黑格尔和康德，回过头来追根溯源又喜欢上了柏拉图。他看书很快，有自己独特的方式，是曲线性阅读——一目十行。许多年以后他向玛莎解释说，关键在于感受机制的高速运作，他甚至还画了一张图示……

他充分发挥头脑敏捷的作用，排列出一幅人与宇宙的图像。除了医学院的课程之外，他又到大学去在别洛泽尔斯基的教研室听生物化学专题课，听塔鲁索夫的生物物理专题课。他研究生物衰老的课题。他不是疯子，并不追求长生不死。但是他根据一些生物参数计算出一百五十岁是人的自然寿命极限。读四年级时，他发表了自己的第一篇科研文章，是与一位知名的科学家和另一位少年奇才合著的。一年之后他得出结论，细胞层次是粗层次，要在分子这个层次搞科研，而他的专业知识还不够。他从国外的科技期刊中汲取着自己所缺少的东西。

1　德国著名大学。

许多年之后，当阿利克已经在美国学术界占据了极高的位置时，他说最紧张的时期恰恰是大学年代，在大学学习的最后一年，也就是毕业那一年所形成的思想是终身受用的。

就在那一年，他认识了玛莎。他以前的中学同学柳达·林德喜欢非官方的诗歌，有时拉着他到别人家里或者文学俱乐部去，那里盛行朗诵自己写的诗，就连布罗茨基[1]本人有时也光临，念一念他后来获诺贝尔奖的诗句。

那一次柳达把他拉去参加晚上的聚会。几个年轻的作者在吟诗，其中的一个很有前途，但最先吸毒，不久就死掉了。玛莎是年纪最小的，所以第一个读了自己的诗。来人并不多，一般在这种情况下会说："都是自己人。"还有一个当班的告密者，兼职的总务主任。那个年月正是最厉害的过渡时期，一九六七年：面包便宜到不值钱的地步，但是一句话——不管说的还是写的——却重如泰山。地下出版物已在暗中松动了土壤，西尼亚夫斯基和达尼埃尔[2]已经受到了批判，"物理学家"脱离了"抒情诗人"[3]，大概只有动物园不算是禁区了。

阿利克并没有被吸收介入这一进程：他一向重理论轻实践，重哲学轻政治。

蓝眼睛的玛莎把纤细的双手举在空中，靠近留着深色短发的头部，一副自由自在又有点怪异的样子，以动人情感的低声读着诗。

1 俄罗斯犹太诗人，后移居国外，荣获诺贝尔文学奖。

2 安德烈·西尼亚夫斯基和尤里·达尼埃尔都因为以笔名在西方发表论文和作品而于一九六五年被捕，分别被判刑七年和五年。

3 《物理学家和抒情诗人》是苏联诗人鲍里斯·斯卢茨基的诗作，后来这个标题用于泛指"科学界人士和艺术界人士"。

在分配给她的三十分钟里，阿利克一直目不转睛地盯着她。玛莎朗诵完走到过道里时，阿利克贴着耳朵对柳达小声地说：

"我马上就回来……"

但是他再也没有露面。他在玛莎去厕所的半路上拦住了她：

"您认不出我了吗？"

玛莎仔细地看了看他，但是认不出来。

"这并不奇怪。我们还没有认识呢。我叫阿利克·施瓦茨。我有个提议。"

玛莎疑惑地望着他。

"献上我的心，希望您做我的妻子。"阿利克解释说。

玛莎开心地笑了起来：她由妮卡嘴里得知的那么多事情到底开始了。罗曼蒂克开始了。她对此早有准备。

"玛丽亚·米勒－施瓦茨[1]听起来怪里怪气的。不过，看看吧。"她轻松地回答。她恰恰对这次谈话的轻松极其满意。胜利简直是从天而降——她终于能够和妮卡平起平坐了。今天晚上就打电话告诉妮卡：妮卡，今天有个男子汉在我跟前亮相了，是个帅哥，脸很好看，就是胡子刮得不太干净。但是一眼就能看出来——聪明……

"只是请您注意，"他预先提醒说，"我完全没有时间去追求您。但今天晚上我没事儿。咱们走吧。"

玛莎本打算回去，继续听手里揉搓着传单等候次序轮到自己的那个戴眼镜的秃头男人念诗，但她马上就改主意了。

"好吧，请等等我。"说完就去厕所。他在门口等着她。

1　玛丽亚是玛莎的大名，米勒是玛莎爷爷阿列克谢·基里洛维奇和父亲谢尔盖的姓，施瓦茨是阿利克的姓。

然后他们下楼到存衣室。玛莎匆忙地穿衣服，她有一种感觉：决不能浪费时间。阿利克并不知道这个，却已经用自己内心的快节奏感染了她。他递给她亚历山德拉做的瘦瘦的、很雅致的大衣。

街上空荡荡的，也很昏暗。这是最让人不愉快的那种冬天：没有雪，干冷。玛莎按照还没到穿靴子年龄的女孩所追求的时尚穿着单鞋，也没戴帽子。阿利克拉起她冰凉的细手指说：

"我们的时间总是很少，可要说的话又很多。应当把枯燥无味根除：在这种天气最好穿毡靴，戴奶奶的头巾，我这样说是以医生的身份。至于你的诗，"他不知不觉地改为称呼"你"，"有一部分应该扔掉，可是也有几首写得真好。"

"哪些该扔掉？"玛莎精神一振，问道。

"不，我看最好还是说哪些诗保留。"于是他开始给她读出他刚刚听到，但凭听觉就一字不差完全记住的诗句：

我们置身美妙的阴间，犹如处于流放，
无家可归，被土地遗忘。
秋日寒气刺骨袭人，却又光芒万丈。
一片残断的宁静似白云，悬挂在墓地之上。
这是旋律在梦幻般飘忽回荡，
预示明朝伏汛的春光。
尖尖的槭树叶，
在无定的火焰中燃烧，悉悉作响。
坟墓也像篝火一样炽烈，灼灼明亮，
然而时光却依旧无伤……

“我认为这诗写得很好。”

“跟我父母的记性一样好。他们在十年前撞死了。”玛莎说道。她自己都觉着奇怪：她从来没跟任何人说过的事，和他说却那么轻松。

“享受过幸福生活而且死在同一天？”阿利克郑重地看着她说。

“现在已经没有什么别的了，只能这样想……”

有的婚姻是在床铺上结合形成的，有的婚姻是在厨房里伴着餐刀和搅蛋器细碎的乐声开花吐芽的。搞建筑的夫妇结婚时修理房屋，采购盖别墅用的便宜锯材、钉子、干性油和玻璃棉。也有的夫妇维持婚姻的基础是不可开交的吵吵嚷嚷。

玛莎和阿利克的婚姻是在交谈之中形成的。他们在一起已经是第九个年头了，但每天晚上阿利克下班回来之后他们都要讲述这一天发生的所有重大事件，做好的汤放凉了，炉子上的肉饼煎烂了。他俩每一个人的生活都要经历两次：第一次是亲身直接经历，第二次是有选择地给对方转述。转述使得一些事件有些移位：可能突出次要，在现实中掺杂个人色彩。但这也是两个人都心中有数的，甚至二人相互迎合，主动提出对方最感兴趣的东西。

“我留着要讲给你听的，”阿利克搅弄着盘子里的热汤说道，“留了整整一天，怕忘了……”

接下来便是描述早晨地铁里发生的一场无谓的争吵，或者说起院子里的一棵树，或者跟同事的一次谈话。玛莎把夹着窄长书签的一卷旧书或自己出的小册子拿到厨房，翻到需要的那个地方说：

“我发现这简直就是专门为你写的……”

最近几年他们在某种程度上交换了角色。以前阿利克更多的是看书，潜心钻研各种文化问题，现在科研活动没有给他留下时间搞精神娱乐，更何况他还不能扔下以前的急救工作。这项工作不但有职业价值，还给他留下大量时间做实验。

玛莎跟儿子待在家里。儿子好极了，能从早到晚都干实事，一刻也不闲着。玛莎为一家《文摘》杂志写点小文章。她认真、贪婪地读许多书，有时写诗，有时从不同作者那里拿来什么拼凑出很不确定的文章。她并没有展露自己的见解，兴致爱好也不专一：时而倾向罗赞诺夫[1]，时而接近哈尔姆斯[2]。

玛莎写的诗也是呼声各异。曾有两次在杂志专栏发表，但有些浮浅，没有什么意思。发表出来也像是别人写的，显得很蹩脚，还有两处打印错误。阿利克可是骄傲得不得了，买了一大堆杂志，见谁都送。玛莎心中暗定再也不发表这些微不足道的作品了，要出就出一本书。

他们夫妻的亲近如此罕见、如此圆满，表现在共同的情趣、共同的话语、共同的幽默情调之中。随着时间的流逝，连他们的面部表情都变得相似。俩人许诺到了晚年要做鹦鹉夫妇。有时看眼神就能猜想出尽在不言中的一切，他们共同吟诵所喜爱的布罗茨基："如此长久地共同生活，一月二日又恰逢周二……"[3]

玛莎为他们特殊的亲密关系找到一个特殊的德语词——Geschwister。这是在一本语言学教科书里搜寻到的，任何一种人类

1　俄国象征主义文学家。

2　苏联诗人和儿童文学作家。

3　出自布罗茨基的诗歌《六年以后》。

通晓的其他语言里都没有这个词。它的意思是“兄弟姊妹”。但在德语的组合之中又含蕴着一种补充的意义。

他们相互之间并没有约信恪守忠贞。恰恰相反，在举行婚礼的前夕他们商定，他们的结合是自由人的结合，任何时候也不能在醋意驱使之下做出不体面的事情，因为每个人都保留独立自主的权利。在结婚的头一年，玛莎曾因阿利克是她生活当中唯一的男人而感到微微的不安。为了确认自己在哪方面也没有吃亏而进行过几次性的试验——跟以前的同班同学，跟有一回给她发表作品的青年杂志上的文坛小官，跟纯属邂逅的一个什么男人。

这个问题他们没有讨论过。玛莎给他读了在那一年写的诗：

忠诚是可鄙的，
因为她包含着责任感。
背叛的机会诱人，
却只有爱情不容背叛。
不必束手束脚，信誓旦旦，对偷情做出裁判，
这仅仅是一种奉献。

阿利克猜到了她所做的那些试验，并且保持了沉默。他甚至认为自己由此而占到了便宜：玛莎完全安定下来了。婚后这几年他也有不少艳遇。他既不去寻求这样的机会，但也从未表示拒绝。年复一年，他们彼此贴得越来越近，在家庭生活中发现对方的优点越来越多。看着自己的同窗和朋友们一个个结婚的，离异的，单

身胡搞乱来的，阿利克像一个他所不知的法利赛人[1]在心中暗想：我们不这样，我们规规矩矩，当之无愧，所以才感到幸福……

他的科学事业突飞猛进，甚至连同僚之中都无人能够评价他已经取得的成果。沉重压抑的童年，再加上从天而降的犹太出身带来的令人难堪的羞耻，这命中注定的一切在逐年地改变着颜色。良好的教育和善良的天性使他并没有在大多数头脑笨拙的同事面前表现出日趋牢固的优越感。当一家颇有声望的美国杂志刊载了他第一篇文章时，他浏览了一下封面上的编委名单后对玛莎说道：

“这里有四位诺贝尔奖奖金获得者……”

玛莎望着他那不似犹太人倒像印度人的黝黑脸庞时明白了，他在向往这些科学上的最高荣誉。她猜出了他的心思，请求曾经做过烧瓷的妮卡在瓷碗上写诗。那一年阿利克过生日，收到妻子馈赠的礼物——一只大白碗，上面用粗大的蓝色字母写着：“将来定会这样：你买上燕尾服，我买上晚礼服，国王出面听取报告，随后设宴款待嘉宾。”客人对大碗赞不绝口，但题词中的奥妙，除了阿利克之外无人知晓。

他们二人都感到极大的满足，场合无论怎样人多都无碍于夫妇无语的交流——四目对视，心事不言自明。

他们差不多两个星期没有见面了。阿利克这次到妻子这儿带来一条惊人的新闻。科学院来了一位著名的美国学者，分子生物学专家，要在学术会议上做报告、讲课。他去了大剧院，去了特列季亚科夫画廊——这是按照接待计划安排的。他又请求女翻译安排

1 公元二世纪犹太社会宗教派别的代表，追求纯洁而与俗世保持距离。

他会见施瓦茨先生。女翻译联系了一下，汇报了情况，收到了指令：通知来者，施瓦茨先生正在休假。然而施瓦茨先生什么假也没有休；相反，他来到会场上向美国人提了个科学问题。总共交谈了五分钟。颖悟的美国人——他爷爷真不愧是在敖德萨出生的——很快就弄了个一清二楚。他要了阿利克的电话，付给出租车司机相当于阿利克一个月工资的车费，夜里来到了阿利克的家……

这一切都是玛莎不在时发生的。玛莎的婆婆杰博拉·利沃夫娜正在疗养院休息。没洗的餐具摞成了山，一堆堆的书都是打开的，这使美国人彻底信服了：他在和一位天才打交道。他立即提议让阿利克调到他那儿去工作——波士顿的麻省理工学院。只剩下一个非常重要的技术性问题：移民。阿利克就带着这个新闻来看妻子。两个人都急不可耐——要告诉对方……

在当时的知识分子环境中，移民可是最为尖锐的问题之一：行还是不行；去还是不去；是的，但是如果……不行，但是突然……家庭破碎了，朋友断绝了。政治上的动因，经济上的，思想上的，道德上的……出国程序本身也特别复杂、烦人，有时得办好多年，必须坚决、果敢甚至冒险。铁幕中的洞口从官方来讲只对犹太人开放，尽管非犹太人也在利用这个洞口。红海又一次逐波驱水开辟一条坦途供天选之人通过，即使并非通往福地乐土，也算离开又一个埃及王国。

“《出埃及记》里提到，”阿利克的好朋友，被他称为“苏联第一犹太”的廖瓦·戈特利布赞叹地说道，“摩西带领六十万人徒步出埃及，但哪里也没有提到埃及还留下多少，留下的人只不过是不存在了。而那些在一九三三年没有离开德国的呢？他们又在哪里？”

但是阿利克对从民族角度考虑他的自身完全不感兴趣。对他来说，主要的价值在于科学创造。当然这类谈话他听到不少，有时还参与介入，加进去理论上的低调。但实际上吸引他的只有细胞的衰老。对他来说，美国人的建议意味着自己工作效率将大大提高。

“……我想会提高百分之三百，”阿利克盘算着，他把全部想法都告诉玛莎，“世界上最好的设备、试剂一点问题也没有，还有实验员，对咱们来说更是根本没有任何物质方面的问题。小阿利克将来在哈佛上学，怎么样？对这个我有充分的准备。就看你怎么说了，玛莎。当然，还有妈妈，可我会说服她……”

“什么时候走？”玛莎对事态的如此急转没有任何准备，只能问了一句。

“最理想的是半年以后。如果我们马上把文件递上去的话。可能也会拖下去，甚至拖很久。我最担心的也就是这个。因为我得立刻辞职，不能坑了头儿。”他已经把什么都考虑到了。

“两个星期以前这样的建议会使我欣喜若狂，”玛莎想道，“而今天我连想都不敢去想。”

阿利克在内心深处希望玛莎对这样的前景感到高兴，所以她现在的踌躇使他不知所措。阿利克还不知道他们充满理智和理性的家庭世界已经出现了裂痕，这裂痕从鄙俗的底层延伸至晶莹的顶端。玛莎自己也没有完全意识到这一点。

然后玛莎给阿利克读了新诗。他夸赞她，指出了诗中的新质。他接受了玛莎热烈的自白——玛莎谈到她在浓烈的新关系中获得的灵感，谈到她在陌生人身上发现的奇特的完美，谈到生活的新体验：仿佛整个世界都是脱去了覆膜的山水风景，所有人物，常情习感……

“我不知道这种情况我该怎么办。”玛莎对丈夫诉怨，“也许从通常的观点来看，我刚好跟你谈这个太吓人了。可你是我最亲近的人，我十分信任你，只有跟你谈这些事才有意义。咱们是最大限度一致的。不过，往后这日子怎么过，我真不知道。你说——走。也许吧。”

她有点身上发冷，脸上却发热，瞳孔都睁大了。

“真不是时候。”阿利克下了结论。他从厨房拿来半瓶白兰地，倒了两小杯，豁达大度地收尾说道：

“没什么，这种经验对你来说是必要的。你是诗人。归根结底，诗篇还不就是用这种材料写成的？现在你知道了，有比性忠贞更为高级的忠贞形式。我以前就知道这一点了。咱们俩都是搞科研的，玛莎。只是我们的研究方向不同。现在你有了一点自己的发现，我能理解。我不会妨碍你。”他又给自己倒了一小杯。

白兰地被指定用作药物是完全正确的。不久玛莎就把头伏在了他的肩膀上，开始喃喃低语：

“阿利克，你是世界上最好的……最好的里边最好的……你是我的坚强堡垒……你愿意去哪儿，咱们就去哪儿……”

就这样，他们相拥着互相安慰。他们坚信自己是超群出众的，确认和别的伉俪相比是非常优越的。不像他们的一些熟人，什么低级的荒唐事情都做，哪怕是把浴室门锁上匆匆苟合；何等卑鄙的勾当都干，不嫌生活琐细，撒谎骗人。而他们——玛莎和阿利克——完全是实话实说，以诚相待。

三天之后阿利克走了，留下玛莎照顾孩子、洗衣服、写诗。她还要在克里米亚过一个半月，既然阿利克给她带来了能让她继续住下去的钱。

他走后又过了两天，玛莎给布托诺夫写了第一封信，随后是第二封，第三封。在这几封信的间隙她又写了些自己非常喜欢的、绝望的短诗。

布托诺夫那时正在把她的信完好无损地从邮局信箱拿出来。他留给玛莎的是拉斯托尔古耶沃的地址。因为夏季妻子奥莉加带着女儿去女友的科学院别墅，他本人则一般待在拉斯托尔古耶沃，而不是妻子在哈莫夫尼基[1]的住宅。布托诺夫从不担心对家里要保守什么秘密，奥莉加没有好奇心，不会拆开布托诺夫的信件。

玛莎的来信让布托诺夫着实感到惊奇。来信的字很小，字母斜着往回弯，页边上画着图画，信里有不少跟任何事情都毫不相干的童年经历，有引用一些陌生作家的名字。内容包含着许多含糊不清的暗示。除此之外，信封里还另附着在不平整的灰纸上写出的诗句。布托诺夫猜想这都是她本人写的诗。其中有一首他拿给无所不懂的伊万诺夫看。伊万诺夫表情怪异地读出声来：

爱情本为灵魂之功，
而血肉之躯也无不介入。
手与手相融，
这是何等幸福！
用寒暑之表去计量

1 莫斯科一个街区。

那精神领域的亲热
和尘世情欲的炽烈——
只有一个刻度。

“哪儿来的，瓦列里？”伊万诺夫吃了一惊。

“一个姑娘给我写的。”布托诺夫耸了耸肩说，“好吗？”

“好。大概是从哪儿抄来的。搞不懂是从哪儿。”伊万诺夫做出了内行的判断。

“决不可能。”布托诺夫坚定地反驳，“她不会抄袭别人的诗。准是她自己写的。”

他已经忘记了南方这一段平淡的萍水之情，而这个可爱的小姑娘却把它看得非同一般。布托诺夫没有收到过任何人的来信，他自己也从不给任何人写信。这一次他同样不打算回复，但是信还是一个劲儿地来。

玛莎总往苏达克的邮局跑，看没有回信伤心得很。她终于忍不住了，往莫斯科给妮卡打了个电话，请她去趟拉斯托尔古耶沃打听打听，布托诺夫是不是出了什么事情，为什么连个信也不回。妮卡气呼呼地拒绝了，说她忙得要命，没工夫。玛莎生气了：

“怎么，妮卡，你疯了吗？我这辈子是头一回求你！你搞男人都数不过来了，可我从来还没有过！”

“见你的鬼去吧！我明天去。”妮卡总算同意了。

“妮卡！求求你了！今天走！今天晚上！”玛莎央告起来。

第二天早晨，玛莎又带孩子去苏达克了。散步，去咖啡馆，吃冰激凌。给妮卡打电话没有打通：她不在家。当天晚上，小阿利克病了，发烧，开始咳嗽——老病，哮喘性支气管炎。就因为这场病，玛莎在克里米亚待了两个月。玛莎照顾他，忙活了整整一个星期，到第八天上午才进城。

信还是没有。其实有信——是阿利克来的。她马上就跟妮卡打通了电话。妮卡汇报得相当生硬：去了拉斯托尔古耶沃，碰见了布托诺夫，那些信他都收到了，但是没有回信。

“会回信吗？”玛莎犯傻地问道。

“我怎么会知道？”妮卡发火了。

此前这段时间，她去了几趟拉斯托尔古耶沃。第一次布托诺夫很惊奇。他们的会见轻松愉快。妮卡还当真只是要办玛莎托付给她的事情，可她就非常凑巧地在布托诺夫那座一半空间都在搞修理的大房子里过了一夜。布托诺夫是两年前自母亲去世就开始修房的，但后来这件事又被放下来了。已经修好的一半和拆毁的另一半形成了鲜明的对照。那里堆放着木头柜子、曾祖父留下来的农村式粗糙家具，还胡乱摆着家织的各种衣服。妮卡就在这拆毁的那一半房子草草安置了他们的简易爱巢。已是早晨临走时，她确实问他了：

“你干吗不给她回信？姑娘可伤心了。”

布托诺夫并不心虚，但不喜欢被人说三道四：

“我是医生，又不是作家。”

“那你还是下点功夫吧。”妮卡劝告地说。

妮卡觉得当时的境地非常好玩：聪明绝顶的玛莎钟情于这么个低级的色鬼。妮卡认为布托诺夫配自己更合适：她正闹离婚，丈夫太不像话了，向她提出种种要求，连房子都要分。而那个匆匆过客似的情夫在莫斯科念完导演专科班就走人了。至于一直和她保持关系的科斯佳，他一得知要离婚的消息，就马上认真地准备开启婚姻生活了，这让她很恼火。

“要写就你写吧。”布托诺夫嘟囔了一句。

妮卡哈哈大笑——这个主意太好玩了。当玛莎欲火熄灭时，她和玛莎怕是会因为这件事笑上好久！

第十五章

秋天，还没到十月革命节，美狄亚退休了。刚一退下来，在不上班空闲出来的时间她本打算修复夏天坏得特别快的那些棉被。她事先准备好了新买的仿缎，还准备好了一盒结实的轴线。可就在头一天晚上，刚把用坏的印着玫瑰花的蓝被子摊在桌子上，她忽然发现褪色的底子上印花浮动起来飘然而去，代之而来的是另一些花，凸起，颤动。

“发烧了。”美狄亚想到此处就闭上了眼睛，好让花的游动停止下来。

幸好昨天妮娜从第比利斯来了。这场病和美狄亚出嫁前所得的病一样。那时萨穆伊尔紧张万分地服侍美狄亚，仿佛心脏已停止跳动，只有温柔和情爱的颤抖。后来他以此为由说道：别人都是度蜜月，我和美狄亚是得蜜月病。

在剧烈的寒战和迷茫的昏沉交替发作的间隙之中，美狄亚体验到一种怡然的安详：她觉得萨穆伊尔就在隔壁屋里，马上就要到她这儿来了，他两只手笨拙地拿着杯子，疼得眼睛微微凸出，因为杯子比他想象的还要烫手。但若明若暗中出现的不是萨穆伊尔，而是妮娜。她全身散发着金丝桃和甜蜂蜜的清香，瘦瘦的、扁平的双手拿着带棱的水晶玻璃杯，长着像萨穆伊尔那样深陷暗色的黑眼睛。于是美狄亚的头脑中产生了已经久久期待但此刻方才像灵感那样降临的领悟：妮娜是他们的女儿，萨穆伊尔和她美狄亚的女儿，是美狄亚一直知道，但说不清为何忘却很久，直到现在才回忆起来的女儿，多么幸福呀……妮娜在枕头上轻轻抬起她的头，喂她喝特别香的东西，嘴里还说着什么。但美狄亚不太明白她说话的意思，像是用外国话说出来的。

"是的，是的，格鲁吉亚语。"美狄亚在回想。但是语言的音调丰富多变，非常明确，单单通过脸上和手上的动作，透过所喝饮料的味道就什么都明白了。还有一点奇怪的是，妮娜能够猜到她的心思：美狄亚想请妮娜拉开或者拉上窗帘，还没等她说出口，妮娜瞬间就做好了……

美狄亚在第比利斯的亲戚都是她两姊妹家的：姐姐阿内利娅和妹妹阿纳斯塔西娅。父母去世之后，阿纳斯塔西娅是跟着阿内利娅长大的。阿纳斯塔西娅有个儿子叫罗伯特，没结婚，脑子似乎有点儿毛病。美狄亚从未跟他来往过。阿内利娅自己没有生过孩子，妮娜和铁木尔是抱养的，因此可以说第比利斯的整个亲族都是嫁接的，是阿内利娅的丈夫拉多那边的侄子侄孙。拉多的兄弟格里戈尔和他妻子苏珊娜是一对怪里怪气的不幸夫妻：他是慷慨激昂为原始概念中的正义而奋斗的卫士，她却是市里有名的党内狂人。

拉多·亚历山德罗维奇身为音乐家、第比利斯音乐学院的教授、大提琴班的教师，跟兄弟毫无共同之处，从二十年代中期就不来往了。拉多和阿内利娅第一次见到侄子是一九三七年五月的一天早晨——是一位远亲在孩子的父母于深夜被捕之后把他们带到家里来的。

著名的对偶性法则不过是同样事件不断重复的普遍规律之中的一种个别情况，它不知重在突出个性还是体现命运的安排，但是在阿内利娅的生活中显示了完美的准确性。尽管阿纳斯塔西娅结婚出门已有十年之久，命运还是把新的孤儿领进了阿内利娅的家，而且这一次是两个。

阿内利娅已年逾四十，拉多比她大十岁。他们已经显出憔悴和衰老，准备平静地度过晚年而不是再次为人父母。但设想的晚年没有实现：因为无人照管而被耽误的孩子们刚刚复原了一点，战争就开始了。拉多没有承受住严峻的时刻，在一九四四年死于肺炎。阿内利娅靠着大户人家的一点家底吃饭把孩子养大成人。她死于一九五七年，在已经完全发疯的苏珊娜流放归来之后。当时妮娜已经是一个年轻的女人了。代替心爱继母的是她亲生的母亲——像希腊神话中哈耳庇厄[1]那样的独眼刁妇，又凶又狠，却是对领袖忠心耿耿的妄想狂。妮娜照顾她整整二十年。

妮娜本打算只在美狄亚这儿待三四天，这一来变成了八天。美狄亚刚刚勉强站起，妮娜就去了第比利斯。美狄亚的病还没有完全过去，转到了关节上。美狄亚现在用土法子给自己治：她戴着厚厚的护膝，护膝是用旧毛线做的，里面贴上白菜叶子，或者蜂蜡，或者大个蒜葱头。这样美狄亚完全失去了平时动作的那种轻松，勉勉强强在家里活动着，大部分时间是坐在桌子旁边重新绗被子。一边翻来覆去地想妮娜，她那发疯的母亲，想着妮卡，她随

1 希腊神话中一个凶残的女首怪鸟。

剧院举行巡回演出来到第比利斯，整个九月份都是在那儿度过的，听出言谨慎的妮娜说，妮卡这次巡回演出很成功……

“空想。”美狄亚止住了自己的思绪。她按照少年时代狄奥尼修斯老人教导的那样去做，如果日常的念头把你缠住不放，不要企图摆脱它们，要像祈祷那样去想这些念头，把这些念头交给上帝……“不幸的苏珊娜，愿上帝饶恕她，饶恕她所做的那些恶行和蠢事，让她的心地慈悲向善，让她看看妮娜为了她受了多少罪……也帮一帮妮娜吧，她又温顺又能吃苦，赐给她力量吧，上帝……也不要让妮卡再沾染罪愆了，这孩子现在很危险，她多么善良、多才，开导奉劝她吧，上帝……帮帮她吧……”

她又回想起妮娜说过的，妮卡如何搅乱了第比利斯一位著名演员的家庭。她的桃色新闻轰动全城，她到处露脸，自我炫耀，放声大笑。而倒霉的演员夫人醋意大发，整夜整夜地挨门跑遍丈夫的朋友家，把关着的门砸开以求当场捉奸，到底还是堵住了。盘碗打翻，跳窗逃跑，又是号啕痛哭，又是闹得天翻地覆，什么丢人现眼的事都有。最令美狄亚感到奇怪的是十月份她还收到妮卡来的一封短信，妮卡说剧院巡回演出棒极了，非常成功，甚至吹嘘说写了一篇文章专门提到她的演出服。“我许久没有这样开心愉快了。”妮卡在信尾写道，“莫斯科的天气让人讨厌，跟丈夫离婚拖了又拖。我愿献出世上的一切，只要能够在别的地方生活，到阳光再多一些的地方。”

妮卡所说的天气分毫不差：从八月份起夏季结束，立刻开始了晚秋。树木还没有来得及完全变黄，强劲的冷雨就把青绿的叶子一扫而光抛到地上。快活的第比利斯九月过后便是莫斯科难忍的十月。十一月天气虽没有好转，但心情缓和一些：活儿很多。当又要交出本剧院的一套演出服时，妮卡整天泡在工作室里，她要是不在那儿看一眼，裁缝们做什么都差着尺寸。再说，“罗门”剧院[1]的外活儿也快干完了。吉卜赛风格对她来说很有吸引力，但是在这家剧院工作麻烦太多。吉卜赛女郎在城市广场上、电气铁道里和剧院的戏台上风情万种，娇媚迷人，工作时却放肆任性，简直不像话了：导演说要见面，得等到第五次约她，每个女演员都有乖戾要求，不然就大吵大闹。

那天，一个主角要求妮卡做带编织花边的白裙子，但是找不到任何有艺术情趣的领子配上去。岁数不太年轻可嗓门倒不小的女演员把深红色的演出服扔到了妮卡的脸上。妮卡也同样干脆利落地甩了回去，嫌分量不够，又像格鲁吉亚女人在薄裙子的下摆都缝上衬子一样又加上一句优美的骂娘话。就在那一天，发生了妮卡等了很久并且千方百计力图避免的麻烦事……

夜里十一点多钟，玛莎来到她的家。妮卡刚一开门就明白，麻烦事已经来了。玛莎扑到她的胸口上：

“妮卡，你说这不是真的！这不是真的，你说呀！”

妮卡抚摸着玛莎被雨淋湿的头发，一句话也没说。

“我知道这不是真的……”玛莎一个劲儿地重复，手里揉搓着上面有淡紫色、灰色和黑色方格的一条绉绸头巾，“它怎么会在那儿？为什么？”

“小点儿声，小点儿声！他们睡觉轻。”妮卡往孩子睡觉的房

1 莫斯科一家专门演出吉卜赛音乐和戏剧的剧院。

间那边做了个提醒的动作。

妮卡还是老早老早，从七月起就等待着这场躲不过去的风波，它来了甚至反而感到轻松了。这件烦人的倒霉事拖了整整一夏天。五月份离开小镇时，妮卡真心实意地决定悄悄地送给玛莎一件礼物——出让布托诺夫。但是不成。玛莎在克里米亚带着孩子玩时，妮卡总往布托诺夫那儿跑，心里还说再这样下去就会被人发觉。他们之间的关系惊人地轻松。让布托诺夫欣赏的是他们无论谈论世界上的什么事情，妮卡都是那样朴实无华，一点私有感也没有。有一次当他想用笨拙的语言表达这种看法时，妮卡制止了他：

“布托诺夫，脑子不是你的强项。我知道你想说什么。你是正确的。问题在于我有男性的心理。我像你一样，害怕扯进没完没了的罗曼史，什么责任呀，什么结婚呀，滚他娘的蛋吧！所以你要注意，我总是先把男人甩了。”

其实并非完全是这么一回事，可听起来倒像真话。

“好吧，那就在临走两个星期之前交一份申请。”布托诺夫说了一句俏皮话。

“瓦列里，以后要是你也这么风趣的话，我会爱上你连命都不要了。这可不是闹着玩儿的。”妮卡仰着头，晃动着长发和乳胸大声笑起来。她老是发笑——在电车里，在吃饭时，在他们一起去的游泳池里——连不苟言笑的布托诺夫也被她的笑声感染：哈哈大笑直到声音哽咽，直到肚子疼痛，直到嗓子变声。在被窝里他们更是笑得精疲力竭。

“你是空前绝后的情夫。”妮卡赞叹地说，“平常人一笑就不勃起了。”

“不知道，不知道。也许你逗我笑得还不够。”

玛莎在七月初把孩子扔给亚历山德拉来到这里，一下子直奔拉斯托尔古耶沃。她真是福星高照：遇上了布托诺夫，妮卡又恰好不在——昨天走的。玛莎这次来赶上已经扔下两年的修房工作重新开始。昨天布托诺夫刚刚把已经二十年没住过人的奶奶那一半房子收拾干净。那儿现在住着雇来帮工的两个男人。妮卡说服他放弃原先的打算，别用板子包墙，恰恰相反，剥掉外衣露出原木。把它们清理干净，重新填塞隙缝，再把奶奶死后留下的粗家具整理好。

“瓦列里，听我的话吧。你现在别把这些家具当劈柴，二十年后它们就成古董了。”

布托诺夫觉得惊奇，但表示同意。现在他正跟帮工们一起剥下层层的壁纸。

“布托诺夫！”街上传来女人的叫声，“瓦列里！”

他戴着医生的小帽从尘土中走出。篱笆门的后面站着玛莎。他一下子没认出是她。玛莎被克里米亚的太阳晒得黑黑的，很漂亮，窄小的脸上几乎容不下她灿烂的笑容。她把手伸进门板的空隙中，掀起挂钩。而布托诺夫则慢慢地思忖如何把她打发走——她来得不是时候。她已经沿着弯弯的小路跑过来，像小狗那样扑到他胸前，紧紧贴着他的脸。

“可怕！真可怕！我还以为再也见不到你了！”

她的头顶散发着强烈的大海的味道。他又像上次在克里米亚那样听到她的心怦怦跳动。

“真厉害呀！像在听诊器里那样跳动！”

她像大灯泡里炽灼的灯丝一样带来了热浪和光亮。于是布托诺夫忆起了已经忘掉的事情：她跟他在美狄亚家的小屋里无所顾忌地疯狂做爱。他同时也忘掉了曾经记得的事情：她长长的几封来信，信上的诗句和对于那些虽然说不清楚但是毫无用处的事物所做的议论。

她把嘴紧贴在满是尘土的医生白大褂上，呼出了一口热气，抬起脸来——没有笑容，面色苍白，暗暗的雀斑连成两个半月形，从颧骨一直弯到鼻子。

“我在呢……”

如果说奶奶所占的那一半房子只是因为修理才完全不像样子，那么他们登上的阁楼则是不折不扣的垃圾场。无论奶奶还是妈妈都从来不把家里的任何东西往外扔。破烂的木盆、旧桶，攒了一百年的旧家什。房子是曾祖父在上个世纪末建造的。那时拉斯托尔古耶沃还是个商贸兴盛的村子，所以说阁楼里的尘土确属历史悠久。想躺下是不可能的。

布托诺夫让玛莎坐在摇摇晃晃的橱架上，她简直就像黏土烧成的一只猫，还是瘦猫。一切都发生得如此强烈而又短暂，根本无法挣脱。然后布托诺夫把她搬到破烂的圈椅上，他又感受到了这里空间的狭小和她童稚般的身体火烫一样的灼热。她扭开的脸上淌着泪水，他舔着那些泪珠，味道如同海水。噢，上帝……

不久玛莎就走了，布托诺夫又去跟帮工们一起剥墙纸，那俩人似乎没有发现他缺席不在。他感到很空虚，像烟筒一样，更准确地说，像烂核桃一样，因为他这种空虚是圆形的、封闭的，不是贯穿的……他觉得仿佛他贡献出去的东西比他实际希望的要多……

是的，这姊妹俩——他没有深究她们的亲戚关系——完全相反。一个爱笑，另一个爱哭。互相补充……

三天来玛莎不停地打电话，就是赶不上妮卡在家。亚历山德拉告诉她妮卡在城里。最后总算把电话打通了。

“妮卡！你到哪儿去了？”

玛莎怎么也想不到，妮卡是在躲她，还没准备好见面。

“你猜呢，这不是明摆着的事儿吗！”妮卡扑哧一声说。

“新的浪漫故事？”玛莎忍不住也笑出了声，看来是马上就上钩了。

“满分。”妮卡很看重玛莎的颖悟。

“谁上谁那儿去？最好我去找你！我马上就出发！”玛莎已经一会儿也等不得了。

“最好在圣母升天巷见面。”妮卡建议说，“母亲这三天看孩子，大概都看傻了。”

自打把孩子送到亚历山德拉那里的第一天，她们就把孩子忘得干干净净。亚历山德拉和伊万·伊萨耶维奇过了个关爱孙子的节日，倒也丝毫不觉得累赘。只是伊万·伊萨耶维奇老想——到别墅去！干吗让孩子待在城里无聊……

“别，别。”玛莎哀求地说道，“还是我上你那儿，别处说话不方便。”

妮卡让步了：无处可藏，反正必须得听玛莎的自白，这件事她先前就清楚了。

从那一天起，妮卡开始扮演知心朋友的角色。她的处境是非常模棱两可的，可她没法和玛莎说事情闹到这一步也有她自己的份儿，因为好像已经晚了。玛莎在爱恋的激情之中忙着向妮卡讲述每一次幽会的情况，这对玛莎来说是极其重要的。许多年来她习惯于与丈夫分享哪怕是最微不足道的感受，可是现在阿利克不能做她的交谈者。她只好向妮卡倾吐衷肠，连同她坚持写的那些诗。

玛莎开玩笑地说，诗叫《拉斯托尔古耶沃之秋》。

玛莎以前就失眠，这几个月睡得尤其不踏实，像兔子那样轻：耳朵听见各种响声，脑子想着一行行的诗句，眼前浮现许多骇人的形象。她总是梦见现实中并不存在的奇异动物，许多条腿，许多只眼睛，半鸟半猫，不知暗示着什么。一种特别熟悉的东西总要与她亲近，名字也是她所熟悉的，由几个字母和数字组成。睡醒之后她想起了这个奇怪的名称——Ж4836……她笑了起来。这是用粗体黑字打在亚麻布条子上的号码，她把条子缝到被单上面再交给洗衣房。

连这样的细琐小事都有所暗指。有一次她梦见了在半睡半醒状态中完全写好的一首诗。第二天早晨她惊异地读了出来："不，不是我写的，我自己写不出这种诗……"

由称呼"您"到称呼"你"，
继续穿越那些
根本不存在的指代词语。
用我的言辞填满你的尊口，
我作为靶标，
为你尽力。
在身体的隐秘深处，
在它瞬息穿透的火焰之中，

一切坍塌，像桥梁被春汛冲毁，
你我之间已经无有界限。

“简直就像别人口述我记录下来，看，连一处涂改也没有。”她给妮卡看夜里的笔录。

但妮卡对这些诗并不感到高兴，反而害怕起来。不过，玛莎把布托诺夫的一言一语、一举一动都告诉了她，她连布托诺夫昨天的每分每秒是怎么过的都一清二楚，这还是让她感觉非常好笑。

“还有炸土豆吗？”她天真地问布托诺夫。因为玛莎昨天对她说过自己在布托诺夫家里削土豆来着，还把手指割破了。

布托诺夫没有跟妮卡说起玛莎，妮卡对玛莎也是只字不提。于是布托诺夫便形成这样一种印象：这姊妹俩对情况了如指掌，连哪一天谁来都分配好了——玛莎是双休日来，妮卡是平日来。当然这并不是事先串通好的。只不过是因为周末妮卡要到别墅看看孩子们：要么去看住在亚历山德拉别墅的丽莎，要么去看在另一个奶奶家别墅里休息的卡佳，小阿利克也在亚历山德拉家做客。大阿利克争取在双休日去急救科室值班，以便不减少在实验室的时间。玛莎不愿说瞎话，宁肯正大光明地避而不谈，趁阿利克不在家的日子出门。其实他最近在家的时间本来就很少。

阿利克表现很好，很平和，多余的问题不提。他们的话头仍然不离出国的事。已经联系好了以色列方面的邀请。尽管玛莎对这个话题表示支持，她还是觉得出国这件事并不真切。

九月份妮卡去第比利斯，她不在使玛莎寂寞不堪。玛莎甚至往第比利斯打电话，非要打通不可，但是要在宾馆找到妮卡是不可能的。妮娜跟玛莎也说不出来，什么地方可以找到妮卡。

布托诺夫九月份把房子修好了，就搬到哈莫夫尼基，去妻子那里住。不过拉斯托尔古耶沃的房子修好之后对他很有吸引力，他一周有两三次在那儿过夜。他不时也来接玛莎，二人一同乘车去拉斯托尔古耶沃。有一回在拉斯托尔古耶沃他们还一起去采蘑菇，但是一无所获，连内衣都湿了，然后在炉子旁边烤衣服，玛莎的一只袜子都烧着了。这也是生活中的小事一桩——如同割破了手指，如同玛莎在床笫劳作中受到的抓伤或碰伤。不知是布托诺夫对她充满敌意还是她激起了布托诺夫在性事方面的粗鲁，反正类似的轻伤不在少数。情欲留下的这些值得纪念的标志甚至让她有些引以为荣。

当妮卡终于从第比利斯回来时，玛莎给她说了半天这些细节，最后才顺便告诉她，邀请来了。妮卡大惑不解，玛莎的脑子不知出了什么毛病——收到邀请才是最为重要的消息。出国意味着与家人分离，还可能是永远分离。而玛莎却忽而展露情伤，忽而吟诵诗歌。这一次妮卡也有的可说，而且她很愉快地说了。妮卡的确对新欢很感兴趣，心里下定决心趁此大好时机了断布托诺夫这件事。

整整一个星期，妮卡都像珀涅罗珀[1]那样等着这位叫瓦赫坦的新欢，他要到莫斯科电影制片厂来试镜。可他的行程却一推再推，妮卡为了保持状态，就去找了布托诺夫。由于玛莎经常来汇报自己的动向，选择合适的时间并不费力。

布托诺夫见妮卡来了非常高兴。他想让她看看已经修好的那一半房子。不管怎么说，妮卡也算他私人的艺术设计师。他很喜欢

1 英雄奥德修斯之妻，奥德修斯参加特洛伊战争失踪后，她坚守十年，等待丈夫归来。

把原木裸露这样的修理方案。但妮卡看原木都涂满了清漆却大惊失色。她边笑边训斥了布托诺夫半天，然后吩咐用稀释剂把漆刷掉。她还移动了家具的位置，指给布托诺夫看，哪些东西的什么地方需要修整，哪些东西不要动。她到底多年生活在有红木木匠的家庭里，自己毕竟也有点才华，到了这儿一下子就都看了个明白。她答应给布托诺夫带块彩色玻璃来，安在缺了玻璃的碗橱上，还答应在剧院的缝纫室给他缝窗帘……

不知什么时候妮卡的头巾滑落下来，像蛇一样不见了，钻到被单和褥垫之间。妮卡第二天早晨找了半天也没找着。斜格头巾是她自己亲手做的，是她还在学校学蜡染时制作的成品之一……

玛莎捏着那条头巾，一进门就盯着问："真的，还是假的？"妮卡严肃地打断了她的话，问道：

"布托诺夫是怎么说的？"

"说他跟你早就……还是在克里米亚时就……这不可能，不可能。我跟他说这不可能……"

"他呢？"妮卡穷追不舍。

"他说：接受这个事实吧。"玛莎仍在一直揉搓着妮卡的头巾。这头巾就是事实的化身。

妮卡从她手里抽出头巾，往镜子下面一扔：

"你就接受吧！"

"我不能！我不能！"玛莎失声恸哭。

"玛莎，"妮卡忽然软了下来，"就是这么一回事了。现在怎么办，上吊吗？咱们别搞悲剧了。真像是《危险关系》，鬼知道是怎么搞的……"

"妮卡，我最亲爱的人，我可怎么办呀！我应该对这样的事情习以为常吗？我自己都弄不明白，为什么这样难过。我把这块头巾拽出来的时候，差点儿没死过去。"说着又猝然一震，"不不，不可能！"

"为什么不可能？为什么？"

"我说不清楚。好像谁跟谁都行，大家都不是必定的，只能大概地去选择什么人，大家可以相互替换。但是我知道，这次是唯一的，其余一切在它面前一点都不重要。这是唯一情况……"

"我的天使，"妮卡拦住了她，"你要这么想，要说唯一的话，每次机会都独一无二，相信我的话吧。布托诺夫确实是个特别好的情人，这可以用厘米、分钟、小时、血液中荷尔蒙的含量等来测定。可这只不过是些量化的标准！他的数据很好——仅此而已！你的阿利克更出众，他聪明，有才干，布托诺夫远远赶不上他，只不过阿利克让你不够……"

"闭嘴！"玛莎喊了起来，"你闭嘴！去你的布托诺夫还有那些厘米吧！"玛莎说完就急忙跑了出去，莫名其妙地从镜台上抓起刚刚还给妮卡的头巾。

妮卡没有拦住她——让她发疯去吧，闹一阵就好了。如果什么人要痴心妄想，那就应该摆脱开才好。归根结底，还是布托诺夫说得对：接受这个事实吧！于是妮卡恼怒地想起了玛莎写的诗："多么过分也要接受，仿佛它是好上加好……"你就接受吧，接受生活这个事实吧……

亲爱的布托诺夫！我知道通信不是你的风格。在人与人相互对待的各种形式当中，对你来说最重要的是触觉感知。连你的职业都是如此——在手指间，在轻抚之中，在细微的动作里。如果处在这一平面和这一表层，无论直义上说还是转义上看，所发生的一切都是完全正常的。触摸之下既无脸面也无眼睛，只有感觉器官在发生作用。妮卡就是力求把这个道理给我解释清楚：一切都可以用厘米、分钟、荷尔蒙的含量来测定。

然而这只不过是个信仰问题。实践表明，我奉行另外一种信仰。我看重的还有面部表情、内心活动、言语变化和心路历程。如果缺少这一切，那么我们彼此只是可以用来享受的物品。其实，最令我不安的也正是这个问题：难道除了肉体之间的相互关系就没有任何别的？难道把我们紧密联系在一起的只有热烈相拥忘怀一切吗？难道在躯体的界限感已经完全消失的地方就不会再有任何超越肉身的交流吗？

妮卡，你的情人，对我来说胜过姊妹的人，她对我说：只有厘米、分钟、荷尔蒙。“不是这样，不是这样”——你说呀！你要说——不！难道在我们之间没有发生过任何用什么样的量化标准都无法描述的事情吗？果真如此，那就既没有你，也没有我，根本没有任何人和任何事。我们大家都是呆板的玩具，而不是上帝的子女。这首小诗献给你，亲爱的布托诺夫，你能不能说一句“不是这样”，求你了：

玩吧，肯陶洛斯[1]，玩吧，

1 希腊神话中半人半马魔怪，其中一个横渡“忘却之河”，将死人灵魂运往人世之外的彼岸，指由两种不同性质的事物合二为一形成的事物。

基迈拉[1]怪兽原本属性双重。
燃烧吧，火焰，
跨越人的不朽灵魂和桀骜不驯的马身。
世代的命中注定，
是冥河的摆渡技艺。
此岸与彼岸同在，
你将情缘抛在脑后，
重新投入忘却的洪流。
河水濯洗过后，我对于你，对这世界，
便是陌路之人。

玛莎·米勒

布托诺夫看完了这封信说不出话来，只能在嗓子里咔了一声。他知道玛莎的脾气，料到她会因为争风对象的公开化而难过一番。然而醋意表达得如此非同一般，如此词藻优美，却是他始料不及的。可见这小丫头在受着折磨……

过了十来天，头巾风波平息下去之后，他打了个电话问玛莎是否愿意来拉斯托尔古耶沃一趟。尽管两个人的电话相隔那么遥远，布托诺夫也能感觉到她所幻想的就是这个。而玛莎却通过停顿，通过少见的“好”和“不”这种简短的表达表示了同意。

拉斯托尔古耶沃已面目一新。因为实实在在下了一场雪，而且一下子就下得那么大，从篱笆门到台阶的小路都给埋没了。要

1　希腊神话中的巨怪，此处代指异种生物部位混合的幻想生物。

把车子开到里面来，布托诺夫得用木锨铲雪堆个大雪堆。

房子里很冷，让人觉得里面比外面还要冷。布托诺夫马上就给玛莎来了个强刺激，两个人都热起来了。她流着泪发出呻吟，一个劲儿地要求：

“‘不是这样’，你说呀！”

“你什么‘不’呀，只有‘是’，‘是’，‘是’……”布托诺夫笑着说。

然后他们生起炉火，开了一筒已放置很久的茄汁鲱鱼罐头，布托诺夫一个人把它都吃了。玛莎没有动吃的。家里什么别的也没有。

他们决定不回莫斯科了。俩人步行到车站，玛莎在公用电话亭往家里打了个电话，告诉杰博拉·利沃夫娜说不回家过夜，眼看天要黑了，不想回去，到朋友家的别墅。婆婆大发雷霆：

“没问题！对丈夫和孩子你是一点不关心！你知道这叫什么吗……”

玛莎挂上话筒说：

“一切正常，告诉家里了……”

他们沿着白色的道路往家走。布托诺夫在路上给她指了指一座房子的窗户，说克拉夫丘克家的儿子维佳就住在那儿。

“想不想去拜访一下？”

“大可不必。”玛莎笑了起来。

布托诺夫家里很凉爽，房子不保温。

“现在首要问题是炉子，明年改一改。”布托诺夫决定。

他们安置在厨房，那里毕竟暖和一些。全家的被褥都搬来了。

刚暖和过来，布托诺夫就开始闹肚子疼。他到院子里的茅房去，回来，躺下。玛莎用手指抚摸着他的脸，开始谈性别的灵性所在，谈用手触摸来表示自己的个性……

鱼罐头让布托诺夫这一宿往院子里跑个不停，肚子里边绞着疼。睡不着觉的玛莎温存的声音如诉如泣又似疑问，在讲述着什么。值得表扬的是，布托诺夫很有礼貌，没有请求玛莎闭嘴，只是在疼痛稍稍减轻时偶尔陷入梦乡。早晨他们走在进城的路上时，布托诺夫对玛莎说：

“我今天感谢你，在我跑肚拉稀时你至少没有给我念诗……”

玛莎惊奇地望了他一眼说：

“我念了，瓦列里……我给你念了阿赫玛托娃的《没有主人公的诗篇》，从头到尾念完了……”

玛莎和丈夫的关系并没有搞坏，但最近一段时间他们开始很少交流。收到的邀请并没有递交上去，因为阿利克想在递上文件之前先辞去工作，而辞职之前又必须做完一系列实验。他泡在实验室里一直到很晚，完全不再跟急救科室值班。他间或背一袋子书到旧书店去：反正早晚要跟父亲的藏书分手告别。见到玛莎情绪无定焦躁不安，他便像对待病人那样对待她。

十二月布托诺夫去瑞典了。他说要去两个星期左右，其实他当然非常清楚哪一天回来。他喜欢自由。妮卡几乎没有发觉他不在。在学生放假之前又要赶着完成儿童演出服的任务，再说瓦赫坦终于来了，妮卡所有的空闲时间都跟他和他在莫斯科的那帮格鲁吉亚朋友一起度过，往饭店跑，往电影宫跑，往全俄戏剧协会跑。

玛莎开始感到苦闷，总想找到妮卡，哪怕是跟她说一说布托诺夫也好。可跟妮卡总是挂不上钩。和别的女友谈布托诺夫又没什么意思，而且也不可能。

此前只是把自己的尖爪磨利的失眠症终于在十二月份扑倒了玛莎。阿利克给她带来安眠药，她勉勉强强睡一点觉。但人为的睡眠比失眠还要糟糕：萦绕不去的梦境可以从任意偶然之处开始，却永远终结在同一个地方——她寻找布托诺夫，追他，他却总是滑脱，像流水那样降落，如同神话一般变成各种物品，溶解，化为烟尘……

玛莎有两次去拉斯托尔古耶沃，仅仅是为了完成这样一个旅程：从帕维列茨车站出发，乘电气列车到拉斯托尔古耶沃站，从车站步行到布托诺夫家，在篱笆门那儿站一会儿，见到白雪覆盖的房子和黑暗的窗户，然后回家。整个过程占去三个半小时左右，去的时候路上显得特别愉快……

两个星期已经过去，可是他并没有露面。玛莎往哈莫夫尼基打电话。一个老气、疲惫的女人的声音回答说他十点钟在家。但是到了十点钟、十一点钟都没有他。第二天早晨又是那个声音回答说：星期五再打电话来。

“他回来了吗？”玛莎胆怯地问。

“我跟您说了，星期五再打电话来。”女人气冲冲地答道。

那天才星期一。

“回来了，就是不来电话。”玛莎伤心地想着。她又给妮卡打电话，问她是不是知道布托诺夫的消息。可妮卡什么都不知道。

玛莎又去了拉斯托尔古耶沃，这次是近傍晚时分。布托诺夫家门前的雪已经扫清，大门关着而且上了锁。汽车停在院子里。奶奶的那一半房子亮着弱光。玛莎猛然一拽已经冰冻的篱笆门。通向房子的小路盖满了雪。她走着，雪几乎陷到了膝盖。按了半天门铃，没有人来开门。

真想彻底清醒过来，这多像是她做过的一场梦——这么鲜明、痛苦，布托诺夫闪现了一些存在的迹象，比如那辆顶子上蒙着一层雪的驼色汽车——可就是够不着布托诺夫。

玛莎站了有四十分钟，然后走开。

"妮卡在他那儿。"玛莎认定如此，就回家了。

在电气列车里她想的不是布托诺夫，是妮卡。妮卡自玛莎小时起就是她命运的参与者。把她俩联结在一起的除了其余一切，还有体貌方面的好感。妮卡的嘴唇在横纹中突出，嘴角的皱纹藏着笑意，微笑可以随时在脸上浮现，火红色的头发窸窣作响……这都是玛莎从小就喜欢的。妮卡则喜欢玛莎的小巧玲珑，特别是她那双小脚，整个外表纤细，线条分明。谈到妮卡，她甚至会毫不犹豫地跟妮卡换个个儿，而妮卡却从来未曾有过这种想法。布托诺夫也以一种神秘的方式把她们联系在一起，像《圣经》故事中娶了两姊妹的雅各[1]一样……可以把她们称作"同夫妻子"，犹如通常所谓的"同胞兄弟"，雅各走进她们的帐篷，占有她们，也占有她们的女仆，这就是一个家庭……嫉妒何尝不是一种贪婪，不能占有别人……就这样吧！大家都是兄弟姊妹，大家都是夫妻……她自己也笑了：就像车尔尼雪夫斯基想象的大妓馆，薇拉·帕夫洛夫娜做的一个梦[2]。没有唯一，没有独特，没有个性。一切都无聊

1　传说中犹太十二部族的祖先。

2　车尔尼雪夫斯基小说《怎么办？》中的情节。

平庸。我们是自由的还是不自由的？这种羞耻感和失落感从何而来？在返回莫斯科的路上，玛莎给妮卡写了如下的诗句：

在树与荫之间，在渴与咽之间，
在深渊的上方悬浮着诗篇——
在吊索桥上我们行进。
我用缴来的灯照亮，
那黑暗的梦境和童年的通路。
除了坦白，无处藏身；
我们没有盗窃，我们没有杀人，
我们没有穿着毡靴踩过水洼，也没有唱犯禁的歌。
但是感觉到迷信的恐惧，
做着恐惧的事情，却是你我二人……

快十二点了玛莎才到家。阿利克弄了一瓶格鲁吉亚的好酒在厨房等她。他今天结束了实验，明天已经可以递交辞职申请了。此时此刻玛莎才彻底明白，她不久将永远离去。

“好极了，好极了，这件烦人乏味，而且最可耻的事情终于要结束了。”玛莎想着。她和阿利克度过了漫长的夜晚，直到凌晨四时。他们谈天说地，做各种设想，后来玛莎拉着阿利克的手睡着了，没有做梦。

她很晚才醒来。杰博拉·利沃夫娜已经有几天不在家了：最近她很多时间是在生病的妹妹家里度过的。阿利克父子已吃过早饭，正在下象棋——一幅最为和平的景象，沙发上甚至还躺着一只猫。

“多么好呀，我似乎开始复原了。”玛莎一边想着，一边吃力地摇着咖啡磨的把柄。随后他们拿起雪橇，三人一起上了山，在雪地里打滚，全身都湿透了，觉得非常幸福。

“波士顿下雪吗？”玛莎问道。

“这可没有。但是我们可以去犹他州玩山地滑雪，不比在这儿差。”阿利克许诺道。他无论许诺什么，总是永远兑现。

就在那天傍晚，布托诺夫来了电话：

“你没有想我吗？”

前一天他看见了玛莎在篱笆门旁边来回转，但是没有给她开门，因为他有客人，是位胖乎乎的、很可爱的翻译。他和这位女士旅途中在一起。两个星期以来他们一直眉来眼去的，就是找不到机会。这个软绵绵、懒洋洋的女人，布托诺夫现在明白了，很像他的妻子奥莉加。她像猫一样无精打采地躺在布托诺夫的怀抱里，伴着玛莎叮叮的按铃声辗转翻动。这使布托诺夫感到无论对翻译、对玛莎还是对自己都愤恨无比。他需要的是线条分明、有棱有角的玛莎，需要泪流满面、呻吟不断的玛莎。他不需要这个胖女人。

他从早晨就给玛莎打电话。起初没人接：线掐断了。后来有两次是阿利克接电话，布托诺夫就挂上了。直到傍晚才打通。

“请你不要再来电话了。”玛莎请求说。

“你什么时候来？什么时候？别耽搁了。”布托诺夫没听清楚。

“不，我不去。你也别再给我来电话了，瓦列里。”她拖长了声，带着哭腔说道，“我再也受不了了。”

“玛莎，我想死你了。你怎么，傻了吗？生气了？这是个误会，玛莎。我二十五分钟以后到你家门口。你出来吧。”随即挂上了话筒。

玛莎心慌意乱。她已经好好地、牢牢地决定不再和他见面了，体验到了即使说不上解脱，也算是轻松的感觉。今天这一天都过得那么好，上山去，有太阳……“我不去。”玛莎下定决心。

但是三十五分钟之后，她披上夹克，对阿利克喊了一声：“我过十分钟就回来！”旋即顺着楼梯跑下，连电梯也没有坐。

布托诺夫的汽车停在门口。玛莎拉了一下把手坐到旁边。

“我必须跟你说……”

他一把搂过她，两只手塞到夹克里面。

“一定要说说，小家伙。”

汽车开动了。

“不——不，我不走。我出来是要说，我哪儿也不去。”

“可我们已经走了。”布托诺夫笑了起来。

这一回阿利克可生气了。

“纯粹是龌龊！难道你自己一点也不明白吗？”天已经很晚很晚了，在她回家之后阿利克数落她，“你说出去十分钟，可五个钟头以后才回来！我该怎么想呢？被车撞了？让人给杀了？”

“看在上帝的分上，原谅我吧，你说对了，我确实是龌龊。”玛莎感到自己既深深地有愧，又深深地幸福。

后来布托诺夫又是一个月不见踪影。玛莎竭尽全力以求接受他消失“这一事实”。这个事实严重伤害了她。她几乎什么东西也不吃，只喝甜茶，无休无止地对在内心讲述着给布托诺夫的独白。她失眠越来越厉害了。

阿利克惶恐不安：玛莎的神经失常已显而易见。他开始让玛莎服用镇静剂并加大了安眠药的剂量。玛莎拒绝服用精神治疗药物。

“我不是疯子，阿利克，我是白痴。白痴是没法治的……”

阿利克没有坚持。他认为这也是要他抓紧办理出国的又一个原因。

妮卡来过两次。玛莎跟她只谈布托诺夫。妮卡大骂布托诺夫，自己又是忏悔又是发誓，说最后一次见他是十二月份，在他去瑞典之前。还说布托诺夫是个空虚的人，这件事情由始至终的唯一价值仅在于玛莎写了那么多美妙的诗。玛莎顺从地给她读诗，一边在想，莫非妮卡在欺骗她：当玛莎按门铃的时候，是妮卡在布托诺夫那里……

阿利克忙着跑各个机关，弄了一大堆文件材料。他不只是为了玛莎在忙，工作也催着他早点儿去波士顿，没有工作干，他自己也像是要得一场病似的。出国的方式也不那么简单：先按犹太人的渠道去维也纳，从那里再去美国。而且不排除在维也纳和美国之间可能还会插进来罗马——这要取决于外国官僚办理文牍手续的速度如何。

出国本身就够复杂麻烦的，还要加上杰博拉·利沃夫娜的意外变故：我哪儿也不去，我妹妹病了，她是我唯一的亲人，我任何时候也不能把她撇下不管……接下来便是“妈妈经”：我这辈子就指望你了，可你这个没良心的……这个该死的以色列，我这辈子倒霉都倒在以色列的身上……这个该死的美国，叫这个美国彻底完蛋……

面对妈妈如此的论据，阿利克停顿下来，只是抓住妈妈的肩膀：

“我的亲娘！你会打网球吗？会滑冰吗？世界上还有没有你不

会的东西？或许有什么你不知道的东西？哪怕是什么小事？闭上嘴吧，我求求你了。谁也不会抛弃你，咱们一起走。你的菲拉我们会从美国养活她。我会在那儿挣很多钱……”

杰博拉·利沃夫娜消停了一会儿，接着又满嘴直吐飞沫地来劲儿了：

“我要你的钱干什么？我才不在乎你的钱呢！我跟你爸爸一辈子都没在乎钱，你们这钱会把孩子毁掉的！”

阿利克两手捂着脑袋躲到屋里去。

在所有文件都准备齐了的时候，杰博拉·利沃夫娜坚决拒绝出国，但还是允许他们走。文件终于递上去了，这时布托诺夫也重新露面了。他打公用电话从拉斯托尔古耶沃邀请玛莎去。这是早晨的事。玛莎给小阿利克收拾好了，把他送到亚历山德拉家去，就动身前往拉斯托尔古耶沃——告别。

告别实现了。玛莎对布托诺夫说这是最后一次来，不久就要永远离开这个地方，她想把一切在记忆中带走。布托诺夫激动地说：

“永远？一般来说这是正常的。和西方比起来，我们的日子不是人过的，我见识过。但是永远……”

玛莎在房子里走了个遍，力求记住它，因为连房子她也想在记忆中带走。然后她又随布托诺夫登上阁楼。这里一如既往地堆满尘土和乱七八糟的杂物。布托诺夫在一把坐坏了的维也纳式椅子上绊了一下，就把它举了起来。

“玛莎，你看。”

座椅的中央已被刀子穿透了许多处，扔得不太准的就在周围留下了印痕。他把座椅挂到钉子上。

“这是我小时候最爱干的活儿。”

他拿出刀子，走到阁楼的另一端，就这么抛了出去。刀刃在圆坐垫的正中心穿过旧窟窿钻进了墙里……

玛莎从墙上拔出刀子，走到布托诺夫跟前。他以为她也要掷刀子，但是她只是把刀子放在手上掂了掂就还给了他。

“现在我知道你的一切了……”

在这次出门之后，玛莎开始慢慢地收拾准备侨居的东西。她把书桌抽屉里的文件都拿出来整理，看哪些扔掉哪些保留。海关人员不允许把手稿带出去，但阿利克在使馆有熟人，他答应通过外交途径把玛莎的手稿寄送出去。她坐在地板上一大堆故纸里，翻读着每一页，思忖着每一行，忧愁伤感。她忽然觉得以前所写的一切仅仅是她现在或者将来某一刻想要写的东西的草稿。

“我会把它们收成诗集，叫作《不眠》。”

诗作从她的头脑里出来，就像野兽从森林里出来一样，完全是成句成行的，但是后一节又总有那么点缺陷，就像后腿一瘸一拐……

夜间有物可见，尽管黑暗把细节遮去。
墙上条条壁纸，只有白色清晰。
操心、琐细、忙乱无序，
我一天的重载将散去。
取代无能的白昼，
完美的夜晚升起。
我爱上了漫长遥远的不眠，它那视界明朗安谧。

底层残留着精髓，

唯有睡梦越来越不可及……

玛莎瘦得厉害，变得更细了。那个白昼的世界，在她看来与夜间的世界相比显得非常平庸的世界也变得更细了。天使出现了。虽然她并没有亲眼见过天使，却能感觉到它温暖的存在。有时她猛地转过身去，因为她觉得迅速的目光可以捕捉到天使。

当天使在梦中降临时，它的轮廓更清楚一些。天使出现的那一段梦境犹如黑白影片中插入的彩色部分。天使的外观总是显得有些不同，它会变成人形，有一次还以导师的形象展现在她面前，身着击剑服那样的白衣，开始教她飞翔。他们站立在活生生的，甚至轻轻喘息的山峰上，这山峰也隐隐约约地参与了授课。

导师指给她看脊椎的某个部分，位置在肩部以下深一点的地方。那里潜伏着一个小器官或者一块肌肉。玛莎真的感觉到一旦掌握一个轻松而又准确的动作控制这个器官，她就能飞翔起来。她聚精会神，似乎按了一个电钮——她的身体开始非常缓慢地脱离山峰。山峰也在轻轻帮助她完成这个动作。玛莎沉重地、缓缓地起飞。但她已经完全清楚怎样做就能控制飞行的速度和方向，随意飞翔，永不停息。她扬起头来——在她的上方，半透明的人们飞行自由而又有力。于是她明白了，她也能像他们一样飞翔。这时她开始徐徐地降下，虽然还没有尽情地享受这充分的惬意。

这种飞行与禽类翱翔毫无共同之处，没有任何展翅，没有任何拍打，没有任何空气动力——只靠精神力量……

另外一次天使教她如何进行一种特殊的口头和思维斗争，这是人的世界所没有的斗争方式。仿佛词语可以拿在手中，它就是武器，天使把它放到了玛莎手里。在手掌中的感觉是光滑的，很方便。天使手腕转动一下，词义就闪现了强光。此刻立即出现了两个敌手：一个在右上方，另一个在左下方。两个对手都经验丰富，精通武术，是危险的敌人。一个闪动向她攻击——她予以回敬。另一个距离稍远，迅速出招，她不知怎么就奇迹般地挡回去了。在这攻击过程中还有激烈的对话，虽然无法翻译，但意思却很清楚。两个敌手都嘲弄她，笑她不堪一击，跟他们根本不是一个量级的。但更为惊人的是她把每一次打击都挡回去了，而且每一招每一式都显示出她掌中的武器越来越顺手，越来越准确。这场打斗也确实很像击剑。右边的对手更凶狠，更爱嘲弄人，可是他退却了。第二个也退却了……他们消失不见。这就是说，她胜利了。

于是她泪流满面，毫不掩饰地失声痛哭，扑到导师怀里。导师对她说："不要害怕。你看，任何人也不能伤害我们……"

由于极度虚弱，玛莎哭得更厉害了。虚弱是她自身的，因为战胜敌人的全部智力都不是源于她本人，而是从导师，也就是天使那里借用来的……

超凡的自由和非人的幸福——玛莎从新的体验中感受到了，在天使为她展示的领域和空间里感受到了。尽管所发生的一切是如此新奇而又无法想象，但玛莎猜想，她与布托诺夫亲热而感受到的超现实幸福也出自同一根源，属于同一类型。

玛莎想问问天使这件事，但天使不让她开口发问：当天使出现时，她就努力服从于它的意志，而且非常满足。

然而，在天使消失时，有时一连好几天，玛莎就非常难受。似乎为了得到天使存在的幸福，就必定要付出精神绝望、内心空虚和献给几乎不存在的布托诺夫的忧郁独白：

他泊山[1]的光辉，我们未必能够忍受。
然而百倍艰难的
却是之后数昼，
那阴暗不清，日轮的空洞。

要不要把这些都告诉阿利克，玛莎犹豫了。她担心阿利克持纯理性主义的观点，不会从神秘学角度评价她的讲述，而是从医学角度审视事实。但玛莎这种情况介于神秘主义与医学之间。这里是诗学的天地，她又是这一天地的主人。于是她便开始了。晚上，在全家人都已入睡时，玛莎开始给阿利克读新写的诗：

你是如何照料我的，
我的守护神，我窥视了你。
犹如春汛把杂物冲向岸边，
从黑暗中，从梦幻中，从弗洛伊德的领地，
海浪把我带到我的家里。
一片温暖的花岗岩
让我的头紧偎。
我偷看了

1　以色列北部山峰，传说是耶稣显圣容的地方。

空虚的泡沫筑巢搭窝，
却要在那混凝土里，在钢铁里。
只得在角落里像卵形旋涡，
曼声展翼。
我觉得似乎我的天使
用手遮住眼睛哭泣。
为这暗号的临近，
为了我，也为了你。

“我认为，玛莎，这是很好很好的诗。”阿利克由衷地赞赏，这不同于把附和视为家庭责任的那些情况。

“这是真的，阿利克。诗是真的……这不是想象，也不是隐喻。这的的确确存在……”

“当然了，玛莎，否则的话，根本没有任何创作可言。这是个充满隐喻的空间……”他刚开始说话，玛莎就打断了他。

“不！天使来到我身边，就像你一样……他教会我飞行和别的许多说不出来的东西，不能用言语表达。这样吧，你听这一段：

看一眼吧，海鸥飞翔是多么艰难——
它羽翼未丰。
紧张地弯着颈，
屈辱地挣扎用力，
从飞沫里强食剩饭残羹，
使自己不至卷入浪中。

怎能容下，每一个贫人乞丐
不要破烂与铜板，
却得到羽翼、前额和眼睛，
在辽阔的高空起舞，
不必排练，齐整洁净……

“如此实在的诗作，却似乎无法从中得出结论说我曾经飞翔过。可是我的的确确到过那个地方，在那里飞翔是很自然的事……所有人都能飞……”

“你想说幻觉……”阿利克惶恐不安了。

“不对，哪儿有什么幻觉！就像你，就像这桌子……那么现实。只不过稍有点不同。我解释不来。我就像普西卡一样，”她摸了摸叫普西卡的猫，“什么都知道，什么都明白，就是说不出来。只不过猫不痛苦，而我痛苦。”

“但是玛莎，我必须跟你说，你做得都很好。特别好。”他温和平静地说道，但内心极其惊骇：是精神分裂症，还是躁狂抑郁性精神病?

“明天我给沃洛布耶夫打电话，让他弄清楚是怎么回事。”沃洛布耶夫是精神病医生，是他同班同学的朋友，在那个年月，继承了最佳时代和最优秀传统的医务人员之间的小圈子合作还没有解体……

玛莎还在读着，已经不能停下了：

当我的带路人——六翼天使

把我领走，
我无意中说出的词语
却强力奇有。
我要说：今朝把我放开，
让我把骄矜和作孽的喜悦尽情享受，
直上天府，回归故土。

布托诺夫还是不肯放过玛莎。她曾三次去拉斯托尔古耶沃找他。看来她唱出的音符已经达到最高，再也高不上去了——嗓音会突然失去，一切都会突然失去……现在，当每次见面都像最后一次时，布托诺夫才承认，玛莎已经完全超过了她的原型——几乎已被遗忘的罗莎。布托诺夫甚至回忆不起来那个彻底消失的骑手的模样。他已经觉得不是玛莎像罗莎，而是相反，从前一闪即逝的爱情预示了目前这个爱情。势在必行的出国越来越强化了情欲。

在他的生活中同时出现但又绝非必然的两三个女人，都让他抛弃了。有个女人还是业务上用得着的体育运动委员会的秘书，她跟布托诺夫说他轻慢的态度让人生气。第二个女人是他的主顾，年轻的芭蕾舞演员。他为她破例把行医用的按摩台变为寻欢作乐的床铺。这个女人后来搬到里加，与他断了联系。而妮卡，他确实从十二月起就再没有见到，他们通过几次电话礼节性地表示愿意见见面，但双方谁都没有动一步。

布托诺夫正面临又一次职业危机。他已经讨厌运动医学了，讨厌没完没了地跟千篇一律的外伤打交道，讨厌一沾上出国就邪乎的阴谋诡计。正赶上有个让他很感兴趣的机会：体委第四局操办康复中心，布托诺夫是经营管理的人选之一。这就是说将来各种好事不少。妻子奥莉加像一般的数学家那样，在三十五岁已经达到了她业务的顶峰，所以一直撺掇他：新的事业，现代化的设备，这辈子不能总是动动手指头，按摩一个点……而干枯黄瘦，越来越像和尚的伊万诺夫却提醒他：这不是你干的事儿，这不对你的脾气……在这个批评性的意见中既有表示尊敬的认可，也有微妙的蔑视成分。

布托诺夫很欣赏妮卡，尤其是在她如此成功地参与修房之后，于是决定跟她商量商量。他们在剧院门口见了面，一起去塔甘卡广场一家不怎么样的小饭馆。这个地点倒是挺方便的：位置正好在他俩路线的交叉点上。妮卡的气色很好，就是身上处处都有点过分：长长的皮大衣，短裙子，大戒指，浓密柔软的长发。他们轻松愉快地东拉西扯，哈哈大笑。布托诺夫跟她说了自己的难题，她忽然变得严肃起来，皱着眉头不客气地说：

“瓦列里，你知道吗，我们家有一个很好的传统——离权力远一点儿。我有个犹太近亲，是位镶牙师，他说的笑话妙极了：我的心灵热爱苏维埃政权，但我的身体却不能接受它。你要是干这份工作就总得让身体挨挤……”接着妮卡甩出一句有点厉害的脏话，潇洒自如又有高度的艺术水准。

布托诺夫的心里一下子放松了，妮卡快活地骂娘解决了他的问题。之后他放弃了第四局。他当时就把这事的结果告诉了她并致以谢意。他们的好感升温已经到了必要的程度，吃完了烤肉，他们俩就坐上驼色的“莫斯科人”汽车，在塔甘卡广场一拐弯就直奔拉斯托尔古耶沃。

玛莎已被极端难忍的失眠折磨得痛苦不堪——所有的安眠药都吃下去了，手、脚、后背在睡着，全身都在睡着，却只有头脑中小小的一块源头在不断发出同一个信号：我不能睡，我不能睡……她从床铺上滑下，大阿利克膝盖都快靠到下巴上了，小身子像孩子那样蜷缩着睡在那里。她走进厨房，抽了一支烟，把双手放到冷水下冲，洗过脸再躺到厨房的沙发床上。闭上眼睛又是：我不能睡，我不能睡……

天使像往常一样站在开着门的那个地方，穿着深红色、发暗的衣服。它的脸像是戴着面具，看不清楚，但是眼睛有个开口闪烁着蓝色的强光。玛莎发现门的位置不对，实际上门应该在靠右一点的地方。天使向她伸出双手，放到了她的耳朵上，轻轻地压按。

“现在要教我未卜先知了。”玛莎猜想到，明白了：应当脱下罩衫。只剩长睡裙了。它出现在她的身后，双手按住了她的耳朵和眼睛，中指沿着额头横向移动，然后移到鼻梁。细细的色彩像浪花涌来又离去，还有延展变为许多色调的彩虹。天使在等待玛莎止住它的动作。于是她说：

“够了。”

手指静下来不动。在看起来不大舒服的绿色底调里，一条黄白色的光带之中，玛莎看见了两个人——一个男人和一个女人。很年轻，很匀称。他们像在望远镜里那样越来越近，直到玛莎认出他们——这是父母。他们手拉着手，互相着迷。妈妈身上穿的是熟悉的带深蓝方格的天蓝色连衣裙。她的年龄比玛莎还要小。可惜，他们看不见玛莎。

“这不行。”玛莎明白。天使又开始横向抚摸她的额头并按压某一个点。“布托诺夫的手法，点压法。”玛莎想着。她止住了那条黄色光带——于是看见了拉斯托尔古耶沃的房子，关着的篱笆门，站在篱笆门旁的自己。还有大门后面的汽车，奶奶那一半房里微弱的灯光。她并没打开篱笆门却走了过去，走到点着灯的窗前。更确切地说，是窗子接近了她。她敏捷地升到空中，轻轻地做了一个潜飞动作，飞到了里边。

尽管她已经飞到他们身旁，他们并没有看见她。她完全可以用手够到妮卡那朝后仰的长脖子。妮卡在微笑，也许都笑出了声，但声音被关掉了。玛莎的手指掠过布托诺夫光滑的胸膛，他也没有发觉。他的嘴唇抖了一下，露出了前边的牙齿，其中有一颗稍微有点儿歪……

“请你掉头，往回走。”妮卡对布托诺夫小声说道，仔细看着车窗外的梁赞公路[1]。

“你确定吗？”布托诺夫有点奇怪地问道。但是他无意争执，开了转向灯，车子转了过来。

他在乌萨乔夫小区[2]停了车。他们热忱地告别，还热烈地亲吻着。布托诺夫丝毫也没有见怪——不行就不行吧。这种事情谁也不欠谁的。天还不算太晚，下着稀稀拉拉的小雪。卡佳和丽莎还没躺下睡觉，在等母亲。

“去他的拉斯托尔古耶沃吧。”妮卡想着，轻捷地沿楼梯跑上三层……

玛莎站在厨房和卧室之间的走廊里，穿堂风凉得刺骨。像闪

1　莫斯科的一条干线公路，途经拉斯托尔古耶沃。

2　莫斯科的一处老住宅区，位于哈莫夫尼基区。

电生辉，她豁然悟到，曾经有过一次，也是一点不差地如此站立在冷风之中……她身后的门马上就要打开，门后要出现什么可怕的东西……玛莎的手指横着掠过额头，然后摸到鼻梁，擦了擦前额中间：等一等，止住吧……

但门后的恐惧加大增强，玛莎强迫自己回过头去——想象中的门无声地开启……

玛莎跑进屋里，推了一下阳台的门——门一声不响地完全敞开。外面进来的冷气像节日一样清新，而背后的凉风却令人窒息……

玛莎走到阳台上——雪软软地徐徐降下。降雪犹如成千上万种声音汇成的乐曲，仿佛每一朵雪花都有自己的响动。这一时刻也是她很熟悉的。她转过身去——屋子门后有一种骇人的东西，越来越近。

“啊，我知道，我知道。”玛莎站到装电视机用的硬纸箱上，再从那里登上固定在阳台栏边养花用的长木箱，在心里做了一个飞到空中去的动作……

她的丈夫阿利克把膝盖贴近肚子睡着觉，她的儿子小阿利克在隔壁屋里也是这个姿势睡着觉。正值春分时光，一个明快的节气。

第十六章

美狄亚是一天之后接到电报的。邮递员克拉娃一大清早就把电报送来了。来电报一般有三个缘由：美狄亚过生日、亲戚要来和有人去世。美狄亚手拿电报回到屋里，坐到了圈椅上。圈椅现在的位置是以前她本人站着的地方——对着圣像。她嘴唇嗫嚅着，久久地坐在那里，然后站起身来，把碗洗干净就开始收拾上路。秋天那场病留下的后遗症是左边膝盖发紧难受，但是她已经习惯了这样，只是动作比平常迟慢一些。然后她锁上家门，把钥匙交给克拉夫丘克家。汽车站就在旁边。路线也是她的客人们常走的——从小镇到苏达克，从苏达克到辛菲罗波尔汽车站，再从那儿到飞机场。她赶上了最后一班飞机，深夜按响了圣母升天巷亚历山德拉家的门铃。她以前从未来过这里。

妹妹给她开了门。她们从一九五二年起就再没有见过面——已经二十五年了。她们淌着泪水互相扑向对方的怀抱。莉季娅和薇拉刚走。眼睛都哭肿了的妮卡走到过厅里，也扑到了美狄亚的身上。

伊万·伊萨耶维奇去烧水——他猜到来人是他妻子在克里米亚的姐姐，还依稀记得她们俩以前有过什么争吵。美狄亚从头上摘下像农村人那样戴上去的绒头巾，底下还有黑色的包头布。伊万·伊萨耶维奇非常惊奇，她的脸像圣像一样。他认为姊妹俩很像。

美狄亚坐到桌旁，目光打量一下陌生的房子，随即称赞了几句：这儿挺好。

玛莎的去世，这个巨大的不幸同时给亚历山德拉·格奥尔基耶夫娜带来了意外的喜悦。她挨着姐姐坐在桌子旁边，无法理解这么多不同的感受怎么能集于一身。美狄亚坐在亚历山德拉的左手边，无论如何也不明白这究竟是怎么一回事，竟然有四分之一个世纪没有见过她最亲近的人——这个问题让她害怕极了。既没有原因，也无法解释。

“这是病，美狄亚，是一场重病。任何人都是一点也不明白。阿利克有个朋友是心理医生，原来在一个星期以前就给她看过。说应当紧急住院：急性发作的躁狂抑郁性精神病。开了药方……可是你明白吗，他们天天都在等着出国的批件……末了来这么一下。我倒是看出来了她不大正常。可是没有像从前那样拉住她的手……我永远也不能原谅自己……”亚历山德拉数落着自己。

“别说了，妈妈，看在上帝的分上！别把这个往自己的身上揽了。这真的都是我的错……美狄亚，美狄亚，这日子我可怎么过呀！简直没法子相信……”妮卡在哭着，但是她天生就是为了发笑而存在的嘴唇，似乎依然是在微笑。

葬礼没有按惯例在死后第三天，而是在第五天举行的。做了尸体鉴定，是在伏龙芝区一个什么地方的法医停尸所。阿利克和他的两个朋友还有格奥尔基到了场，妮卡已经在那里了。她搬开了玛莎留着短发的脑袋和她的脖子，看见了粗糙的解剖割口，像美狄亚那样用一块白绉绸在玛莎的鬓角打上一个平扎结，包上了创口。玛莎的脸纤尘不染，像蜡一样惨白，但是美丽完好如旧。

主易圣容教堂有个神甫，玛莎近几年来偶尔到他那里去，他对她的亡故非常伤心，但拒绝做安魂祈祷，因为是自杀。

美狄亚请求把她领到希腊教堂去。在莫斯科的教堂之中最具希腊代表性的当属安提阿正教会的会馆。在指挥官圣狄奥多尔教堂，美狄亚打听堂长在不在。一位值事的女人对她讯问起来。美狄亚把嘴一瘪，垂下眼睛向那个女人解释说自己是本都希腊人，已多年没有到过希腊教堂了。这时走过来一位年老的修士大司祭，操着希腊语说道：

“我从远处就看见希腊人了……你叫什么名字？”

“美狄亚·西诺普里。”

“西诺普里……你的兄弟是修士吗？”他迅速地问道。

“一个兄弟在二十年代进了修道院，在保加利亚。关于他音信皆无。”

“是叫阿加松吗？”

“阿萨纳西[1]……”

“伟大的主啊！”修士大司祭高声感慨，“他是阿索斯山[2]的长老。”

“感谢您，主啊。”美狄亚鞠了一躬。

他们费了一番力气才相互理解。原来老人并不是希腊人，是叙利亚人。他讲的希腊语和美狄亚说的差别很大。他们坐在蜡烛箱旁边的条凳上谈了一个多小时。他吩咐把姑娘运过来，答应亲

---

1 阿法纳西在希腊语中发音为阿萨纳西。

2 希腊一座圣山。

自做安魂祈祷。

当载着棺木的汽车驶近教堂时，人群已经聚集了。西诺普里家族的各支各脉都已来到——塔什干的，第比利斯的，维尔纽斯的，西伯利亚的……教堂用的各式各样金制品：衣饰缀片、烛台、法衣上的装点等夹杂着西诺普里家里人头上戴的五颜六色的铜制品。

伊万·伊萨耶维奇站在美狄亚和亚历山德拉中间，他生得很宽，白里透红的脸上一道不对称的皱纹斜穿额头。老姊妹站在装饰着白色和淡紫色风信子的棺材前面，不约而同地集中一个思绪：宁愿长眠在这妮卡亲手摆放的美丽鲜花之中的是我，而不是苦命的玛莎……

在漫长的人生中，她们已经习惯于忍受死亡，对它已经完全熟悉了：她们学会了蒙上镜子在家中等待死亡，两个昼夜平静而又严正地守着尸身生活，伴着喃喃诵读的慰灵圣诗，伴着烛光闪闪的毕毕剥剥声……她们见过无疾无痛、不以为耻的安宁辞世，也见过年轻的生命凶狂不法而暴卒横死……然而自杀是难以接受的。怎能容忍这一闪即逝的瞬间：潮湿的雪花缓慢飞舞，活生生的女孩子竟然纵身投入它那呜呜低咽的旋涡之中——离开生活远去……

修士大司祭走到棺木前面，唱诗班唱起了在告别尘世脱离凡界的时刻最美好的诗句……

法事是按照希腊方式进行的，任何人都不能理解，就连美狄亚也只能弄懂其中个别的几句话。但大家都能清楚地感觉到这不可理解的悲歌中包含着最明哲的人也无法完全明白的意义。

有人哭了，无声地哭着。阿尔东娜用一块男式花纹手帕默默擦着眼泪。“大块头”格维达斯神经质地用皮手套在眼睛下边抹过。

婆婆杰博拉·利沃夫娜刚要哭出声来，阿利克跟他带来的医生点了一下头，他们就把她架出了教堂。

玛莎被埋葬在德国墓地上，挨着她父母的坟墓，随后大家都去圣母升天巷——亚历山德拉·格奥尔基耶夫娜坚持要在那里安排酬客宴。人很多，上桌的只有老年人和外地来的亲戚。年轻人都站着，端着酒杯，拿着酒瓶。

小阿利克抓住一个机会，悄声地问爸爸：

"爸，你认为妈妈永远死了吗？"

"很快一切就会改变，一切都会很好。"父亲从教育目的出发向他撒了谎。

小阿利克目光冷冷，良久看着他说道：

"我可不信神……"

那天早晨，出国批件到了。给二十天的时间做出国准备，真不算少。追悼亡者的宴会和朋友们的饯行宴合二为一，尽管阿利克把送行安排在稠李区。杰博拉·利沃夫娜留下和妹妹在一起，阿利克带着儿子和一个保加利亚产的中等大小的方格皮箱走。海关人员从他那里没收了一张纸——玛莎在自杀前不久写下的最后一首诗。当然，他已经可以把它背得滚瓜烂熟：

科研把行家吸引，
全力以赴投入考究，
美妙的鸽子学派，
甜蜜法则的深奥，
抑或小酒馆里的陈藏佳醪。

精密的实验犹如青丝，
审视潜在的差数，
自己会变为鸽子，或一口美酒，
或者随心所欲的何物。
在茫茫人海中实现
自己最最放荡的意图。
我们谦恭地躬身俯首，
致意那些在潇洒永恒中的憔悴与消瘦……

尾　声

我和丈夫最后一次去小镇是一九九五年的夏天。美狄亚早已不在人世。她的房子里住着一家鞑靼人，我们没有好意思去打扰。去看格奥尔基了。他给自己盖了一所比美狄亚家还要高的房子，还打了一眼自流井。他的妻子诺拉还和从前一样娃娃脸儿，但是走近了就可以看出来下眼皮已经布满了细小的皱纹——最娇嫩的金发女郎都是这样衰老的。她给格奥尔基生了两个女儿。

家里人很多。我费了好大力气才认出已经长大成人的七十年代的那些孩子。生着一头火红色硬鬈发的五岁小姑娘长得很像丽莎，正在那里不知为了什么孩子间的小事而闹腾。

格奥尔基很久没有见到我丈夫了，所以非常高兴能够见面。我丈夫也是西诺普里家族的，但不是哈拉兰博斯生的，而是他的妹妹波吕克塞娜生的。算了半天亲戚关系，原来是隔着四代的远房兄弟。

格奥尔基带我们去了墓地。美狄亚的十字架挨着萨穆伊尔的方尖碑，要矮一些。在回家的路上，格奥尔基给我们讲了美狄亚的侄子们在她死后发现遗嘱说房子要归一个什么谁也不认识的拉维尔·尤苏波夫，觉得非常奇怪又感到很不痛快。谁也不想去寻找这位尤苏波夫。

格奥尔基带着诺拉、塔尼娅和小一些的女儿们搬到了美狄亚家。他在生物实验站给自己找了份工作。

几年之后拉维尔出现了，也是像以前到美狄亚家来时那样——在早春的一天夜里。于是格奥尔基从小柜子里拿出遗嘱给拉维尔看了。但是又过了几年拉维尔才得到房子。办理房子过户的司法程序毫无道理地拖了近两年。而且这最终还是由于格奥尔基据理力争，把官司打到共和国这个级别，美狄亚的遗嘱才被认可生效。从那时起全镇的人都把格奥尔基当成疯子。

现在他已年满六旬，但一如既往地健壮有力。盖房时拉维尔带着弟弟给他帮了很大忙。房子盖好之后，镇上的人都改变了看法，现在他们都说格奥尔基是个大滑头：不要美狄亚的破房子，却要面积大一倍的新房子。

晚上我们就是在这所新房子里过的。夏天用的厨房也很像美狄亚的那个，也摆着同样的铜罐子，也是那样的炊具。诺拉学会采集当地的草药，也像从前那样，一束束晾干的药草从墙上垂下。

这些年里发生了许多变化，一家人四散开来布满全球。妮卡早就在意大利定居，嫁了个又机灵又迷人的胖阔佬，俨然一副罗马贵妇的样子。要是俄罗斯的亲戚来到她在拉韦纳[1]的豪宅，她会高兴得要命。丽莎也生活在意大利，只是卡佳在意大利住不惯。有时混血儿会出现这种情况。她是死硬的亲俄派，回国了，住在乌萨乔夫小区。那个在院子里闹事的红头发小姑娘就是她的女儿。

大阿利克成了美国院士，说不定哪天会发明防衰老药物造福

1 意大利北部城市。

于人类。小阿利克念完哈佛大学，成了“犹太狂”，研究现代希伯来语，戴上犹太小帽，蓄起犹太式长鬓发，现在去了特拉维夫附近的贝内贝拉克市，在一所犹太学院重新学习。大阿利克移居美国后过了几年出版了玛莎的诗集。格奥尔基给我们带来了这本小书。第一页上就是玛莎的照片，是她在克里米亚过最后一个夏天拍下的生活照。她转过身来，又惊又喜地看着镜头。我无意评说她的诗写得如何——这诗也是我生活的一部分，因为那最后一个夏天我也是带着孩子在小镇度过的。

布托诺夫喜欢拉斯托尔古耶沃的房子入迷了。三劝两劝把妻子说活了心，随女儿搬到那里，又生了个视为珍宝的儿子。他早就不干运动医学了，改变了专业方向，现在医治由阿富汗和车臣战场向他源源不断提供的脊椎受伤的患者。

老一代人都已作古，只余亚历山德拉·格奥尔基耶夫娜。山德拉是长寿之人，已年近九旬。最近两年她没到克里米亚来，有点不方便。在此之前，玛莎死后她年年夏天都来这里，美狄亚临终的那一年她是和丈夫伊万·伊萨耶维奇在这里共同度过的，并且送走了她的姐姐。伊万·伊萨耶维奇认为这两姊妹都是严守教规的高尚女性。但是山德拉以其虽已垂暮之年却欢颜永驻的微笑纠正丈夫说的话：

“高尚女性，我们当中只有一个……”

我很高兴，通过丈夫介入了这个家庭。而且我的孩子身上也流淌着一点希腊的血液，美狄亚的血液。迄今为止，美狄亚的后裔们依然不断来到小镇——俄罗斯人、立陶宛人、格鲁吉亚人、朝鲜人。我的丈夫想如果明年钱够用的话，就带着我们的小孙女来这里。她是我们大儿媳、出生在海地的美籍黑人生的。这是一种说不出的惬意——属于美狄亚家族，属于这么大的家族，大到无法记住全家人的面孔。家人们，追溯到往昔，落脚在今日，消逝于未来。

译后记

柳德米拉·乌利茨卡娅被公认为当代俄罗斯文学，尤其是俄罗斯女性文学的领军人物之一。她的作品已翻译成三十多种语言，在世界各大洲广泛流行，成果颇丰。

乌利茨卡娅于一九四三年出生在达夫列卡诺沃，父母都是犹太知识分子。书香门第浓郁的气氛使她从小深受感染，酷爱读书，对文学更是情有独钟，不但积累了丰富的知识，还受到了俄罗斯和犹太文化传统的双重熏陶。中学毕业后，她想踏着父母的足迹，攀登科学高峰，选择了很有发展前途的遗传学专业。莫斯科大学生物系的文凭，使她顺利进入苏联科学院遗传学研究所，开始了科学家的生涯。但是，乌利茨卡娅的天赋毕竟不在生物学方面，科研也不是她的终生志向。或许，她本人对此早有领悟。在七十年代，她就借助结婚生育、教养儿女的契机，断然退出科学界，在家练笔习文。起初，为剧团写些小品、小剧目，而后，进莫斯科犹太剧院担任文艺部主任，开始在文学领域初显身手。

八十年代末，乌利茨卡娅的短篇小说在苏联一些杂志上登载之后，各界反映平平。但她并不气馁，写作连篇不辍，文笔日臻成熟，终于赢得了读者的交口赞誉。一九九二年在俄罗斯颇具影响的《新世界》文学杂志上发表的《索尼奇卡》是她的成名之作，连续获得了法国和意大利的文学奖，也进入俄罗斯布克奖的短名单。此后，她的作品，特别是长篇小说，产生了越来越大的社会反响，为作者带来了国内外种种荣誉。其中,《库科茨基医生的病案》获二〇〇一年俄罗斯布克奖,《您忠实的舒里克》获二〇〇四年俄罗斯年度作品奖,《翻译员达尼埃尔·施泰因》获二〇〇七年俄罗斯大书奖一等奖,《雅科夫的梯子》获二〇一六年俄罗斯大书奖三等奖。在国际上，她于二〇〇九年获得国际布克奖的提名，二〇一四年荣获奥地利国家欧洲文学奖，同年被授予法国荣誉骑士勋章。近年来她一直是诺贝尔文学奖的热门人选之一。二〇二二年，七十九岁高龄的乌利茨卡娅荣获福门托尔文学奖。

“女性文学”是颇具时代特色的当代文学现象，不单指作者的性别，作品也往往以女性主人公为中心展开叙述，揭示女性的心理特征，展现女性观察世界的独特眼光。乌利茨卡娅的小说无疑具备了所有这些特点，又不限于某些特定的文学框框。文学评论家指出，她的创作特色介于女性文学和后现代主义文学之间，题材广泛，内容深刻。生与死，历史与命运，生活的意义和人的天生义务等，都是引发作家进行深入思考和艺术探讨的严肃的哲理性问题。

在叙述层面上，乌利茨卡娅精心选择的题材体现了普通人的悲欢离合和家庭关系的错综复杂，情节追求自然、客观，通过日常生活中的琐事来反映一定的哲理和伦理观点。在艺术手法上，作者借用女性文学所擅长的心理描写，深入挖掘人物的心理意识和生理体验，同时又随同后现代主义传统，对古典文学、神话宗教等文本进行回应，通过人物的梦境、预感、幻觉等，将读者引入人的非理性世界。

乌利茨卡娅的价值观、美学观显然受到俄罗斯优秀文学传统的影响，同时又蕴含着她深层的犹太文化意识。特别是将家庭视为社会的中流砥柱，以家庭关系准则为伦理道德的核心，更是独具犹太文化的积淀。作者毫不掩饰自己的民族属性，刻意塑造一系列俄罗斯犹太人的形象，深入描述并揭示其思想及行为特点。乌利茨卡娅的作品叙述风格冷峻，行文从容不迫，摒弃繁冗，语言简约，在情节发展关键时刻尤其惜墨如金，不事渲染。对女性人物形象入木三分的刻画，对女性心理特征准确恰当的把握，更是充分显示了女作家的长处。怪不得她和另外两位女性作家彼得鲁舍夫斯卡娅、托尔斯泰娅被并称为俄罗斯当代女性文学的“三套马车”。

奉献给读者的这本《美狄亚和她的孩子们》集中体现了作者的思想和创作特点。《美狄亚和她的孩子们》刊登在《新世界》一九九六年第三、四期，随即单独出书，一版再版，被译成英、法等多种文字，成为欧洲一些国家的畅销书。

书中，作者继续她以往的创作风格，写的是“家庭记事”，重大历史事件仅当社会背景，三言两语，一带而过。但是，小说的内容则远远超出家庭范围，所展现的空间既集中又广阔。说它集中，是因为小说的主要情节发生在一个小小的集镇上，主要人物又同属于一个家族。说它广阔，是因为美狄亚家族人口众多，血缘复杂，分散在世界各地；所叙述的时间跨度又很大，概括了俄罗斯将近一百年的变迁。第一次世界大战、十月革命、农业集体化、卫国战争、斯大林的“民族大迁移”、勃列日涅夫外松内紧的“停滞”时代等，都在故事情节上有所反映。微微生活细节让人触摸到历史的脉搏，感觉有一个地域辽阔、经历坎坷的国家无时无刻不在牵制着、影响着每个家庭的命运。

多年来，乌利茨卡娅的创作一直聚焦在家庭关系上。对此，她自己有这样的解释："我对家庭题材的青睐，反映了我对当代家庭问题的感想。我们生活在复杂的时代，目睹着传统家庭体制所经历的重大考验和深刻变化。"《美狄亚和她的孩子们》就是以故事形式阐述了作者对这些问题的反思。

小说的中心人物是一位希腊后裔美狄亚。作者借用古希腊神话中杀子复仇的魔女美狄亚的名字，塑造了与其截然不同的一个女性形象。二十世纪初，美狄亚·西诺普里诞生在一个和美的小康家庭，后来却一生饱经忧患。十六岁时，父母双亡，抚养弟弟妹妹的重担骤然落在她的肩上，她责无旁贷。性格刚强的她牺牲自己的妙龄青春，含辛茹苦，把弟弟妹妹养大成人，已年近三十，才嫁给一位有癫痫病的犹太医生。从怜悯到热恋，培育出深厚的夫妻感情，且忠贞不渝，几十年如一日。丈夫晚年身患绝症，美狄亚一直细心照料，婉言抚慰，直至为他料理后事。事后，偶然发现丈夫多年未露的隐私，她仍能把痛苦和委屈深埋在心底，对丈夫怀念敬爱如故，同时还诚心宽待他的私生女妮卡。

美狄亚这样做，并非出自对社会陈规陋习的屈从，恰恰相反，她始终保持着自己独立的个性和尊严，践行大爱的道德准则和内心信仰。晚年，她与社会生活若即若离，却凭借敏锐的洞察力，发现社会风气的变化和周围年轻一代的许多个人秘密，目睹他们嫁娶离合和不断发生的感情变化，虽然觉得难以理解，但也不横加指责。面对风云变幻的世界和日趋混乱的人伦，她始终坚守以责任为重、以道德为准的生活态度，用自己的美德和智慧吸引和感染新的一代，受到人们的尊重。

美狄亚的家庭观以其后辈玛莎的爱情悲剧作为衬托。心灵纯洁、感情细腻的玛莎抵御不住情欲的诱惑，不顾一切，投入一个只有性感、没有情感的男子的怀抱。玛莎热情奔放，把情感置于家庭之上，严肃认真，把别人当作儿戏的肉体关系误认为爱情关系，试图在性欲中找到精神的满足，求得灵与肉的统一。但是，无情的现实毁灭了她美好的幻想，灵与肉的分离乃至对立，把她推进痛苦的深渊，逼她步步走向精神分裂，最后自杀身亡。

玛莎的徘徊不定、自我矛盾，更加烘托出美狄亚表里如一、坚毅安详的精神状态。然而，作者并没有把理想化的形象当作“生活标杆”强加给读者，正如她自己所说的：“我的作品不是药方，而是一种邀请，请人去认真考虑生活之路……”

美狄亚的和谐心态来自她那仁慈的精神和博大的胸怀。她自己没有生儿育女之福，但她从不感到寂寞孤单。众多亲友后代、老老少少，每年都从四面八方聚集于她的家园，从她身上获取智慧和温暖。小说的结尾富有象征意义，画龙点睛，点出标题的内涵：世界上正直、善良的人们，不分民族，不分肤色，都属于“美狄亚的大家庭”，都是“美狄亚的孩子们”。

李英男

二〇二三年三月于莫斯科

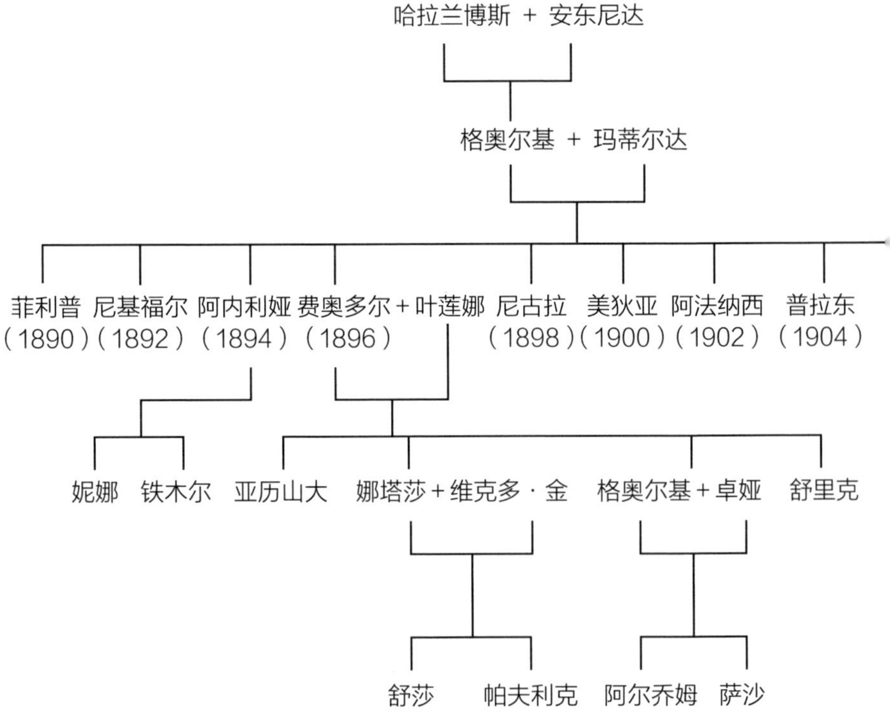
哈拉兰博斯 + 安东尼达
格奥尔基 + 玛蒂尔达
菲利普（1890）
尼基福尔（1892）
阿内利娅（1894）
费奥多尔（1896）+ 叶莲娜
尼古拉（1898）
美狄亚（1900）
阿法纳西（1902）
普拉东（1904）
妮娜
铁木尔
亚历山大
娜塔莎 + 维克多 · 金
格奥尔基 + 卓娅
舒里克
舒莎
帕夫利克
阿尔乔姆
萨沙

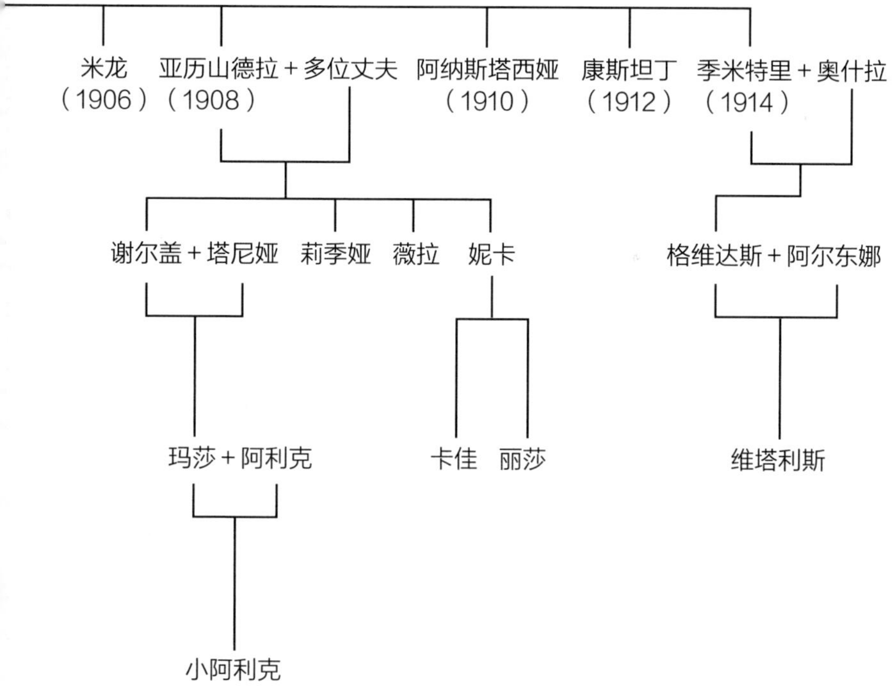
米龙
（1906）
亚历山德拉＋多位丈夫
（1908）
阿纳斯塔西娅
（1910）
康斯坦丁
（1912）
季米特里＋奥什拉
（1914）
谢尔盖＋塔尼娅
莉季娅
薇拉
妮卡
格维达斯＋阿尔东娜
玛莎＋阿利克
卡佳
丽莎
维塔利斯
小阿利克